A CRISÁLIDA

HEATHER TERRELL

A CRISÁLIDA

Tradução
Heloísa Mourão

© 2007 – Heather Benedict Terrell

Todos os direitos reservados, incluindo o direito de qualquer tipo de reprodução completa ou parcial, à
EDITORA OBJETIVA LTDA.
Rua Cosme Velho, 103
Rio de Janeiro — RJ — CEP: 22241-090
Tel.: (21) 2199-7824 — Fax: (21) 2199-7825
www.objetiva.com.br

Título original
The Chrysalis

Capa
Raul Fernandes

Revisão
Catharina Epprecht
Tathyana Viana
Cristiane Pacanowski

Editoração eletrônica
Abreu's System Ltda.

CIP-BRASIL. CATALOGAÇÃO-NA-FONTE
SINDICATO NACIONAL DOS EDITORES DE LIVROS, RJ

T315c
    Terrell, Heather
        A Crisálida / Heather Terrell ; tradução Heloísa Mourão. - Rio de Janeiro : Objetiva, 2008.

        277p.   ISBN: 978-85-60280-28-5
        Tradução de: *The Chrysalis*

        1. Romance americano. I. Mourão, Heloísa. II. Título.

08-2532.   CDD: 813
                                                       CDU: 821.111(73)-3

Para meus meninos

AGRADECIMENTOS

A Crisálida jamais poderia ter emergido de seu prolongado estágio embrionário sem a ajuda de muitas pessoas. Primeiramente, devo agradecer a Laura Dail, minha maravilhosa agente, que, de muitas formas, adotou o livro. Em seguida, quero expressar minha gratidão ao incrível grupo da Ballantine Books, a começar por Paul Taunton, meu extraordinário editor, que deu à *Crisálida* sua chance. Tenho a grande sorte de ter o apoio da fantástica equipe da Ballantine: Libby McGuire, Kim Hovey, Brian McLendon, Jane von Mehren, Rachel Kind, Cindy Murray, o departamento de arte, os departamentos de promoção e vendas, e os departamentos de produção e administração editorial.

Incontáveis amigos e familiares ajudaram ao longo do caminho: alguns com o próprio original, e outros de maneiras diversas. Entre os muitos estão Illana Raia; Ponny Conomos Jahn; Jennifer Kasmin Miller; Laura McKenna; Elisabeth Dyssegaard; Maureen Brady; meus pais, Jeanne e Coleman Benedict; meus irmãos, Coley, Lauren, Courtney, Christopher e Meredith, e suas famílias; minhas avós; minha tia Terry; e meus sogros.

Ainda assim, sem meu marido, Jim, *A Crisálida* ainda estaria em seu casulo. Seu amor e apoio encorajaram sua metamorfose. E, nosso filhinho, Jack, deu a ela sua inspiração final para voar.

Um

BERLIM, 1943

O TREM COM DESTINO A MILÃO SERPENTEIA PARA O INTERIOR da estação de Berlim, lançando lufadas de vapor para o alto das esqueléticas vigas da estação. O apito trespassa a noite uma vez, e logo morre. O silêncio se apodera do espaço cavernoso, rompido vez por outra apenas pelo lento e uniforme rascar da vassoura de um varredor.

O varredor aprendeu a não olhar abertamente para os horrores que passam através da estação. Ele sabe que não deve confiar em ninguém e habita as sombras. No entanto, ele observa, cabeça baixa, por sob a aba de seu quepe.

Trilho a trilho, estalido a estalido, o trem pára. No último vagão, um casal está sentado frente a frente. Eles esperam imóveis, emoldurados como pinturas pelas cortinas cor de rubi da janela. Sua incandescência desafia a escuridão pesada e silenciosa, e o varredor diminui seu ritmo.

Primeiro ele observa a mulher. Um poste de luz da estação projeta o altivo perfil em forte relevo, contrastando com os cantos da cabine escura. A luz fraca toca as dobras de seu vestido de seda cor de sangue, os adornos de arminho de seu casaco de viagem e seu chapéu cloche. Ele balança a cabeça diante da extravagância das roupas dela e calcula as quantidades de pão que seu traje poderia alcançar no mercado negro. Em seguida, o varredor desvia a atenção para o homem, cuja aparência geral parece mais adequada a uma viagem em tempo de guerra que a da mulher. Ele tem um rosto redondo e naturalmente cativante, mas veste um sóbrio terno de risca de giz, um simples sobretudo negro e chapéu de feltro. Sua mão direita segura um surrado envelope pardo tão rigidamente que os nós de seus dedos ressaltam embranquecidos, e as pontas recortadas de uma estrela amarela assomam para fora de seu casaco. O varredor supõe que ambos devem estar cônscios da precariedade de sua viagem.

Subitamente, a porta do compartimento se escancara com um tranco, e o homem e a mulher se põem de pé. O varredor recua um passo, para a segurança das sombras.

Jovens e louros soldados cercam o casal. Seus uniformes negros brilham com botões dourados, e cada paletó ostenta os talhos de suásticas vermelhas. O varredor sabe que esta não é a guarnição habitual da estação e se alarma quando as mãos enluvadas cortam o compartimento para pegar as passagens do homem.

Os soldadinhos abrem caminho para o avanço de um oficial condecorado. O oficial se inclina para perto, dirigindo-se ao casal. Ele entrega um documento e uma caneta-tinteiro, e exige a assinatura do homem; o oficial quer que ele lhe entregue algo. Baixando os olhos, o viajante balança a cabeça. Em contrapartida, oferece seu precioso envelope, as mãos tremendo ao apresentá-lo ao oficial.

O oficial ergue o envelope contra a luz da cabine, e então o rasga e inspeciona a carta no interior. Ele a enfia de volta no envelope e o devolve ao homem. O oficial e seus soldados dão meia-volta e se retiram, fechando rispidamente a porta da cabine atrás de si.

O apito do trem ressoa novamente, e o casal retorna a seus assentos. Um sorriso cauteloso se forma no canto da boca do homem, mas o varredor vira o rosto em desespero. Ele já vira os jovens soldados em ação. Sabe que quando o trem deixar a estação, o último vagão permanecerá.

10

Dois

NOVA YORK, PRESENTE

MARA TAMBORILOU OS DEDOS NO BAR E CHECOU SEU RELÓGIO novamente. Seu novo cliente estava quase uma hora atrasado, e a ansiedade em seu estômago só fazia aumentar.

Para acalmar os nervos, ela tomou outro gole de sua tônica com limão, desejando novamente que fosse um chardonnay, e olhou em torno do Maggie's. No passado o restaurante tinha sido um bar, e rumores diziam que se conectava a um labirinto de túneis subterrâneos para transporte de bebidas durante a Lei Seca. Embora o álcool agora fluísse livremente, a decoração esfumada da era do jazz não mudara. O teto de estanho em relevo e as tábuas de madeira polida do assoalho refletiam o fogo crepitante. Casais se aninhavam em banquetas de couro de cor chocolate, iluminadas por pequenas velas votivas. Melodias de Ella e Louis erguiam-se por sobre o burburinho do bar; certamente nenhuma música feita depois dos anos 1950 jamais tocou aqui. Era uma atmosfera segura, estabelecida numa época mais simples que Mara estava certa de que tinha existido um dia.

Quando se voltou na direção da entrada, Mara vislumbrou a si própria no espelho sobre o animado bar. Ela alisou a saia de seu ajustado tailleur e baixou os olhos para os saltos altos, sentindo-se, não pela primeira vez, como se estivesse espremida na pele de outra pessoa, um pouco como um pato entalado na cintilante fantasia de plumas de um cisne. Preferiria estar circulando pelos corredores da livraria de seu bairro, usando seus jeans surrados favoritos e um suéter de gola alta, a estar esperando por Michael Roarke, advogado interno da venerável casa de leilões de arte Beazley's, o novo e intimidante cliente de sua firma de advocacia.

No momento exato em que olhou para a porta, Mara viu um táxi estacionando.

Os contornos de uma figura alta e de ombros largos emergiram, o rosto nas sombras. Ele se inclinou na janela do passageiro e entregou algum dinheiro ao taxista. O brilho de um poste de luz iluminou um sorriso e as linhas de expressão em torno de seus olhos. Uma brincadeira passou entre os dois homens. Ele bateu duas vezes no capô do táxi numa despedida amigável e se voltou. Embora o homem não fosse nem barrigudo e sequer levemente calvo como a maioria dos advogados internos com quem Mara trabalhava, de certa forma ela sabia que este era seu cliente.

Ele atravessou a entrada do bar, mas a luz da rua atrás dele obscurecia suas feições. Tudo o que Mara podia ver era o tweed de seu paletó e o vinco afiado de suas calças escuras.

Quando seu rosto finalmente entrou em foco, ela viu que uma covinha suavizava seu queixo quadrado; os cabelos castanho-claros eram cortados rentes, exceto pela franja mais longa e jogada de lado; tinha olhos verde-acinzentados, como um gato, e músculos robustos nas mãos. Ela não esperava que fosse tão bonito, ou que provocasse nela uma perturbadora sensação de familiaridade.

De repente, os ruídos emudeceram. O burburinho diminuiu. Mara tentava sufocar sua reação, mas um rubor se espalhou em suas faces, e ela baixou os olhos em embaraço.

Ele diminui o passo ao se aproximar.

— Conheço você — disse ele quando Mara ergueu os olhos. — Academia Georgetown.

— Arte de Bizâncio — respondeu ela.

No passado, Michael Roarke se sentava ao lado dela numa aula de história da arte bizantina, a princípio por acaso, e mais tarde por escolha. Eles costumavam ter longas conversas sobre iconografia e a queda de Constantinopla enquanto caminhavam para a biblioteca do outro lado do campus. Ela recordava seu cavalheirismo natural: como ele sempre caminhava no lado da rua, como sempre ficava de pé quando ela se sentava. Mas na época havia Sam. Assim, quando as aulas terminaram, seu tempo em dupla também se encerrou. E agora, aqui estava ele, seu novo cliente da Beazley's.

Enquanto ele se desculpava pelo atraso, uma recepcionista os conduziu para um canto, que parecia mais adequado para um encontro amoroso do que um jantar de negócios. A princípio ela gostou da mudança, talvez porque a reunião evocasse sua atração original por Michael, e porque ela o achou tão interessante agora quanto o era em sua lembrança. Mas logo Mara se repreendeu pelos pensamentos inconvenientes, tão inapropriados para uma advogada em relação a um cliente — especialmente um que ela tinha que garantir para ter alguma chance de se tornar sócia ainda naquele ano.

Ainda assim, Mara se perguntava como ele a via agora. Estaria vendo o que outros diziam que viam, uma força alta e esbelta, com feições elegantes, belos cabelos ruivos e postura profissional? Ou ele via a pessoa que ela costumava ser antes de se reinventar como advogada urbana independente, a desengonçada rata de biblioteca da época da faculdade, a jovem de maxilar anguloso e um punhado de sardas irregulares, que aspirava a uma vida acadêmica?

Eles começaram com uma garrafa de Cloudy Bay, uma prática que ela normalmente evitava com clientes, e falavam com hesitação, a princípio incertos de como lidar com a surpresa de seu reconhecimento. O roteiro que ela preparara para debater e impressionar o novo cliente — baseado na pesquisa sobre a Beazley's que ela empreendera mais cedo naquele dia — subitamente parecia tolo e falso, muito óbvio e agressivo para lançar à baila. Privada de seu diálogo, ela era incapaz de atuar com o costumeiro floreio de autoconfiança, e em vez disso se sentia como uma atriz que esqueceu as falas.

Após um silêncio desconfortável, Michael assumiu a dianteira e começou fazendo perguntas educadas sobre a vida de Mara depois da faculdade. Perguntou-lhe sobre sua decisão de se estabelecer em Nova York, uma vez que sua proeminente família política vivia em Boston; sobre como encontrou seu caminho sozinha através do campo minado das grandes firmas de advocacia de Nova York; e finalmente sobre Sam, a pergunta que Mara tinha certeza de que ele estivera elaborando o tempo todo. O vinho a ajudava a soltar a língua, assim como os modos a um só tempo meigos e provocantes de Michael, e ela respondeu à maioria das perguntas pessoais sem hesitação, muito contra a natureza de sua personalidade tipicamente reservada. Mas quando ele tocou no assunto de Sam, que há poucos anos tinha terminado com ela depois de quase seis anos de namoro, os pêlos na couraça autodefensiva de Mara se eriçaram como num gato, e ela voltou as perguntas para ele. Não tinha havido ninguém sério em sua vida desde Sam, e apesar do tempo, a ferida ainda estava aberta.

— E como foi seu retorno a Nova York depois da faculdade de direito? — perguntou Mara. — Sua família deve ter vibrado com sua volta.

Ela se lembrava de que Michael era de Nova York. Queens, achava ela.

— Claro, ficaram felizes... A princípio. Mas meu retorno a Nova York foi também o começo de meu tempo de serviço como associado na Ellis & Broadhurst. Depois de passar seis anos ralando por lá, meus amigos sumiram, e minha família aprendeu a não contar comigo. Eles são pessoas normais com rotinas de trabalho normais; não entendiam minhas longas horas e imprevisibilidade. — Ele fez uma pausa e dirigiu o foco da conversa de volta para ela. — Creio que você, trabalhando na Severin, sabe como é isso. Estou certo?

Mara assentiu. Exceto pelas referências a Sam, ela gostava da conversa; raramente tinha a chance de falar com alguém que entendesse as emoções e os sacrifícios de ser uma jovem advogada trabalhando numa grande firma, mas que não estivesse sentindo na pele as torturas de sua empresa. Contudo, ela também estava consciente do propósito deste encontro: o importante caso Baum *versus* Beazley's, que seu chefe, Harlan Bruckner, cabeça do departamento jurídico da Severin, Oliver & Means, outorgou a ela como um teste final de sua adequação para um contrato de parceria.

Antes que ela pudesse trazer a conversa de volta aos trilhos, Michael continuou.

— Em parte foi por isso que saí da Ellis. Olhei para a pilha de trabalho na qual estava enterrado há anos e não gostei do que vi, daquilo em cujo nome eu vinha abandonando amigos e família. Eu não gostava das pessoas que seriam meus sócios: a maioria homens e mulheres que levaram chutes no parquinho quando crianças e mal podiam esperar para descontar seu recalque nos recém-chegados associados de primeiro ano. Eu não queria jogar com uma turma tão perversa.

Mara sorriu; ele poderia estar descrevendo seu chefe, que ela suspeitava de ter sido um jovem excluído que ascendeu sacrificando todo e qualquer relacionamento, e agora exigia a mesma entrega de seus associados. E que freqüentemente a conseguia.

Michael interrompeu seus pensamentos mais uma vez.

— Você se lembra das conversas que costumávamos ter sobre o que faríamos das nossas vidas?

— Sim — respondeu ela. Assim que o reconheceu, aquelas conversas retornaram a ela numa torrente. Eles conversavam inocentemente sobre tornarem-se arqueólogos ou historiadores da arte, descobrindo algum segredo há muito escondido ou um artefato crucial para desvendar o passado. Mara e Michael compartilhavam uma paixão por descobertas e uma afinidade que ela não experimentava com ninguém desde a morte de sua avó, mãe de seu pai, que lhe transmitiu seu próprio amor irlandês por lendas, contos e mistérios. Elas tinham por hábito passar incontáveis noites junto ao fogo na pequena sala de estar da paróquia onde sua avó vivia e trabalhava, um cálido santuário longe da gélida casa de Mara, lendo contos de fadas, Agatha Christie, mitologia clássica, fábulas irlandesas, as vidas dos santos, lendas arturianas, *As Crônicas de Nárnia*, sempre buscando o momento de intuição "eureca", como elas chamavam. Depois que Nana morreu, durante o penúltimo ano do segundo grau de Mara, foi com seu colega veterano que ela prosseguiu na busca de momentos "eureca" em história medieval, arquétipos e símbolos. Depois que suas caminhadas com Michael cessaram, suas fantasias continuaram. Em seu último ano na Academia Georgetown, ela se inscreveu no bacharelado em estudos medievais da Universidade de Columbia, mas seu pai vetou: pouco prático, muito frívolo, muito improvável de proporcionar sucesso material, e não a trajetória estelar que ele desenhara para sua única filha. Ela permitiu que o veto prevalecesse, e aqui estava agora, dez anos depois, tudo menos convencida de que os sonhos de seu pai eram os dela própria.

— Bem, ao longo dos anos eu pensei sobre aquelas conversas. Ainda penso nelas — prosseguiu Michael —, e elas começaram a me fazer pensar que os objetivos da firma, arquitetando a próxima grande incorporação, não tinham valor suficiente, pelo menos para mim. Comecei a pensar novamente no que eu queria ser antes que a lei me aprisionasse, em *quem* eu queria ser.

Suas frases espelhavam as dúvidas silenciosas de Mara, as incertezas secretas que ela escondia até mesmo de Sophia. Mara não se permitia ter tempo para questionar as escolhas que tinha feito. Não era parte do plano, e certamente não a ajudaria a se tornar sócia. Ainda assim, quase inconscientemente, ela sussurrou:

— Sei exatamente o que quer dizer. — Assim que as palavras escaparam de sua boca, ela quis poder engoli-las de volta ao abismo onde normalmente residiam. Poderiam ser sentimentos perfeitamente aceitáveis vindos de uma amiga, mas de uma advogada contratada para defender sua causa? Não podiam ser mais inadequados. Ela gaguejou, tentando recuperar o que via como uma indiscrição. — Eu, eu não quis dizer isso. Eu quis dizer...

Michael interrompeu o recuo com uma risada.

— Mara, está tudo bem. Entendo o que você quis dizer. Eu ainda acho que você é uma litigante de Nova York sedenta de sangue, totalmente armada para ganhar o caso Baum para nós.

Ela estava aliviada, e achou que poderiam seguir no caso, mas ele parecia determinado a continuar suas confissões.

— Acho que o que eu menos gostava nos meus anos na Ellis era a pessoa que eu me tornei. — Fez uma pausa para tomar um gole de seu vinho. — Passei seis anos na Ellis sem fazer coisas muito importantes. Sem desenvolver novas amizades, sem buscar quaisquer interesses fora do trabalho, e sem formar qualquer relacionamento. Então decidi sair... Da firma pelo menos, se não do direito. Eu achava que trabalhar para uma companhia ligada a história e arte poderia ajudar a reacender alguma paixão pelo meu trabalho, e talvez liberar algum tempo para dedicar a outras coisas. Como uma namorada. — Ele parou, e perguntou de novo, casualmente: — Foi isso que aconteceu com seu relacionamento com Sam?

Mara estava cada vez mais nervosa com a intimidade da conversa. Ela se sentia curiosamente próxima dele, quase como se tivessem ultrapassado o estágio da conversa fiada num relacionamento e ido direto para uma confortável familiaridade. Ela não sabia se isso brotava de sua ligação do passado, da habilidade natural de Michael em fazê-la abrir-se, ou do vinho. Mas essa afinidade, tão incomum para a aparentemente aberta e autoconfiante embora de fato reservada Mara, não era em absoluto o que tinha planejado para seu novo cliente.

Apesar de suas hesitações, ela se sentia compelida a responder. Assim, tomou um encorajador gole de vinho e respondeu à insistente pergunta:

— Bem, Sam e eu ficamos juntos durante toda a faculdade de direito e mesmo durante meus dois primeiros anos em Nova York. Eu empacotava uma pilha de casos quase todo fim de semana e pegava o trem de volta a Washington D.C., onde ele trabalhava. Então, o Departamento de Estado ofereceu a ele um emprego na China, e ele aceitou. Sua verdadeira paixão sempre foi a política.

— Entendo — disse Michael, com um toque de compaixão em sua voz. De súbito, ela baixou os olhos, atipicamente tímida, e viu a pasta de papel manilha do caso Baum assomando de sua bolsa.

Mara contou até dez e reergueu os olhos. Sua conduta firme e profissional tomava a frente e ela perguntou sobre o caso Baum *versus* Beazley's. Essa nova conversa não avançou tão naturalmente quanto a mais pessoal; era quase como se Michael se ressentisse por ela retomar o assunto que os tinha levado ao Maggie's. Ele recuou na banqueta e falou num tom bem mais travado, e até empurrou sua taça de vinho para longe e dobrou seu guardanapo sobre a mesa. Mara ignorou as amostras de decepção, e ouviu atentamente.

Michael explicou que um ex-cliente, que desejava permanecer anônimo, contratara a Beazley's para vender uma pintura — *A Crisálida*, de Johannes Miereveld — como parte de um prestigioso leilão de arte da Holanda agendado para coincidir com a muito aguardada exposição holandesa no Metropolitan Museum of Art. Uma vez que a Beazley's fez circular o catálogo com a fotografia de *A Crisálida,* recebeu um bombardeio de telefonemas da auto-intitulada verdadeira dona da pintura, Hilda Baum, que afirmava ter procurado o quadro por décadas. Ela dizia que os nazistas usurparam tanto *A Crisálida* quanto a vida de seus pais. Especificamente, eles rotularam seus pais católicos como judeus, enviaram-nos para um campo de concentração e então roubaram sua coleção de arte. A Beazley's explicou sua prática de investigar a linhagem de uma pintura, e mostrou a proveniência cristalina da *Crisálida* para Hilda Baum, mas ela não cedeu. Ela queria a pintura de volta. Logo se seguiu o processo, e a Beazley's foi forçada a retirar a pintura do leilão até que saísse o resultado do caso. O trabalho de Mara era impedir Hilda Baum de recuperar *A Crisálida.*

Michael sinalizou a um garçom e pagou a conta, apesar dos protestos de Mara.

— Posso acompanhá-la a um táxi? — perguntou. Ele estava evidentemente pronto para sair, e Mara temia que o tivesse irritado de alguma forma, mas sabia que não era hora de entregar-se a seus sentimentos. Ambos tinham muito trabalho pela frente para ganhar esse caso.

Enquanto cruzavam a rua para pegar um táxi para o centro, um radiotáxi em disparada ultrapassou um sinal vermelho e cantou pneus até frear aos pés deles. Michael pegou-a pela mão para que se apoiasse. Naquele momento, o calor de seu toque foi totalmente natural; em Georgetown, ela sempre se perguntava como seria segurar a mão dele. Mas quando ele soltou sua mão, Mara se arrastou de volta ao presente.

Depois que fechou a porta do táxi para ela, Michael apoiou-se na janela aberta e perguntou:

— Está livre na próxima quinta?

— Acho que sim — respondeu Mara, hesitante.

— Eu adoraria vê-la no leilão. — Ela pensou ter visto uma piscadela de flerte nos olhos dele, mas descartou-a como um truque da luz, talvez uma projeção de seus próprios sentimentos. Afinal, ele não dera nenhum motivo real para fazê-la pensar que compartilhava da atração dela, exceto por iniciar a conversa pessoal, o que poderia ser facilmente explicado por seus modos afáveis. — Vamos considerar trabalho encontrar algumas pessoas antes do leilão. Você irá? — Ele esperou pela resposta.

— Sim, é claro — disse Mara, sabendo que no dia seguinte ela cancelaria o que quer que estivesse marcado em sua agenda.

———

Na manhã seguinte, Mara ouviu o trote familiar do passo de Sophia antes da batida na porta fechada de seu escritório. Fechou os olhos. Ainda não estava pronta para dissecar seu encontro com Michael, muito menos com Sophia, a única pessoa capaz de furar quaisquer barreiras que Mara erguesse para evitar excessivas revelações. Ainda assim, ela sabia que o silêncio apenas deixaria Sophia mais curiosa. Então, tirando os óculos de leitura e prendendo uma mecha de cabelo malcomportada atrás da orelha, cruzou a pequena sala e abriu para Sophia antes que ela batesse uma segunda vez.

Sophia entrou, fechou a porta atrás de si, encostou-se a uma estante de livros no miúdo porém organizado escritório de Mara e levantou uma sobrancelha. Externamente, Sophia era a encarnação da compostura, mas Mara sabia que no interior ela vivia em constante movimento, como um colibri. Seu autocontrole era mais um golpe de seu arsenal de truques.

Quando Mara retomou seu assento, mas não respondeu à expressão interrogatória, a pose de Sophia cedeu, e ela se atirou na cadeira do outro lado da mesa.

— Ora vamos, não acredito que você vai me fazer penar tanto para saber do jantar com seu novo grande cliente. Como foi? — Sophia perguntava em sua vagarosa fala sulista, um dispositivo desarmante que camuflava seu intelecto afiado, como algodão-doce envolvendo um punhal.

Mara esperou por um longo instante antes de responder.

— Foi bem.

— Por que tanto desânimo? Apesar do inferno que é trabalhar para Harlan, você deveria estar vibrando com a oportunidade que ele lhe deu.

Sophia sabia o tormento que Harlan infligira a Mara em trabalhos anteriores, com seus jogos manipuladores e grosseria generalizada, mas ainda assim, melhor do que ninguém, ela entendia que Mara tinha de suportar as maquinações do chefe se realmente quisesse progredir. O ponto-chave era que a promoção de Mara a parceira sênior dependia da aprovação dele. Sophia teve um pouco mais de sorte, pois o parceiro sênior em seu departamento não era tão abertamente controlador e faminto por poder como Harlan, mas ela também argumentava que Mara era particularmente suscetível às manobras de Harlan porque o comportamento volúvel e a aprovação ostensivamente condicional lembravam a Mara seu todo-poderoso pai político. Não era segredo algum entre as amigas que Mara tinha ido para a faculdade de direito e entrado nesta firma particularmente competitiva para agradar ao pai tanto quanto a si mesma. No entanto, Mara alegava que abraçara a meta de chegar a sócia de uma firma respeitada como se fosse dela própria, e dizia que os truques de Harlan pesavam nela apenas porque tinha de suportá-los com muita freqüência.

— Eu *estou* animada — Mara lhe assegurou, sabendo que Sophia sonhava que um de seus próprios parceiros corporativos a escalasse para liderar uma ação inicial com um cliente cobiçado e de primeira categoria como esse. Sophia também estava a ponto de se tornar sócia naquele ano, e adoraria o estímulo de um projeto semelhante. Mara acreditava que Sophia, com seu apetite ilimitado para longas horas de trabalho e sua dedicação escrava às regras do jogo, merecia sociedade ainda mais do que ela própria.

Ainda assim, Michael invadiu os pensamentos de Mara novamente, e ela sentiu que suas faces esquentavam e coravam.

Sophia observava.

— Mara, se eu não conhecesse você, diria que está ficando vermelha. O que está acontecendo?

— Acontece que eu conheço o cliente, da faculdade.

— Ai, Mara, você não saía com ele, saía?

Mara balançou a cabeça.

— Não, nada disso. Éramos amigos; fazíamos uma matéria juntos.

— Então por que suas bochechas estão vermelhas como uma maçã? Não se esqueça do que aconteceu a Lisa.

O relacionamento fracassado e demasiadamente público de Lisa Minever com um poderoso cliente levou a um prejuízo para a Severin de milhões em negócios. E um processo de malversação jurídica ainda em andamento apontava Lisa, uma conhecida e colega da firma de advocacia, como acusada. Mara tinha de fato pensado no caso mais de uma vez na noite anterior, e ela entendeu por que Sophia sentia necessidade de ameaçá-la com o destino de Lisa. Sophia idealizava que, anos à frente, ela e sua amiga se tornariam as grandes damas-de-ferro da Severin, e ela portanto precisava que Mara compartilhasse de sua ambição, precisava da força que extraía de seus esforços mútuos para ascender, e temia qualquer passo em falso que Mara pudesse dar nesse caminho. Sophia subira muito em relação à pobreza da juventude numa cidade pequena da Carolina do Sul, e Mara funcionava como estrela-guia em sua nova existência.

Mara começou a abrir a boca. Ela adoraria revelar as emoções que Michael despertara, rir com Sophia e traçar estratégias juntas. Mas em sua batalha pelo sucesso, jogando segundo as regras, Sophia reprimira sua parte sonhadora e não entenderia. Então Mara fechou a boca e guardou seus segredos mais profundamente, fora de vista. Este segredo ela teria de resolver sozinha, e, de qualquer modo, precisava suprimir seus sentimentos em relação a Michael.

— Foi apenas muito estranho vê-lo após todos esses anos — disse ela —, especialmente como um cliente.

Sophia fitou Mara de soslaio, longa e severamente, mas não sondou mais. Ela queria acreditar nas afirmações da amiga; não havia espaço para alternativas em seus planos. Assim, Sophia ajustou sua trança loura e apertada, e disse:

— Espero que sim. Eu não gostaria que nada estragasse essa oportunidade.

Três

LEIDEN, 1644

A BOLHA FLUTUA EM DIREÇÃO AO CÉU ALGODOADO. ELE RI AO VER as nuvens tomando-a em seus braços vaporosos, empurrando-a de um lado para o outro num jogo alegre. Ele mergulha sua concha de vieira furada na vasilha, e sopra uma nova bolha. O sol se junta à brincadeira, enlaçando a esfera iridescente em seus raios e mudando-a do carmim ao ultramarino, do ultramarino ao verde-cinza. Ele conhece as cores de sua palheta.

A bolha estoura.

Pela primeira vez, percebe que está sozinho junto ao canal. Ele espicha o pescoço para ter certeza de que Judith não o está vigiando. Então, a passos silenciosos, ele se esgueira pelo caminho de pedras em direção à pequena ponte sobre o canal.

Seus olhos não podem deixar de notar como as linhas de perspectiva convergem na ponte arqueada. Seus instrutores lhe ensinam o método matemático para criar três dimensões a partir de apenas duas numa página, embora não precisem. Ele sabe sem ser ensinado, fato que consideram curioso. Os paralelepípedos, os degraus junto à água, e mesmo os barcos no canal — tudo conspira para produzir linhas ortogonais e diagonais que recuam e se encontram num único ponto do horizonte, exatamente abaixo do centro do arco da ponte: o ponto de fuga.

As linhas o capturam como um anzol e o puxam adiante. Cavalgando-as por sobre as cristas no rastro do canal, ele se aproxima do ponto de fuga e estende a mão para agarrá-lo. Mas, à medida que se aproxima, o ponto desaparece.

Ele ouve seu nome sendo chamado. É Judith.

— Johannes, o que a gente do povoado pensará de seu pai se o virem aqui desacompanhado? — bronqueia ela.

Judith marcha na direção dele, a mão carnuda estendida, sua corpulência transbordando das apertadas amarras de couro de seu corpete. Seu avanço rasga as ortogonais, rompendo a ordem.

Um feixe de luz solar mergulha fundo no canto da touca dela, revelando suas faces coradas, normalmente escondidas de vista. São tão polpudas quanto o pão que ela amassa todas as manhãs. Tão fofas quanto seu *boterkoek*, seu bolo amanteigado de amêndoas.

Com a mão do menino firmemente presa na palma da mão gorducha, eles retornam à arcada caiada de seu lar. Luz azul-cobalto flui através das janelas de vidro emolduradas pelo chumbo da porta dos fundos. A luz banha as galinhas que ciscam nos arbustos de murta do quintal da cozinha, tingindo de tons índigo a louça que seca. Judith o arrasta diante das cintilantes panelas de cobre e cerâmica esmaltada até o *voorhuis*, o salão formal usado para receber visitantes.

Judith chama a mãe do menino. Uma punição deve ser aplicada por ele ter estado à toa, para aplacar o inevitável julgamento dos vizinhos.

O suave tilintar do cravo se interrompe. Espiando da curva do corredor, ele vislumbra a paisagem pintada na face interior da tampa erguida do virginal. Encontra os olhos de sua mãe no espelho convexo colocado diante do instrumento. Antes de revelar a expressão de censura esperada por Judith, sua mãe sorri para ele, para o seu Johannes — seu conspirador.

Eles esperam até que Judith saia para ir ao mercado. Examinando a passagem para se precaver de rostos familiares, todos perigosos, eles escapam pela porta dos fundos. A história inventada por sua mãe, para explicar por que atravessavam este caminho de criadas de cozinha, está na ponta da língua. Mas a misericórdia provê um caminho vazio.

Ele conhece o caminho pelo tato, pois passavam por ali após o anoitecer em dias santos, sem sequer uma vela para iluminar o caminho. Testando-se, ele fecha os olhos e corre a mão ao longo das paredes de tijolos irregulares das estreitas vielas. Seus dedos memorizam as ondulações de certas esquinas, a aspereza de certas pedras, e o fim da passagem. Ele se pergunta como capturar a textura do gesso com suas tintas, decidindo-se por matizes de branco sobre marrom queimado com pinceladas de diferentes amplitudes e concentrações.

Ele abre os olhos. As janelas iluminadas de uma pequenina casa piscam para ele com aberta inocência. Somente os iniciados conhecem a verdade: a pequenez do exterior mascara uma expansão subterrânea que abriga um templo católico banido. Aqui, longe das vistas calvinistas de seu pai, longe do olhar de censura das pessoas do povoado — que fingem praticar tolerância religiosa, mas na verdade se vêem como soldados na batalha contra os remanescentes da tirania católica espanhola —, sua mãe ora furtivamente.

Empurrando uma porta de madeira de acabamento rude, eles descem uma escadaria íngreme. Embora seja segunda-feira, o corredor está repleto de rostos familiares, todos recebendo-os com cumprimentos de cabeça. Como muitos católicos, sua mãe freqüenta o culto calvinista aos domingos — como ditam os votos maritais — e se penitencia às segundas.

Eles esperam em silêncio pelo início da missa. Exceto pelas pinturas representando Jesus e os santos que adornam as paredes e o altar, o interior caiado e arqueado e as fileiras de bancos de madeiras lembram a Johannes a igreja calvinista que freqüenta com o pai. Sua mãe diz que as imagens destinam-se a ajudar a atingir um estado de oração, a aproximá-los de Deus. Contudo, ele aprende na escola dominical que o culto católico é herético e idólatra e que somente a Palavra deve ser usada para meditação espiritual. Johannes apieda-se de seus professores calvinistas, pois não conseguem sentir o poder sagrado da arte.

A procissão ao altar começa. O padre lidera o cortejo, resplandecente em túnicas bordadas com fios de ouro e prata, e recita o Intróito e o Kyrie aos pés do altar. Ele abençoa a congregação: *"Dominus vobiscum."* Por vontade própria, pois sua mãe não exige dele participação, Johannes cumprimenta o padre em resposta: *"Et cum spiritu tuo."*

Durante a missa, o padre põe a mão esquerda sobre o peito, e ergue o turíbulo para incensar o altar. Enquanto o incensório dança como um pêndulo, a luz de velas atinge sua superfície dourada, por um instante irradiando cantos escuros e rostos sombreados, antes de se lançar para iluminar os demais. Ele dá a todos a chance de compartilhar da luz.

O incenso se eleva. Johannes inala o perfume inebriante e adocicado, tão exótico quanto sua tinta verde-mate, ou talvez o amarelo indiano. Ele observa a fumaça ascendendo ao alto numa agradável oferenda a Deus; um emblema de suas preces.

Quatro

NOVA YORK, PRESENTE

Pouco antes das quatro da tarde da quinta-feira seguinte, Mara parou à entrada da Beazley's. Já tinha passado antes pela mansão, maravilhando-se com seu desenho, uma elegante criação de seu antigo dono, um barão do carvão do século XIX. Contudo, agora que se postava em seus degraus, pronta para atravessar as maciças portas frontais, tinha um apreço diferente por sua grande escala.

Uma vez no interior, ela se orientou pelo saguão decorado com guirlandas de flores, insinuando-se através do bando de assistentes encarregadas de organizar o leilão e as festividades. Quase todas exibiam cabelos brilhantes e perfeitamente escovados, pérolas, sapatos Manolo Blahnik da última coleção e chapéus. Estavam preocupadas e absolutamente inconscientes da presença dela. Mara escolhera para o evento um tubinho preto Calvin Klein com um mantô desenhando sua silhueta, mas sentia-se fora de moda comparada a todas as demais.

Depois de entregar o convite a uma sensacional recepcionista, Mara se sentou numa das cadeiras forradas de brocado azul que pontilhavam o salão. Ela avistou a coleção de catálogos de leilões habilmente dispostos em leque sobre a mesinha de centro de mármore. Embora temesse desfazer o arranjo, Mara puxou o catálogo do leilão de arte holandesa.

A publicação em papel brilhante continha pintura após pintura de vastas igrejas cheias de luz, serena domesticidade, naturezas-mortas minuciosamente trabalhadas e cenas bucólicas de aldeões: todos os temas que fizeram a fama dos artistas holandeses e a cobiça por suas obras. Mara reconheceu certas pinturas e artistas. Na noite anterior, ela estudou seus bolorentos livros de história da arte da faculdade, tentando se familiarizar outra vez com a era de ouro da pintura holandesa para poder falar de maneira articulada com Michael sobre as peças do leilão. O curso intensivo fê-la lembrar por que os artistas holandeses um dia a cativaram: suas magníficas pinturas, sem precedentes em seu realismo, eram repletas de símbolos e enigmas, algo que Nana teria adorado. Ela vasculhou em suas apostilas, tentando determinar onde o criador da *Crisálida*, Johannes Miereveld — conhecido principalmente como talentoso retratista —, figurava no panteão de artistas, mas seu estilo não se encaixava em qualquer dos moldes de seus contemporâneos.

Enquanto Mara folheava o catálogo, fragmentos de uma conversa sussurrada romperam sua concentração. O tom conspiratório atraiu seu interesse, e ela se esforçou para ver os debatedores sem ser vista. Ela se inclinou para recolocar o catálogo na mesinha e olhou por sobre o ombro para dois homens esperando num sofá próximo, de costas para ela.

— Ouvi dizer que a Masterson's está sendo acusada de colocar um Hebborn em leilão — ela ouviu um homem sussurrar ao outro. Embora não estivesse familiarizada com o que presumiu ser o nome do artista, Mara se inteirara sobre a casa de leilões de arte Masterson's nos últimos dias. A firma era a rival mais feroz da Beazley's.

— Deixe-me adivinhar. Um Hebborn que se parece com um Corot? — murmurou o outro homem em resposta.

— Quem sabe? Poderia ser um Hebborn que lembra um Mantegna ou um Tiepolo.

Subitamente, Mara percebeu que os dois homens provavelmente falavam de um falsificador magistral.

— Bem, só sei que eu não gostaria que alguém examinasse tão de perto os Castigliones que vendemos no passado.

Mara ouviu os dois homens gargalhando com a idéia. Distraída com aquele tête-à-tête, ela se assustou quando Michael tocou-a no ombro. Ela ergueu os olhos e notou que sua franja pendia enquanto ele se inclinava para cumprimentá-la, e que os cantos dos olhos formaram vincos quando ele sorriu. Mara censurou a si mesma. Na noite anterior, tinha-se dado uma severa advertência: admitia sua atração por Michael, mas lembrou-se de que tinha uma clara linha a seguir e uma relação profissional para construir. Sabia que não alcançaria esse equilíbrio caso se permitisse uma resposta física a ele.

Michael a conduziu a seu escritório, iluminado pelo sol da tarde. Sua mesa antiga em estilo inglês, de madeira polida e puxadores de cobre, navegava nas ondas de um tapete Aubusson ricamente matizado, e voltava-se para uma vista panorâmica do Central Park. As paredes aveludadas em tom manteiga eram cobertas de arte. De uma proeminente parede junto à mesa pendiam diversos desenhos em preto-e-branco de um homem vestido em mantos. O tema lhe pareceu familiar, e quando ela perguntou a Michael sobre os desenhos, ele respondeu que eram esboços de São Pedro feitos por um artista da Renascença que ela não conhecia.

Braços cruzados, Michael se apoiou contra a porta do escritório; ele estava claramente esperando pela reação dela. Havia muito que Mara tinha abandonado as ilusões românticas de ter um escritório forrado com mogno e estantes de livros, e tinha dificuldades em imaginar a sorte de trabalhar em meio a tanta riqueza. Enquanto ela vagueava em torno da sala, correndo os dedos em prateleiras e tampos de mesas, fazia elogios aos atropelos.

Ele abriu um sorriso encantadoramente humilde.

— Obrigado, às vezes fico quase constrangido por trabalhar aqui, especialmente depois de passar seis anos na Ellis atrás daquela mesa de metal surrada. Ao contrário dos meus antigos chefes, os tubarões que achavam justo que os associados trabalhassem num ambiente simples, meus clientes aqui esperam ver-nos cercados de objetos magníficos... Mesmo que sejam apenas emprestados.

Michael iniciou a reunião, e Mara notou (com alívio e uma pontada de decepção) que seu tom era amigável, porém "de negócios". Ele a informou de que o dia culminaria com uma reunião com a diretora do departamento de proveniências, Lillian Joyce, que ele descreveu como espinhosa. Ela atuava como a absoluta guardiã da Beazley's: seu trabalho era garantir a procedência imaculada de todas as obras de arte que passavam pela instituição, e ela convenceria Mara da pureza do direito de posse da *Crisálida*.

As palavras de Michael ficavam em segundo plano enquanto os olhos de Mara passeavam em busca de quaisquer pistas que pudessem ajudá-la a decifrar esse homem. Seu lado xereta ansiava por estudar as prateleiras, examinar as fotografias e vasculhar as gavetas. Haveria uma história por trás dos cães Fu de jade que serviam como aparadores de livros, ou da coleção de elefantes ricamente esculpidos em madeira de teca numa mesa de canto? Onde e quando ele tinha adquirido esses objetos exóticos tão lindos? Teria viajado muito? Teria viajado sozinho? Ou todos os itens vieram dos acervos da Beazley's? Ela percebeu que, na verdade, ficara sabendo muito pouco sobre a vida adulta de Michael no jantar, e logo depois lembrou a si mesma que dois profissionais num jantar *deveriam* mesmo saber muito pouco sobre suas vidas pessoais. Na verdade, talvez ela tenha sabido coisas demais.

— Se você não estiver muito cansada depois de tudo isso — Mara o ouviu dizer —, posso acompanhá-la no coquetel e no leilão?

Mara assentiu. Sem querer, ela estava feliz de que ele não tivesse esquecido o convite inicial.

Após breves e fúteis visitas aos departamentos de operações e leilões, Mara reuniu-se a Michael para o encontro com Lillian. Eles adentraram um salão de conferências diferente de qualquer local de reuniões que Mara já tivesse visto. Três paredes cobertas com painéis de cerejeira antiga entalhada de valor inestimável cercavam uma falange de portas francesas que se abriam para um terraço ladrilhado com vista para o parque. Uma pintura de autoria de John Singer Sargent, retratando um homem bem-vestido que só podia ser o fundador da Beazley's, estava à frente de uma mesa de reuniões inacreditavelmente longa, enquanto pinturas impressionistas — um Cassatt, um Seurat, um pequeno Renoir — adornavam as demais paredes.

Mara estendeu a mão para cumprimentar Lillian, que vestia um tailleur azul-marinho imaculadamente cortado, que de certa forma era moderno e clássico a um só tempo. Se ignorasse a severidade do apertado coque de espessos cabelos cor de prata e o duro rasgo de batom vermelho-escuro, Mara acharia Lillian bonita, em especial seus penetrantes olhos quase turquesa. Certamente ela parecia mais nova do que Mara presumira, dados seus anos na Beazley's. Mas ela rapidamente compreendeu o rótulo "espinhosa" dado por Michael. As sucintas boas-vindas e o brusco aperto de mãos de Lillian transmitiam o fato de que ela estava incomodada pela interrupção em suas pesquisas e que se ressentia pela dúvida implícita a seu trabalho.

Por outro lado, contudo, Lillian deu um beijo de avó na bochecha de Michael, e até permitiu que ele apoiasse o braço às costas da cadeira dela num quase-abraço protetor quando se instalaram à mesa. Mara entendia agora por que ele achou necessário comparecer a esta reunião, ao contrário das outras: a presença dele era uma oferenda de paz a Lillian.

Lillian começou com uma introdução à pesquisa de proveniências.

— Uma proveniência é a história da propriedade de um objeto valioso. — Lillian falava como se lesse numa apostila, sendo seu sotaque uma mistura do britânico com o da Nova Inglaterra, à maneira das estrelas da era de ouro de Hollywood. — Uma pesquisa de proveniência finalizada resulta num documento, que enumera os proprietários conhecidos do objeto. Às vezes esse documento é combinado com uma lista da literatura acadêmica na qual o objeto é mencionado e das exposições em que foi exibido.

— Como é criada uma proveniência? — Mara se adiantou. Ela queria administrar essa reunião em seu habitual estilo, tomando a frente.

Lillian, contudo, se recusou a ceder à tentativa de controle de Mara. Ela fez uma pausa e, quando recomeçou, sua voz transbordava de complacência.

— Não sejamos apressadas, srta. Coyne. Essa é uma pergunta muito difícil. Vou respondê-la da melhor maneira que puder, no meu tempo, e de um modo simples que a senhorita certamente será capaz de compreender.

Mara rendeu-se a Lillian e ouviu sem mais interrupções. Recostou-se em sua cadeira e cruzou as mãos sobre o colo. Enquanto isso, Lillian sentou-se mais aprumada em sua cadeira e retornou à praticada apresentação. Mara se sentia como se a inimiga fosse ela, e não Hilda Baum.

— Temos aqui na Beazley's uma das mais completas coleções de documentos dedicados a proveniências do mundo, afora as de certos museus e universidades de nível internacional. Entregamos a nossos clientes uma garantia de que a linhagem de nossas obras de arte é clara, e essa é uma das razões pelas quais somos considerados uma das principais casas de leilões do país. Esse é o objetivo de minha equipe de pesquisa, e exijo que todos tenham doutorado em história da arte. O trabalho dela é esquadrinhar todas as referências disponíveis sobre uma obra de arte. Sei que isto poderá soar bastante peculiar à senhorita, mas nossos pesquisadores devem ter paixão por garimpar em todos os tipos de documentos históricos, independentemente de quão obscuros, para encontrar pistas dos antigos paradeiros da peça. — Lillian fez uma pausa, esperando por uma reação de Mara que assegurasse que ela compreendia a magnitude e a complexidade do trabalho que executavam.

Mara pesou cuidadosamente sua próxima observação antes de falar.

— Srta. Joyce, não parece estranho de modo algum. É muito semelhante à forma como nós advogados nos preparamos para um relatório ou uma audiência: nós também estudamos incontáveis documentos (em nosso caso, decisões e tratados jurídicos), na esperança de encontrar aquela peça-chave de apoio à nossa proposição. Devo admitir que analisar documentos históricos soa muito mais interessante.

Lillian relaxou um pouco enquanto enumerava as categorias de documentos nas quais a história da propriedade de uma obra de arte deveria ser encontrada: inventários domésticos, listas de dotes, catálogos de leilões, notas de compra, arquivos de proveniência de museus, índices de pinturas em coleções públicas, registros governamentais, arquivos de colecionadores. De vez em quando, Michael atraía a visão periférica de Mara, embora ela se prendesse à aula de Lillian por pura força de vontade e um certo medo de sua instrutora.

Lillian terminou e indicou que ouviria as perguntas de Mara.

— Srta. Joyce — começou Mara —, eu estaria equivocada em presumir que a senhorita tem algum tipo de indexador num computador, para que não tenha que examinar todo e qualquer documento numa determinada categoria?

Lillian assentiu.

— Sua suposição está correta. Cada categoria de documentos tem seu próprio índice com mecanismo de busca por palavra, que é organizado por tipo de obra de arte, proprietário, país, período histórico, artista, título, tema e mesmo pelo tamanho da pintura e pelas cores das tintas.

— Os vários documentos que compõem o índice estariam reunidos numa base de dados?

— Sim, nós o chamamos Provid, que significa Índice de Dados de Proveniência. Estamos prestes a finalizá-lo.

Lillian conduziu a conversa para o período histórico dos Baum.

— Com a arte da era nazista, o processo de documentação de proveniência torna-se muito mais complicado, particularmente uma vez que os nazistas podem ter confiscado cerca de vinte por cento das obras de arte do mundo ocidental. Mas provavelmente me antecipei um pouco. Sabe o que quero dizer com arte da era nazista?

— Não.

— É a arte adquirida após 1932 e criada antes de 1946, e que mudou de mãos durante aqueles anos e esteve, ou pode ter estado, na Europa continental durante o período. Mas antes de entrarmos no processo de proveniência para a era nazista, é preciso entender o contexto histórico.

Com a voz um tanto trêmula, Lillian descreveu a obsessão de Hitler pelas artes e a conseqüente cobiça nazista por obras. Sendo ele próprio um artista fracassado, Hitler acreditava que, como líder máximo da "superior" raça ariana, precisava envolver-se até nos menores detalhes estéticos de seus domínios. Ele sonhava com um império germânico, no qual toda a arte "degenerada" — incluindo movimentos modernos, tais como o impressionismo, ou trabalhos criados por artistas considerados religiosa, política ou racialmente "incorretos" como os judeus ou os católicos — seria expurgada e apenas o dogma ariano seria exibido. Para Hitler, a única arte que contava era a severa e polida arte alemã, ou a arte que celebrasse ideais "apropriados", como a tranqüilidade doméstica ou o heróico mito germânico das Valquírias.

Lillian estremeceu enquanto falava.

— À medida que a máquina de guerra nazista varria a Europa, o ERR, ou Einsatzstab Reichsleiter Rosenberg, o principal órgão encarregado de confiscar arte, nunca estava muito longe, saqueando obras de arte onde quer que fosse. Chefiado por Alfred Rosenberg, o líder do Partido Nazista de quem herdou seu nome, a princípio o ERR limitava-se a tomar a arte das bibliotecas ou dos museus pertencentes a seus inimigos políticos derrotados. Mas, com o passar do tempo, o poder do ERR e de seus braços locais se expandiu, e também seus roubos, especialmente dos judeus. Entretanto, é interessante notar que não era permitido ao ERR simplesmente marchar para dentro de uma casa judia e arrancar as obras das paredes. Não, os nazistas instituíram todo um conjunto de leis para governar esses roubos. "Confisco" era como chamavam. Segundo os regulamentos, que difeririam um pouco de país a país, o ERR e seus equivalentes locais podiam tomar os bens judeus somente se os donos voluntariamente renunciassem a eles ou os "abandonassem" ao fugir, ao ser deportados para campos de concentração ou guetos, ou ao morrer. Assim, embora o ERR criasse listas de proeminentes coleções judias e as marcasse para aquisição, se não conseguisse fazer com que os donos judeus assinassem a renúncia às obras, o ERR marcava os donos para mandá-los aos guetos ou campos.

Lillian se pôs de pé e passeou diante das portas francesas, de onde olhou por sobre o jardim do terraço e contemplou o começo da mudança da folhagem no outono do Central Park.

— Uma vez confiscada, a obra era enviada a uma localização central, por vezes o famoso museu Jeu de Paume de Paris após a conquista da França, para ser categorizada como "adequada" ou "degenerada". Se a pintura fosse dita "degenerada", os nazistas usavam-na como moeda. Contatavam negociantes de arte colaboracionistas que compravam a pintura, em geral por um preço baixo, para revendê-la no mercado livre, ou trocavam-na por várias pinturas apropriadas aos nazistas. Se a obra de arte fosse "adequada", então os líderes nazistas se lançariam ao local como aves de rapina, para decidir que parte do espólio queriam para suas próprias paredes.

Ela fixou os olhos em Mara.

— Os metódicos nazistas tinham um pendor para manter registros meticulosos de seus saques; acreditavam que eram conclamados por força divina a tomar posse de seus espólios, e assim não tinham qualquer vergonha em registrá-los. Isso significa que, quanto às proveniências de arte da era nazista, meus pesquisadores esperam conseguir uma prova negativa, ou seja, que a obra de arte *não* aparece em nenhuma das listas nazistas de arte saqueada, como os inventários do ERR, ou em relatórios de inteligência de agentes americanos operando na Europa logo após a Segunda Guerra, tornados públicos mais tarde. Estes últimos documentos, relatórios de historiadores de arte trabalhando para a Unidade de Investigação de Despojos de Arte do Gabinete de Serviços Estratégicos dos Estados Unidos, contêm detalhados dossiês dos interrogatórios dos envolvidos, assim como registros das peças roubadas. Por que meus pesquisadores esperam *não* encontrar a obra em questão listada nesses documentos? Porque se a pintura aparece nas listas nazistas ou nos relatórios da inteligência, isso significa que os nazistas a pilharam; o que, por fim, determina que a Beazley's não pode de modo algum fornecer uma proveniência limpa para a peça.

Pondo-se de pé e alarmando Mara, Michael interrompeu.

— Lillian, detesto ter que interrompê-la antes mesmo de chegar à questão da proveniência da *Crisálida*, mas Mara e eu temos que ir ao leilão. Será que ela poderia marcar uma nova reunião com você? — Michael presenteou Lillian com um sorriso irresistível.

Ela não pôde reprimir um sorriso em resposta, embora tentasse.

— Ah, Michael, você sabe que eu nunca fui capaz de dizer não para você.

Mara se perguntava como Michael conseguiu construir uma relação tão cálida com a espinhosa e burocrática Lillian.

Quando se voltou para Mara, o tom de voz de Lillian congelou mais uma vez.

— Srta. Coyne, apenas ligue para minha assistente para marcar um horário. Estarei na Europa durante toda a semana que vem. — Cabeça erguida como se ostentasse uma coroa, Lillian deixou a sala.

Cinco

NOVA YORK, PRESENTE

UMA BANDEJA DE TAÇAS DE CRISTAL COM CHAMPANHE FLUTUAva no braço de um garçom vestido a rigor. Michael pegou duas taças, aproximando-se de Mara enquanto lhe entregava uma delas. Ele ergueu a sua.

— Um brinde. Por vê-la novamente.

Ela tilintou sua taça na dele.

— Saúde. — Mara tomou um longo gole para acalmar seus nervos, embora soubesse que precisava manter a cabeça no lugar.

Ele ergueu sua bebida novamente.

— E por estarmos trabalhando juntos.

Suas taças se tocaram mais uma vez.

Mara examinou a festa, iluminada pelo brilho da elite da cidade. Ela sentia o perfume de rosas vermelhas recém-cortadas que enchiam vasos de porcelana azul e branca por toda a área de recepção. O salão de bailes cintilava pelos candelabros suspensos e as jóias usadas pelos convidados. Um fluxo constante e ininterrupto de champanhe e aperitivos ocupava o salão, embora as clientes esquálidas não dessem qualquer atenção às iguarias. Ela pensou no quanto Sophia sorveria cada detalhe do evento.

Michael tocou sua mão.

— Peço desculpas por Lillian. Ela se prolongou por muito mais tempo do que qualquer das outras vezes em que a vi fazendo aquele discurso. Provavelmente queria impressioná-la. Eu achava que iríamos cair fora e vir para a festa muito antes.

— Michael, por favor, não se desculpe. Você não tem idéia de quanto esse caso é mais interessante do que meu trabalho habitual sobre fraudes de seguradoras.

Ele riu.

— Ah, eu tenho uma idéia bastante boa. Ainda assim, não quero que os modos desagradáveis de Lillian façam todo o processo de proveniência da era nazista soar mais assustador do que realmente é. Ela tem uma grande equipe que só faz garantir que obras contaminadas não saiam pelas portas da Beazley's para o mundo lá fora.

— Não se preocupe. Essa foi exatamente a impressão que tive.

— Mara tomou outro longo gole de champanhe e depois confessou. — Também tenho a impressão de que Lillian não gostou muito de mim.

— Não é nada disso. São só os espinhos de que falei; ela vai amolecer. Muito bem, deixe-me mostrar o lugar.

Tirando o mantô para revelar seu vestido, Mara circulou através do salão de braço dado com Michael, esbarrando em figurões da alta sociedade e megaempresários sobre os quais lia nas revistas e observando as preparações nos bastidores do leilão enquanto a equipe se preparava para desvelar ao salão as estonteantes pinturas. Michael explicou que a suntuosa festa era apenas uma pequena tentativa de seduzir colecionadores de arte e ganhar patrimônios e consignantes em potencial. Valendo-se do glamour tanto quanto da arte, a Beazley's oferecia elaborados jantares, organizava viagens com todas as despesas pagas para lugares exóticos, empregava filhos de colecionadores, promovia festas black-tie em sua sede e fazia doações às causas favoritas dos clientes como parte de sua constante batalha contra a Masterson's. Ao fim de cada temporada, os competidores calculavam as vendas e exibiam coleções para determinar quem dominava como líder no mercado, e depois usavam essa isca para atrair ainda mais colecionadores e consignantes.

Soou um gongo. Ao sinal, as luminárias moveram seu brilho do salão de bailes e iluminaram o corredor para o anfiteatro de leilões. Embora não menos suntuoso que o salão de bailes, o anfiteatro, com sua atmosfera séria e sussurrada, recendia a comércio.

Mara se sentou num lugar reservado ao lado de Michael. Estava tonta pelas três taças de champanhe e pela palpável sensação de expectativa no anfiteatro.

As luzes baixaram, e um silêncio se abateu sobre a platéia enquanto esperavam pela primeira pintura. Tomou o palco um *Grupo Alegre*, raro trabalho de Pieter de Hooch, o segundo pintor mais importante da escola de Delft depois do mestre Johannes Vermeer. Situada numa taverna repleta de sol, a cena pintada exibia uma jovem servente em vestes vermelhas pondo vinho para três convivas, dois dos quais disputavam as atenções da donzela. A luminosidade e o comedimento da pintura hipnotizaram a platéia e, por um momento, roubaram a cena do pedante leiloeiro e de seus obsequiosos subordinados. E então os lances começaram.

Mãos erguiam-se, cabeças meneavam, paletas pipocavam. À medida que os lances subiam, também a voz e o ritmo do leiloeiro aumentavam de tom. Mara examinou o catálogo do leilão e depois fitou Michael, assombrada. Os lances excediam em muito as estimativas pré-leilão dos preços do catálogo. O martelo bateu.

— Vendido. Por 3,25 milhões de dólares.

Bucólicas cenas de tavernas; tranqüilas visões domésticas; sombrios retratos e pinturas históricas; vastos interiores caiados de igrejas; Saenredam; van Ruisdael — as mercadorias subiam e desciam do palco. Eram vendidas por valores duas ou três vezes maiores do que as estimativas, repetidamente. Cada pintura competia com a próxima pelo lance mais alto no já lendário leilão.

Depois, Michael e Mara atravessaram o anfiteatro do leilão em direção ao salão de recepções, palco das festas privadas pós-leilão. Uma miniatura do salão de bailes, o espaço fluía com champanhe, embora o espumante fosse de uma safra ainda mais extraordinária. Orgulhosos tapinhas nas costas e beijos soprados os cercavam. A atmosfera era eufórica, não apenas entre os novos donos das obras-primas holandesas e seus proprietários anteriores, mas também entre os diretores e chefes executivos da Beazley's, agora mais ricos. Por um momento, uma vozinha imbuída com o timbre familiar de sua avó sussurrou na mente de Mara, precavendo contra a artificialidade da cena, mas ela a baniu.

Poucos minutos depois de entrarem na festa, Michael murmurou no ouvido de Mara:

— Você se importa se formos embora? Fiz planos para nós.

Mara ficou abismada. Era uma grande noite para a Beazley's, e, pela conversa prévia que tiveram, ela imaginava que esta era uma noite crucial para Michael festejar e compartilhar do sucesso com seus colegas e clientes. Além disso, era a chance dela de conhecer mais dos personagens-chave da Beazley's. Mas ele era o cliente, e ela estava intrigada, e então concordou.

Eles abriram caminho entre os grupos. Exatamente quando se aproximavam da porta envernizada, uma mão masculina perfeitamente manicurada se fechou no ombro de Michael. Seu proprietário de idade indecifrável era igualmente bem-apessoado, com uma cabeça inteira de espessos cabelos cor de prata habilmente cortados e um terno azul-marinho riscado, feito sob medida. Mara sentiu o corpo inteiro de Michael se retesar.

O homem olhou diretamente para ela.

— Michael, não vai me apresentar a sua linda amiga?

— Perdão, Philip. Posso apresentar-lhe Mara Coyne? Ela é a advogada da Severin que nos representará no caso Baum. Mara, este é Philip Robichaux, co-diretor da Beazley's. O sucesso deste leilão pode ser atribuído a ele.

Enquanto Mara e Philip apertavam-se as mãos, ele protestou pelo comentário de Michael, embora pouco convincentemente.

— Michael, não há necessidade de elogios. O sucesso desta noite pertence à Beazley's enquanto instituição.

Michael e Philip passaram os minutos seguintes comemorando as vendas da noite e rindo do fato de que a Beazley's tinha adquirido muitas das pinturas do leilão — batendo a Masterson's — porque um hábil funcionário peneirou os obituários, encontrou a propriedade que continha muitas das obras e então persuadiu a vulnerável viúva em dificuldades a afastar-se da relação de longa data da família com a casa rival. Mara considerou um tanto de mau gosto aquela celebração do expediente clandestino, embora aparentemente habitual.

Philip interrompeu seus gracejos arrogantes com uma brusca mudança de assunto.

— Então, srta. Coyne, irá nos defender no caso Baum. Como advogada de uma firma da magnitude da Severin, tenho certeza de que poderá derrubar as fracas alegações de Hilda Baum com facilidade.

— Certamente é o que planejo, sr. Robichaux.

— Por favor, pode me chamar de Philip.

Antes que pudessem discutir o caso mais profundamente, Michael anunciou sua saída iminente. Philip ergueu uma sobrancelha.

— Tão cedo, Michael? Você sabe como são importantes estes eventos. Há muita gente aqui que eu gostaria de lhe apresentar. Pessoas que seu tio Edward teria gostado que você conhecesse.

— Sinto desapontá-lo. Mas prometi a Mara que teríamos algum tempo hoje à noite para discutir o processo. Espero que compreenda.

— É claro que compreendo. Bem, sentiremos sua falta; assim como a sua, srta. Coyne. Foi adorável conhecê-la. Espero vê-la novamente em breve. — Seus olhos passearam habilmente pelas pernas, o colo, rosto e dedo anelar de Mara.

Todos fizeram suas despedidas, e Michael conduziu-a porta afora.

Do lado de fora, passaram por uma caravana de limusines para chegar à que Michael chamou para esperá-los. Embora o ar noturno fosse estimulante, parecia estranhamente pesado a Mara, carregado por sua decepção com Michael por tê-la arrancado da festa — exatamente quando ela tinha oportunidade de causar uma impressão em um dos líderes da Beazley's. Ela pensava na melhor maneira de tocar no assunto quando o carro se afastou da casa de leilões e o próprio Michael o abordou.

— Perdoe-me pela apresentação um tanto atrapalhada a Philip Robichaux. Eu só queria que nós pudéssemos sair, e nada menos do que aquele pretexto satisfaria Philip.

— Por favor, Michael, não há necessidade de se desculpar. — Ela ainda estava frustrada, mas tranqüilizou-se pelo fato de que ele se retratou por sua excessiva cautela.

Ele encontrou os olhos dela.

— De qualquer modo, estou ansioso para passarmos o resto da noite juntos.

Mara não sabia como reagir, e não tinha certeza se deveria tomar esse comentário como a sugestiva insinuação que parecia ser. Michael jamais flertara abertamente antes, e então ela desviou os olhos. Mas pegou-se sorrindo no escuro. Ela se fez lembrar que antes de tudo ele era um cliente, e um cliente crucial para seu sucesso naquele trabalho.

Ele interrompeu o suave ronronar do carro.

— Há algo que pensei que você gostaria de ver. Em particular.

— Mesmo?

— Mesmo.

Passado um quarteirão e meio, Michael indicou que o carro deveria estacionar diante de uma entrada de fundos da mansão da Beazley's. Saíram do carro numa ruela sombria e estreita e Mara esperou tensa enquanto Michael procurava algo em seus bolsos. Por fim, ele a puxou em direção a uma porta comum, na qual fez deslizar um cartão de identificação num painel de segurança disfarçado e experimentou algumas das chaves. Quando a porta se abriu, ele gesticulou para que Mara entrasse. Avançaram através de um corredor longo e absolutamente escuro, seguindo as fracas lâmpadas vermelhas que corriam ao longo das paredes. Michael avançava, murmurando para si mesmo, como se tentasse recordar as direções, e Mara ficava mais e mais apreensiva quanto aos "planos" que ele reservara para a noite.

Eles então pararam diante de uma porta. Michael se voltou para ela, os olhos lúgubres sob a luz vermelha.

— É aqui — anunciou. Enfiou outra chave na fechadura e abriu a porta.

Lá estava *A Crisálida*. Sozinha, numa sala tão escura quanto a meia-noite, era iluminada do alto, como se por um único feixe de luz das estrelas.

Uma mulher, de lânguida e arrebatadora beleza, comandava o centro da tela. Com um rosto enigmático e sobrenatural, e um pequeno e involuntário sorriso, ela fitava o espectador com olhos turquesa, diretamente, convidativamente. Seus braços e suas mãos abertos estendiam-se com infinita leveza. Seus cabelos cingiam-lhe a cabeça, um halo melífluo coroado por pequeninas folhas. Hipnotizada pelo rosto da mulher, por algum tempo Mara deixou de notar suas vestes ou o cenário.

Quando o fez, viu que eram equivalentes ao rosto da mulher. Ela trajava um longo e suntuoso vestido de puro branco. Um manto azul-cerúleo e carmim embalava-a sinuosamente e caía por sobre o ligeiro e misterioso volume de seu ventre. Translúcidos raios de luz solar trespassavam uma janela oval a sua direita, irradiando-a, banhando-a por completo. A cabeça tombada de uma serpente morta jazia a seus pés, a única imagem dissonante no que do contrário seria uma imagem perfeitamente serena. Num canto escuro de seu quarto, sobre uma mesa de madeira rústica, a chama de uma única vela refletia-se nas pétalas de um lírio alabastro e iluminava as silhuetas de um crucifixo, um cálice e um globo terrestre.

Por fim, na mão esquerda da mulher, uma borboleta amarela irrompia de um casulo rasgado: *A Crisálida*. Mara se perguntava o que tudo aquilo significava.

Surpreendentes e inexplicáveis lágrimas brotaram quando Mara encontrou os olhos da mulher e viu seu inescrutável sorriso tornar-se-lhe íntimo. Era como se a mulher lhe dissesse que ela estava numa encruzilhada e convidasse Mara a transformar-se, como a borboleta dourada emergindo da pupa na palma de sua mão. Ela enxugou as lágrimas antiprofissionais tão discretamente quanto pôde, e voltou-se para Michael.

— Como posso começar a agradecer-lhe por isto?

O sorriso de Michael acendeu a escuridão.

— Eu imaginei que você gostaria de vê-la sozinha.

Algumas horas e muitos, muitíssimos *mojitos* mais tarde, Mara se viu enterrada nas almofadas de brocado de um reservado de canto num pequeno e sensual restaurante de tapas espanholas, tão minúsculo que era como se fosse secreto. Michael começou a deslizar a mão por seu joelho, seu braço e seus cabelos, e ela percebeu que o comentário feito mais cedo tinha sido de fato tão sugestivo quanto pareceu. Mara se desvencilhou da sedução nebulosa daquele toque para cambalear até o banheiro.

Lá, o espelho disse tudo: o cabelo desgrenhado e o vestido amarfanhado; seu fracasso em caminhar na corda bamba entre a atração e suas responsabilidades profissionais; sua negligência por sua carreira.

Quando Mara retornou à mesa, Michael se moveu em sua direção para atraí-la para um beijo. Mas ela restaurara sua determinação quando se olhou no espelho e recuou no tecido rugoso da banqueta. Como Michael insistia em seu firme avanço, Mara agarrou sua bolsa e se levantou.

— S-sinto muito, Michael — gaguejou ela. — Eu não posso fazer isso.

Seis

AMSTERDÃ, 1940

Ele atravessa o escritório, seu passo firme, mas não apressado. Homem de hábitos fixos, está determinado a experimentar seu ritual noturno em sua totalidade, a saborear sua última noite com ela. Ele pega uma taça de cristal e a garrafa de Duhart-Milon, 1934. Serve as últimas gotas do precioso líquido na taça, pensando que jamais encontraria outra garrafa, mesmo no mercado negro. Sabendo disso, poupara os vestígios do licor para esta noite.

Taça na mão, ele suspira de prazer enquanto olha ao redor em seu escritório, seu refúgio dos excessos vitorianos do restante da casa. Sua esposa e filha criticavam a sala, decorada no novo estilo art-déco, como muito austera, muito moderna, e mesmo fria. Ainda assim, as linhas fluidas e limpas da sala tranqüilizam seu espírito inquieto e criam o pano de fundo perfeito para seu tesouro.

Ele caminha em direção à lareira, que arde e crepita com um fogo recém-aceso. Ergue a taça para a luz, admirando o rico matiz castanho-rubro do licor que cintila através das facetas do cristal. Ele se instala em sua poltrona de couro negro, posicionada diante da lareira e da cornija exatamente para isso, e coloca-se tão rigorosamente quanto a poltrona.

Ele estica as pernas e as cruza na altura dos tornozelos. Baixa os olhos para a taça e toma o menor dos goles, deliciado pela maravilha do gosto da bebida em sua língua e pelo lento queimar quando o líquido desce por sua garganta. Ele se prepara para elevar os olhos para o alto da lareira, até ela. A série de movimentos é sua genuflexão privada, uma veneração a ela e à sua mensagem.

Prestes a erguer o olhar, ele ouve o ruído de passos rápidos aproximando-se da porta do escritório, e então hesita. Após um momento carregado de remorso, uma batida soa na porta.

— Sim? — perguntou ele, como se não soubesse quem era e o que o indesejado visitante queria. Preferiria não saber.

— Sr. Baum, eles embalaram o restante das pinturas e carregaram-nas no caminhão. Estão prontos para a última, e dizem que têm pouquíssimo tempo.

— Entendo, Willem, entendo. Será que podem me dar mais alguns minutos? — Erich Baum entende a pressa, embora se aborreça. Os transportadores, a quem ele se recusa a considerar contrabandistas, têm um canal restrito pelo qual podem passar suas preciosas pinturas através das fronteiras da Bélgica e da França sem alarmar as autoridades, e Erich não pode se dar ao luxo de atrasar o envio para Nice sujeitando-se ao complexo emaranhado de leis de importação. Embora muitos de seus compatriotas insistam que a Holanda permanecerá neutra durante a guerra, assim como permaneceu na anterior, ele não vai ignorar as cartas de sua filha Hilda, que escreve da Itália de Mussolini, alertando-o de que a invasão nazista é iminente. Ele precisa mandar suas pinturas à França para guardá-las ou vendê-las; não permitirá que suas estimadas posses terminem nas paredes dos escritórios de Göring, Himmler ou outro dignitário nazista, e, de mais a mais, ele precisa do dinheiro.

— Estou certo de que pode ser arranjado, senhor.

— Obrigado, Willem.

Erich fecha os olhos e inspira profundamente, fingindo que essa interrupção não aconteceu. A perda de suas outras pinturas o entristece, mas nada como a dor visceral, o pesar que sente ao se separar dela. Assim, ele imagina que está vivendo seu ritual como se fosse qualquer outra noite, toma outro gole de vinho, e finalmente ergue os olhos.

Ela permanece arrebatadora como na primeira vez em que a viu, no leilão Steenwyck de tantos anos atrás. Com suas mãos estendidas e seu olhar turquesa, ela o chamou em meio ao amontoado de retratos à venda; os raios de luz iluminando-a no interior da pintura pareciam avançar através do público no leilão, acalentando-o com sua mensagem. Enquanto outros davam furiosos lances por obras de prestígio de Miereveld, ele prendia a respiração e esperava que o número dela fosse anunciado para que pudesse levá-la para casa: *A Crisálida*.

Uma batida soa na porta novamente. Erich sabe que não lhe será dada uma nova prorrogação. Ele se sente incapaz de testemunhar a brutal separação entre ela e a parede que foi seu lar desde o leilão Steenwyck, havia mais de três décadas. Assim, Erich lhe dá seu adeus e em seguida abre a porta, sinalizando a Willem para que traga os transportadores.

Sete

NOVA YORK, PRESENTE

Mara despertou suando frio assim que a luz acinzentada da manhã se insinuou através das fendas da janela de sua sala de estar. A luz do dia tocou primeiramente o sofá riscado de verde e cinza no qual dormia, e em seguida a lareira de tijolos esmaltados, flanqueada por estantes de livros envidraçadas e encimada por fotografias em preto-e-branco de Mara com sua avó. Por fim, a luz deslizou pelo longo e escuro corredor para a cozinha.

Ela ainda vestia as roupas do leilão e do jantar da noite anterior, embora seu vestido estivesse irreconhecivelmente amarrotado. Os resquícios de uma lembrança importunavam-na, forçando-se em sua consciência apesar de sua cabeça latejar pelo excesso de champanhe e *mojitos*. A lembrança tomou contornos firmes, e ela teve uma vívida recordação de estar sentada próxima, muito próxima de Michael no reservado do restaurante de tapas. "Oh, Deus", pensou ela, "ele tentou me beijar". O estômago de Mara se revirou à lembrança do que quase aconteceu.

Grunhindo, ela se trocou, vestiu seus pijamas e rastejou para a cama. Tentou cair no refúgio do sono, mas seu estômago não permitia. Tentou tomar um banho, na esperança de lavar a vergonha e a preocupação. Mara esfregou sua pele já dolorida, porém se retraía mais ao pensar no quanto se permitiu envolver numa situação comprometedora com um cliente. Como pôde se dar o direito de desrespeitar seus limites profissionais? Como deixou que Michael acreditasse que ela seria receptiva a seus avanços? Ela sabia a resposta, claro: a inegável atração física e seu desejo por ele no passado, mesclados com seus anos de solidão e excesso de drinques.

Depois de se vestir, Mara decidiu ir caminhando para o trabalho. Era um prazer ao qual geralmente se negava, já que um táxi levava metade do tempo, mas ela precisava clarear a cabeça e formular algum tipo de plano. O sol parecia particularmente brilhante, e então Mara pôs seus óculos escuros e parou para tomar uma grande xícara de café, carregada de leite e açúcar. A cada passo, um novo e perturbador pensamento lhe ocorria. E se ele tentasse continuar o relacionamento, apesar de sua recusa inicial? Mara não estava certa do quanto ainda poderia resistir. Mas, pior ainda, e se ele estivesse irritado com a rejeição, irritado a ponto de querê-la fora do caso? Ela viu sua chance de se tornar sócia, que dependia de sua harmonia com o novo cliente, a Beazley's, sumir diante de seus olhos.

Quando Mara passava em frente ao normalmente trancado Gramercy Park, o único parque privado que restava na cidade, ela notou que o portão estava entreaberto e entrou. O outono começava a transformar o pequeno santuário numa extravagante colagem de tons de fulgurante laranja, ouro acobreado, vermelho-maçã e rico chocolate; o sol da manhã o iluminava por completo. Mara diminuiu o passo para um vagar. Folhas caídas se rasgavam sob seus pés, e um aroma fresco permeava o ar. Quando se sentou num dos antigos bancos de ferro lavrado do parque, uma folha caiu numa dança e aterrissou em seu ombro. Mara sentia-se completamente sozinha. Imaginou que Michael não era um cliente, e que estava sentado a seu lado. A fantasia trouxe um breve sorriso a seus lábios, mas logo seu celular tocou. Era sua secretária, lembrando-lhe de uma reunião de departamento que seria presidida por Harlan Bruckner, entre outros compromissos. Ela se desprendeu do parque, reentrou na agitação da cidade e percorreu os últimos quarteirões até a Severin num táxi.

Mara sentiu sobre si os olhos impressionados dos passantes quando empurrou as maciças e sempre imaculadas portas giratórias da colossal torre da Severin, embora elas parecessem mais pesadas que o normal esta manhã. Após passar pela segurança, subiu a seu andar num elevador expresso misericordiosamente vazio, os ouvidos estalando quando o elevador disparou para cima como se soubesse que seus passageiros cobravam por décimo de hora. Ela atravessou o longo corredor em direção a seu escritório, passando pelo murmúrio de computadores e faxes, longas conferências telefônicas e gavetas de arquivos batendo, tumultuadas salas de reuniões e gente hábil fazendo trabalhos difíceis. Mesmo agora, com seu passo em falso com Michael pesando em sua consciência, o burburinho dos corredores da Severin a estimulava.

Antes de entrar em seu escritório, ainda zonza, Mara armou-se com uma segunda xícara de café. Seu escritório parecia a essência da organização, uma escrivaninha relativamente livre, papéis muito consultados guardados em fichários e um armário para arquivos de casos volumosos. Ainda assim, como em seu apartamento, as gavetas escondiam artigos extravagantes, e a parte inferior de sua mesa escondia montanhas de sapatos.

Folheando rapidamente a correspondência da manhã, Mara identificou uma mensagem deixada por Michael. Ele telefonou logo cedo. Apesar do curso que ele queria seguir e de seus próprios sentimentos, Mara sabia que precisava restabelecer a ordem apropriada entre eles o mais rápido possível. Contudo, temia fraquejar quando ouvisse sua voz baixa e grave; afinal, foi o que a levou a se meter nessa confusão. Sophia a ajudaria a voltar aos trilhos seguros, mas primeiro Mara teria de enfrentar uma rajada de censura.

Mara avançou pelo estreito corredor em direção ao escritório de Sophia, mal cumprimentando quaisquer dos colegas associados por quem passasse, e escancarou a porta do escritório da amiga. Um sorriso ansioso a recebeu.

— Já estava me perguntando quando você viria até aqui — exclamou Sophia. — Como foi a festança?

Mara hesitou. Ela sabia que tinha que contar tudo para receber o que precisava de sua amiga. Respirou fundo e confessou toda a noite anterior a Sophia, momento a momento.

— Deus do céu, Mara! Em que diabos você estava pensando?! — Sophia descarregou toda a força de sua desaprovação ao comportamento de Mara: imprudente, antiético, mortal à possibilidade de qualquer avanço. Ela repetiu cada detalhe da desgraça de Lisa Minever, seu potencial endividamento financeiro e profissional pelo processo, seu ostracismo por ex-amigos e colegas, e sua impossibilidade de encontrar outro trabalho devido à má publicidade.

Mara não ofereceu qualquer resposta, nem Sophia realmente queria uma. Sophia queria uma desculpa para despejar sua raiva em Mara. Evidentemente, ela pensava que a mancada de Mara se refletiria nela, assim como sabotaria seus planos para um futuro em comum.

Sophia começou a exigir mais informações. Por que Mara cedeu a Michael quando tinha sido tão resoluta em rejeitar as propostas de outros clientes e até de sócios?

— Por que você não cortou isso pela raiz, contando sobre o "namorado"? — perguntou ela, referindo-se às detalhadíssimas histórias sobre outras relações que as duas preparavam para essas situações. Sem piscar, elas podiam evocar ocupados investidores cujas abarrotadas agendas de viagem impediam-nos de se importar com as longas horas de trabalho das mulheres, assim como evitavam que os "namorados" comparecessem a todos os eventos da firma.

— Porque eu gosto dele, Sophia. Sei que foi estúpido, mas meus sentimentos atropelaram meu bom senso. — Sentia-se bem em admitir a verdade em voz alta, mesmo sabendo que corria o risco de enfrentar mais explosões de Sophia.

Para surpresa de Mara, o olhar pétreo da amiga abrandou.

— Desculpe, Mara. — Sophia lhe afagou a mão. Mas logo ela tornou a fechar a porta de seu coração com rapidez e eficiência, e reconcentrou suas vistas no sucesso. — Mas você conhece as regras. Se ele ainda estiver interessado em seguir com isso, você deve impor o limite, educadamente, mas tão firme quanto possível. Pois se você não fizer isso e decidir continuar com ele, sabe o que acontecerá se tudo vier à tona. Você realmente quer jogar fora todo o seu trabalho duro?

— Não. — Ou pelo menos a porção autodefensiva, ambiciosa e semelhante a Sophia em Mara não queria. — De qualquer forma, provavelmente estou fazendo tempestade em copo d'água. Ele deve estar arrependido pela noite passada e telefonou para perguntar se podemos esquecer o que aconteceu. — Metade dela queria que ele se sentisse assim, já que tornaria tudo mais fácil. Mas, ainda assim, a outra metade não queria. — Só rezo para que ele não esteja furioso a ponto de querer me tirar do caso.

— Duvido muito. Como isso ficaria para ele? Como ele explicaria isso à Beazley's ou a Harlan? — Sophia insistiu: — Mara, você tem que fazer a coisa certa.

Mara assentiu, aprumou os ombros e voltou para seu escritório. Antes mesmo de se sentar, ela conferiu o número no bilhete e pegou o telefone, firme em sua resolução mas com o coração acelerado.

— Michael Roarke, por favor — enunciou claramente.

— Posso perguntar quem deseja?

— Mara Coyne.

— Só um momento. Ele está numa ligação, mas pediu que eu o interrompesse se você telefonasse.

Mara quase desligou, mas se obrigou a esperar. Contudo, seu estômago continuava com suas reviravoltas, nem um pouco apaziguado pela música ambiente de Mozart.

— Mara — respondeu Michael, sua voz evocando imagens dos dois no restaurante. A voz desafiou a determinação de Mara por um instante, e ela prendeu a respiração, deixando que ele falasse primeiro. — Estou tão feliz por você ter retornado minha ligação. Pensei em você a manhã inteira.

— Pensou? — A pergunta escapou. Apesar do eco das repreensões de Sophia e de seu próprio compromisso em manter com ele uma relação advogada-cliente, ela não pôde abafar sua reação instintiva.

— Toda a manhã. Peço perdão se fui muito impetuoso ontem à noite. Mas quero vê-la de novo, e não apenas como seu cliente. Posso?

A palavra "sim" se formou em seus lábios, mas Mara forçou o "não" em seu lugar.

— Michael, eu quero, mas não posso.

— O que quer dizer com "não posso"? — Sua voz transbordava de surpresa, decepção, raiva.

— É contra as regras, Michael, embora eu realmente gostaria que não fosse. Mas estarei aqui para ajudá-lo com o caso Baum, trabalharei noite e dia para ganhá-lo para você. Acha que podemos fazer isso juntos?

Ele fez uma pausa durante o que pareceu a Mara uma eternidade.

— Sim, Mara, eu acho. Eu só gostaria que pudesse ser mais.

Oito

NOVA YORK, PRESENTE

DURANTE AS SEMANAS SEGUINTES, MARA SE REFUGIOU NO TRAbalho. Ela preteriu seus outros casos — uma disputa referente a uma oferta pública de ações, um processo de fraude de seguros, uma ação popular de violação fiduciária — e mergulhou no caso Baum *versus* Beazley's com obstinada intensidade, quase como uma forma de se desculpar com Michael, como se oferecer-lhe uma vitória servisse como um amplo ato de arrependimento pelo que ela tinha recusado.

Além de Michael, o caso Baum era excepcionalmente exigente devido às minúcias da lei de reintegração de bens móveis, a arcaica lei do código civil que governava a devolução de propriedade roubada. O único jeito de Mara entender e desembaraçar a rede emaranhada da lei de reintegração era fuçar na biblioteca jurídica, negligenciada pela maioria dos associados desde o advento da pesquisa eletrônica, e estudar seus tratados abandonados. Ignorando o sistema de alto-falantes da firma berrando seu nome de vez em quando, ela estudou os tomos empoeirados, aprendendo que a maneira mais direta para ganhar um caso de reintegração seria encontrar uma falha no direito de posse de Hilda Baum. Embora Mara tivesse esperanças de que pudesse coletar material suficiente de Lillian para desafiar a pretensão da reclamante, ela questionava se teria habilidade para criar uma defesa impenetrável na questão isolada do direito de posse, dada a má conservação e a indisponibilidade dos velhos registros da época da guerra.

Certa vez, passando da meia-noite, enquanto bebia sua terceira xícara de café e forçava seus olhos a ficarem abertos, Mara trombou com uma promissora nota de pé de página em um tratado. A nota explicava que, embora a lei de reintegração determinasse que nem o ladrão nem qualquer subseqüente comprador bem-intencionado de uma obra de arte roubada teriam direito legítimo a ela, certos casos apresentavam restrições aos direitos dos proprietários em recuperar suas obras, fornecendo aos réus um tipo particular de defesa chamado "caducidade". Tais casos requeriam que os proprietários procurassem por sua obra incessantemente antes de iniciar um processo de reintegração ou o tribunal julgaria a ação fora de prazo pelo estatuto das limitações. Mara estava enlevada. Se conseguisse persuadir o juiz a usar esses precedentes, e se conseguisse estabelecer que Hilda Baum esperou por tempo demais para buscar *A Crisálida* ou não buscou com suficiente empenho, e que isso prejudicou seu cliente, Mara poderia ter um caso inexpugnável.

Mas ela precisava ter certeza de que esses casos eram tão fortes quanto a nota de pé de página indicava. Mara rastreou o principal caso citado nela, DeClerck *versus* McKenna, um caso de 1958 da corte de apelação de Nova York. Neste caso, o pai da reclamante alemã possuía uma considerável coleção de arte que incluía um Cézanne. A reclamante herdou o Cézanne em 1925 e o manteve em sua casa até 1942, quando enviou a pintura para a residência de sua irmã na Áustria para salvaguarda. Em 1945, um soldado americano aquartelou-se na casa da irmã, e quando partiu, o Cézanne tinha desaparecido. A reclamante imediatamente contatou diversas autoridades, assim como seus corretores de seguros, sem sucesso. Após essas tentativas iniciais, a reclamante não empreendeu mais esforços para localizar a pintura.

Nesse meio-tempo, o Cézanne adentrou o mercado de arte americano, no qual um conhecido empresário americano o adquiriu em 1948 de uma prestigiosa galeria de Boston num leilão amplamente divulgado. O empresário exibiu a pintura em diversas exposições de grandes museus por todo o país, cada uma das quais possuindo brilhantes catálogos de exposição com fotografias do Cézanne.

Quando a reclamante finalmente entrou com um processo, dez anos após o ressurgimento da pintura, o tribunal deu a pintura ao empresário, sob a alegação de que a reclamante falhara em dedicar esforços razoáveis e em tempo hábil para tentar localizar a obra. A reclamante deveria ter buscado o Cézanne na década posterior à guerra, especialmente através de fontes óbvias e amplamente acessíveis como os catálogos de exposições.

Embora ela percebesse que enfrentava um sério desafio em convencer o juiz a adotar o precedente DeClerck, com o peso adicional que imporia à vítima do Holocausto Hilda Baum, Mara estava exultante com DeClerck e seu veredicto. Até que encontrou o caso Scaife.

Em 1964, uma pintura de Seurat foi roubada do Scaife Museum of Art, de Nova York. O Scaife jamais tornou público o roubo nem informou às autoridades a respeito. Em 1969, acreditando piamente que eram compradores legítimos da pintura, a família Laurel comprou o Seurat de uma prestigiosa galeria de arte de Nova York. Em 1986, quando a família Laurel colocou o Seurat para leilão público, o Museu Scaife descobriu a pintura e a exigiu de volta.

Seguindo o raciocínio do caso DeClerck, em 1987 a baixa corte de Nova York negou os argumentos do museu e encerrou o caso em favor dos Laurel. A corte considerou que o Museu Scaife não agiu com empenho suficiente em tentar localizar o Seurat roubado. Contudo, vários meses depois, a corte de apelação reverteu sua decisão utilizando a incomum regra de "demanda e recusa". A corte determinou que o tempo limite para uma ação de devolução de uma propriedade roubada não começava a correr antes que o antigo proprietário localizasse a propriedade perdida, exigisse sua devolução e esta fosse recusada; não importava se o antigo dono tivesse se empenhado o bastante em procurar a propriedade, importava apenas que ele ou ela exercessem tal empenho na exigência de devolução uma vez que a propriedade fosse localizada. Uma vez que o Museu Scaife tinha acabado de exigir a devolução do Seurat e os Laurel imediatamente recusaram, a corte considerou o processo Scaife dentro do prazo.

Os Laurel não apelaram mais à suprema corte de Nova York, o que significava que o juiz que Mara enfrentaria teria de escolher entre as decisões de apelação: DeClerck ou Scaife. O ônus de guiá-lo na direção de DeClerck recaía sobre Mara.

Enquanto costurava o argumento a favor de DeClerck, Mara continuava a revisar todos os outros casos de reintegração relacionados que conseguiu localizar. Esperava coletar o máximo possível de precedentes legais para proteger sua posição contra quaisquer brechas inesperadas. Tecnicamente, os casos que estudava asseguravam-na de que ela realmente tinha um forte argumento, que não se desmantelaria nem sob os ataques de seus oponentes e nem sob escrutínio do juiz, e, de modo geral, sua confiança e excitação aumentavam. Mas os casos também detalhavam as histórias humanas que subjaziam a todas as disposições legais, as tragédias que geraram os processos judiciais. Mara leu sobre o sacrifício de Alphonse Schwarz, que suportou repetidos interrogatórios nazistas e mutilação permanente para proteger o esconderijo da extensa coleção de arte flamenga de sua família, sabendo por fim que as pinturas já tinham sido saqueadas pelos nazistas, e seus irmãos, assassinados. Mara leu sobre a falência de Eva Blumer, que gastou cada marco da fortuna de sua família tentando recuperar apenas um dos adorados desenhos de Tiepolo de seu pai. Eva jamais recuperou um único desenho que fosse, apesar do fato de que estavam em exibição pública num pequeno museu em Nice. Mara leu sobre a angustiante jornada de Otto Stern, que sobreviveu aos anos de guerra entrando e saindo de campos de concentração e de refugiados, descobrindo ao fim que as gravuras renascentistas que ele cuidadosamente ocultara na adega subterrânea de um amigo francês tinham sido espalhadas por todo o mundo pelos nazistas; ele passou décadas tentando em vão localizar uma gravura que fosse, finalmente morrendo de parada cardíaca.

Essas histórias pessoais inquietavam Mara e faziam-na recordar o momento em que estudou a queixa de Hilda Baum pela primeira vez e sentiu por ela uma pontada de compaixão. Anteriormente, tinha ficado eufórica por ser selecionada para a missão. Mas, à medida que trabalhava no escuro, noite após noite, a única coisa que a impedia de ser fisgada pela emoção das histórias dos reclamantes era a complexidade técnica de seu argumento. Em sua melhor imitação de Sophia, Mara se forçava a revisar seus pontos e contrapontos incessantemente. A intensidade alimentava sua concentração e seu instinto de jogadora, e por isso ela mantinha suas estratégias em segredo de Michael durante as reuniões de levantamento de dados que ele marcava e em suas conversas diárias por telefone e e-mail. Ela queria que seu argumento estivesse imaculado quando finalmente o revelasse para Michael, e quase já podia saborear o triunfo que sentiria.

No começo de certa tarde, Mara estava absorta no caso DeClerck quando ouviu Sophia batendo na porta.

— Vamos, Mara, eu sei que você está numa espécie de cruzada com esse caso Baum, mas você precisa comer.

Mara ergueu os olhos e realmente teve que se esforçar para lembrar se tinha almoçado naquele dia; durante os dias anteriores, ela almoçara em sua mesa em no máximo seis minutos, com os cotovelos fincados nos casos. Seu estômago roncava, e assim ela relutantemente deixou seu trabalho e uniu-se a Sophia. Seguiram para o almoço semanal dos advogados, um pródigo bufê destinado tanto a impressionar os clientes visitantes quanto a prover os advogados da firma com um fórum social.

Enquanto elas enchiam seus pratos, vários ex-colegas de turma passavam, e todos trocavam educados olás, mas ninguém convidava as duas mulheres para suas conversas ou suas mesas. Mara e Sophia tinham uma relação aparentemente cordial, embora na verdade gélida, com seus contemporâneos na firma. Seus ex-colegas se ressentiam pelo tratamento preferencial que as atraentes amigas recebiam — casos com ampla divulgação ou aparições nos tribunais, presença em jantares arquitetados para atrair negócios, convites para qualquer campo minado social que exigisse uma elegância que os parceiros freqüentemente desengonçados não saberiam aparentar —, e com freqüência fofocavam sobre o que as amigas faziam para consegui-lo, embora nada pudesse estar mais longe da verdade. Assim, sem mais opções, Mara e Sophia se sentavam à mesa dos sócios, mesmo sabendo que só iriam alimentar a máquina de boatos.

Sophia rapidamente se juntou à conversa sobre uma batalha de incorporação ardentemente disputada, mas Mara mal pôde acompanhar. Sua mente voltava seguidas vezes aos casos que ela deixara sobre a mesa. Nesse exato momento, ela avistou Harlan. Não que Harlan fosse fácil de ignorar, é claro, com seu corpo imenso e o charuto cubano irritantemente apagado que carregava entre os dedos como uma malévola varinha de condão.

Harlan habitualmente almoçava sozinho em sua sala; assim, Mara estava surpresa e mais que um pouco curiosa quanto à presença dele. Mas logo ela viu Michael no rastro de Harlan, e seu estômago afundou. Não era a simples visão de Michael que agitava suas entranhas. Tinha se acostumado a vê-lo, e até mesmo se habituara a rechaçar com tato suas constantes propostas e seus flertes. O que a inquietava era ver Michael em seu território.

Ela se perguntava o que o trouxera aqui e por que não tinha sido convidada para reunir-se com os dois homens. Eles se instalaram numa mesa em sua linha de visão, mas de onde não podiam vê-la. Mara estudou a forma como interagiam, fascinada pela habilidade com que Michael deixava Harlan à vontade, e até o fazia rir. Ninguém fazia Harlan Bruckner rir. Mara reconheceu o mesmo carisma que, apesar de sua obstinação, ainda achava tão atraente.

Enquanto observava, alguém se aproximou da mesa dos homens. Da sua posição, tudo o que Mara pôde ver foi o vestido-envelope ameixa fortemente acinturado e o balanço dos quadris. Mas ela reconheceu aquele gingado em particular. Era Deena, uma associada sênior do departamento jurídico que tinha um ano a menos de casa que Mara, chegada a sócios poderosos e casados. Deena inclinou-se na direção dos homens, sua atenção claramente dirigida a Michael. Mara viu Michael amolecer à bajulação de Deena e testemunhou o sorriso dele quando ela tocou suavemente a manga de seu paletó. Mesmo sabendo que a cena não era em absoluto dirigida a seus olhos, Mara não pôde tolerar o espetáculo por mais tempo. Afastou-se da mesa, desculpou-se com uma confusa Sophia por esquecer uma iminente audioconferência e disparou para fora da sala.

———

Naquela noite, Mara foi para casa muito mais cedo que de costume. Dessa vez, não se sentia compelida a trabalhar até de madrugada no caso Baum. Em vez disso, ela se convenceu de que distrair-se com um vídeo e pipocas ajudaria a acalmar sua agitação. Mas assim que acendeu as luminárias da balaustrada em sua sala de estar, dirigiu-se imediatamente para a cozinha e encheu de vinho a taça mais alta que encontrou.

Enquanto bebia, Mara vestiu um suéter, despindo-se de seu desconfortável e fechado terno de trabalho. O vinho a tranqüilizou e lhe permitiu reconhecer que sua solidão era obra sua. Se estava sozinha, apenas com trabalho e Sophia para lhe fazer companhia, ninguém tinha culpa. Ela fez todas as escolhas por si, incluindo a decisão de batalhar pela sociedade a qualquer custo.

Finalmente, vieram as lágrimas.

Nove

LEIDEN, 1646

Gritos acordam Johannes. As vozes reverberavam através de seu quarto arejado, abafando as palavras e mascarando a identidade dos contendores. Ele afasta as cobertas e luta para entender. Arriscando-se a levar uma surra, ele desliza para fora da cama e se esgueira até o topo da escada.

Espia através das curvas da escada. As vozes são de seus pais. Mamãe está de joelhos. Ela roga ao pai por perdão. Implora pela liberdade de Johannes. Ela oferece a si mesma em troca.

O pai recusa. Ele descobriu o segredo. A trilha para o templo católico não era tão deserta quanto tinham pensado. Judith os avistou nela, e os seguiu.

Mamãe suplica. Ela manteve sua promessa. Johannes jamais tomou qualquer dos sacramentos católicos; ele era um puro calvinista.

A voz do pai rebenta como um chicote.

— Como posso deixar Johannes sob seus cuidados?! O filho único que Deus nos entregou para conduzirmos ao próximo mundo? — A tolerância da mãe com as brincadeiras de Johannes e seus suaves mimos pareciam tolice inofensiva, mas agora ele vê que marcavam a falta de cuidados com a alma da criança. Não, Johannes não mais ficaria sob supervisão dela.

A casa torna-se silenciosa, exceto pelos uivos do vento invernal.

— Para onde ele irá? — sussurra a mãe.

— Para o estúdio de Nicholaes Van Maes.

— O pintor?

— Sim, o retratista da corte. A fé dele está acima de qualquer censura.

As escadas rangem quando o pai inicia a íngreme subida. Johannes rasteja de volta à cama. Fingindo dormir, ele sente a beira da cama baixar quando o pai se senta. Enquanto tenta aquietar sua respiração, uma mecha de seus cabelos se ergue a cada dificultosa expiração. O pai afasta o cacho de sua testa, a primeira vez que Johannes recorda sentir seu toque, e começa a explicar que a vontade de Deus para Johannes mudou. O Senhor agora deseja que Johannes desenvolva o talento que recebeu, e que seja aprendiz no estúdio do homem patrocinado pelo próprio burgomestre da cidade e até por líderes de Haia. Esse homem zelará por Johannes, promete o pai, juntando sua face à do filho.

Judith lhe entrega um último pacote quando ele sobe na barcaça. O pai verifica os baús e ordena a partida. Com seu remo, o barqueiro quebra o gelo que encalha o barco e então sinaliza para que seja impulsionado para longe do cais. Johannes volta-se para gravar sua casa na memória, e vê a mãe na janela da pequena torre, um lenço sobre os olhos. Vendo os lábios de Johannes tremerem, o pai proíbe as lágrimas, lembrando-lhe de que esse é um teste para sua fé.

Johannes modela a silhueta fugidia numa paisagem em sua mente. Prédios de tijolos vermelhos e telhados de cerâmica alaranjada passam, seus reflexos na superfície espelhada da água unindo-se à jornada. Nuvens cerúleas, ardósia e ocre colorem o céu de peltre manchado. O pináculo da vasta igreja, onde ele ora com o pai, e os portões fortificados da cidade escurecem o canal diante deles. Eles devem atravessar o líquido lúgubre antes de se pôr em marcha nas águas abertas.

O abrupto tranco da chegada do barco a seu destino interrompe sua pintura mental. Quando Johannes salta do barco para as escadas, sente o umedecimento em torno de seus pés e tornozelos. Ele olha para baixo. O barco começara a encher com a água congelante. A umidade o acompanha para o encontro com seu novo mestre.

Dez

NOVA YORK, PRESENTE

SÁBADO CHEGOU COMO QUALQUER OUTRO DIA, E MARA AUTOMAticamente se levantou para o trabalho. A única diferença em sua rotina era que vestia jeans, um suéter e botas, em vez de camisa, tailleur e saltos altos. Quando se aproximava do prédio da firma, sua livraria favorita, seu luxo de todos os sábados, clamou por sua atenção, as vitrines parecendo dançar freneticamente para atrair seu olhar. Ela sabia que hoje tinha de ignorar a loja, já que o trabalho a convocava com a mesma veemência, mas ela entrou mesmo assim.

A familiar mixórdia de livros e grupos de ávidos leitores apaziguou sua mente inquieta. Ela ziguezagueou pela sessão de história da arte e arqueologia, onde apenas abrir os livros, estalar as lombadas novas, cheirar a impressão recente sempre a estimulavam. Aqui o tempo se esvanecia, e ela se esquecia de medi-lo em décimos de hora.

Passou de história da arte para biografias: embora raramente tivesse tempo de ler, ela acumulava pilhas de livros sobre vidas que duvidava se teria coragem o bastante para viver. Mara se agachou para adicionar mais um livro à cesta que mandaria entregar em seu apartamento, e se levantou no exato momento em que um outro leitor dava um passo para trás, acidentalmente trombando nela e jogando-a no chão. Uma mão apareceu diante dela e desculpas transbordaram antes mesmo que ela ficasse de pé. Era a voz de Michael.

De pé, face a face, sem uma mesa de reuniões e pilhas de papéis entre eles, Mara notou que os olhos dele cintilavam e suas covinhas apareciam. Embora a livraria ficasse bem no meio do caminho entre os dois escritórios, ela estava pasma por vê-lo numa loja da área comercial num fim de semana. Afinal, o apartamento dele era no centro da cidade, e ela achava que a Beazley's não exigia a presença dele aos sábados e domingos.

— Michael — ela conseguiu articular —, o que você está fazendo aqui?

— Procurando um bom livro, exatamente como você, eu acho. Embora talvez não tantos bons livros como você — respondeu ele timidamente, olhando para a cesta.

— Desculpe, eu quis dizer, o que está fazendo nesta área? Pensei que não trabalhasse nos fins de semana.

Ele explicou que precisou passar no escritório para pegar alguns contratos e revisá-los no fim de semana, e já que não tinha planos para o dia, decidiu parar na loja.

— Que tal um almoço? — perguntou ele.

Ela declinou, embora ficasse tentada em vários níveis.

— Tenho muito trabalho.

— Mas eu sou uma parte de seus deveres jurídicos, não sou? Pode me cobrar. — Sua lógica se mostrou tanto irrefutável quanto irresistível.

O almoço se transformou num passeio no Central Park. O passeio no parque evoluiu para alguns drinques. Os drinques tornaram-se um jantar no restaurante japonês próximo ao apartamento dele. Ao longo do dia, Michael foi amigável, mas surpreendentemente profissional. Mara esperava sentir-se precavida e em guarda, mas em vez disso, terminou questionando se ele estaria apaixonado por outra. Deena? Ela sacudiu a cabeça por sua própria tolice, e tentou sentir alívio na perspectiva de relacionar-se com Michael somente como um cliente, sem o espectro de um relacionamento constantemente tirando-a do curso.

Diante de sushi fresco e saquê quente, Michael instigou Mara a apresentar sua estratégia. Ela estava nervosa pelo fato de ter apenas um esboço legal esperando pela vitalidade dos fatos e de sua performance, e seu coração se agitava como as asas de uma borboleta.

— Quero convidar o juiz a inovar o uso da lei — disse ela.

Michael rascou os dedos pelos cabelos.

— Inovar o uso da lei? Tem certeza de que deveríamos apostar esse caso na possibilidade de o juiz "inovar o uso da lei"? — A ousadia dela não o impressionava. Ainda assim, Mara continuava confiante; esse era o domínio dela, e ela sabia exatamente como proceder.

— Deixe-me retroceder por um segundo, para explicar o cenário da lei de reintegração. Tipicamente, o triunfo de um acusado num caso de reintegração baseia-se em provar que há uma falha em algum lugar da história de propriedade do reclamante; por exemplo, que a pessoa de quem o reclamante adquiriu a propriedade não tinha direito de posse para passar à frente. Embora eu saiba que serei capaz de reunir algumas provas nestas linhas com Lillian (afinal, tenho certeza de que ela jamais aprovaria que *A Crisálida* fosse a leilão se seus títulos de posse não fossem incontestáveis), não quero que nosso sucesso dependa desse único argumento. Então desenvolvi uma segunda via que podemos usar. Desenterrei uma linha de casos, começando com um velho caso de apelação em Nova York chamado DeClerck, que prova que, se o suposto "proprietário de direito" numa ação de reintegração não tomou as medidas razoáveis para encontrar o artigo roubado, então o processo é encerrado por estar fora do prazo. Baseando-me na cronologia geral que Hilda Baum declara na acusação, e na simples realidade, acho improvável que Hilda tenha buscado suficientemente nos últimos 60 anos para atingir os padrões do DeClerck. Tentarei provar isso na segunda fase do caso; no depoimento de Hilda, para ser exata. — Mara fez uma pausa. — O que acha?

Michael olhava para ela, impressionado.

— Eu gosto. Especialmente da segunda via, já que evitaríamos entrar na história trágica dos Baum. Tudo giraria em torno do que Hilda Baum fez ou deixou de fazer depois; seu fracasso em procurar. Poderíamos virar a mesa contra ela, fazendo desse um problema dela. Mas quão viável você acha que é? Qual é a força do seu precedente DeClerck? — Havia uma excitação inquietante em sua voz, e um cálculo frio em seus olhos, que Mara jamais tinha visto ou ouvido antes. Ela estava perplexa, e subitamente pensou nos reclamantes de todos os casos de reintegração que lera: Alphonse Schwarz, Eva Blumer, Otto Stern e mesmo Hilda Baum. Ela lutou para reagir.

Após alguns instantes, Mara se recompôs e assumiu a postura que aprendeu como advogada.

— Bastante viável — respondeu ela. — Mas temos dois grandes obstáculos para superar. A maior barreira é outro caso de Nova York: Scaife. Nesse, a corte adotou um modelo completamente diferente, basicamente sustentando que não importa se um reclamante de reintegração tenha ou não se empenhado o bastante em procurar por sua propriedade. Mas Scaife é outro caso de apelação, assim como DeClerck, então nenhum dos dois casos governará automaticamente. Nosso juiz terá a opção de escolher entre eles, e terei de persuadi-lo a adotar DeClerck, ou alguma harmonização dos dois que exija a investigação por parte do reclamante.

— Como vai convencê-lo?

— Políticas públicas, acho. O caso Scaife praticamente isenta os antigos proprietários de quaisquer esforços em localizar a propriedade roubada, mas isso torna Nova York vulnerável a velhas reivindicações que reclamantes podem ter negligenciado por anos, e mesmo décadas. Se nosso juiz seguir o caso Scaife, Nova York ficaria sem qualquer estatuto de limitações em casos de reintegração, e poderia tornar-se um ímã para disputas caducas e questionáveis sobre arte roubada. Considerando-se que Nova York é o centro do comércio de arte do país, isso poderia esfriar o ramo, empurrando galerias e leilões para outros lugares, para estados que lhes ofereçam mais proteções. Que juiz desejaria ter algo assim em sua consciência? Ou em seu currículo?

— Eu certamente não desejaria, mas, de qualquer maneira, ninguém me nomearia para ser juiz. Você mencionou dois obstáculos em DeClerck. Qual é o segundo?

— Os fatos. A esta altura, não tenho idéia do quanto Hilda Baum se dedicou à tarefa de encontrar essa pintura. A acusação não precisa ser tão detalhada, e os fatos ali são tudo o que temos neste ponto em relação à busca dela. Se Hilda negligenciou sua reivindicação por anos, como estou apenas especulando que possa ser o caso, poderíamos ter um poderoso argumento e...

Ela congelou. Deena entrou no restaurante, vestida em calças de couro negras e um suéter negro justo. Mara teve um surto de ciúmes pela lembrança da troca de flertes entre ela e Michael, mas o sentimento foi rapidamente suplantado por uma onda de pavor pela fofoca que se espalharia pela firma com a rapidez de um raio se a mulher os visse.

Michael estava falando, elogiando-a por sua criatividade, mas ela não podia responder.

— Mara, o que foi? — perguntou ele.

Ela corou, percebendo que teria que admitir tê-lo visto na firma para convencê-lo da gravidade da situação.

— Você estava no almoço dos advogados da firma nesta semana?

— Sim. Você me viu? Por que não veio até nós e...

Ela o interrompeu.

— Lembra-se de ter conversado com uma mulher alta, de cabelo escuro, num vestido ameixa?

Ele baixou os olhos, um tanto culpado, pensou Mara.

— Sim, mas...

— Não importa. Aquela mulher, Deena, acabou de entrar no restaurante.

Michael seguiu o olhar dela e espichou o pescoço em direção à entrada, murmurando:

— Oh meu Deus, acho que comentei com ela que freqüento este lugar.

Mara agarrou-lhe o braço antes que ele pudesse se voltar completamente.

— Pare, não se vire. Não quero que ela nos veja. Isso pode parecer ridículo, mas nós realmente precisamos sair daqui. — Mara examinou o estreito salão, percebendo que teriam de passar diretamente pela mesa de Deena para sair. Ela agarrou o paletó de seu garçom. — Há uma porta dos fundos no restaurante?

— Sim. — O garçom apontou para uma porta de metal em frente à cozinha. Ela se abria para a rua lateral. Ele riu, presumindo que um dos cônjuges daqueles dois tivesse entrado inesperadamente. — Sigam-me.

Michael estava boquiaberto.

— Você deve estar brincando. Nós vamos sair pelo beco? O que há para esconder?

— Michael, aqui estamos, numa noite de sábado, a quilômetros de distância de nossos escritórios, mas muito próximos de seu apartamento. Isso não se explica facilmente como um jantar a trabalho, inocente ou não. Além disso, a fofoca dela sobre este jantar vai estar por toda a firma na segunda de manhã. E pode ter certeza de que a história não se limitará aos associados; vai alcançar os sócios também. Deena está em seu segundo ou terceiro caso com um sócio. — Mara se manteve firme. — Isso comprometerá não apenas a mim, mas também o caso Baum *versus* Beazley's. Esse sempre foi o meu medo. Há regras muito rígidas sobre relacionamentos entre advogados e clientes. Tenho certeza de que você leu a respeito do caso de Lisa Minever.

Ela não precisou dizer mais nada. Michael colocou muito mais dinheiro sobre a mesa do que o indicado na conta, e pegou seus casacos com o garçom. Enquanto escudava Mara contra as vistas da frente do restaurante, ele se apressava atrás do garçom em direção aos fundos.

Michael e Mara dispararam diante dos olhares alarmados dos garçons auxiliares; saltaram os sacos de lixo que bloqueavam a passagem da porta dos fundos, sem dúvida uma saída de incêndio; e finalmente chegaram ao beco. Após serpentear por caixas abandonadas e pilhas de entulho, Mara e Michael emergiram na rua. Caminharam rapidamente e sem falar por algumas quadras, até que chegaram a um bar local. Michael puxou Mara para dentro, parou no balcão, pediu uma cerveja para si e uma taça de sauvignon blanc para ela, e juntou-se a Mara numa mesa.

Eles ergueram seus copos num brinde e explodiram em gargalhadas.

Limpando as lágrimas, Mara se desculpou.

— Sinto-me tão ridícula. Peço mil desculpas por fazer você sair daquele jeito.

Ele emborcou sua cerveja.

— Está brincando? Essa pode ser a coisa mais próxima da espionagem que já experimentei.

Ela engoliu seu vinho, na esperança de diminuir a velocidade de seu coração.

— Outro?

Muitas taças depois, após uma longa caminhada, ele a acompanhou até a porta de seu apartamento. Ela insistia que tamanho cavalheirismo era desnecessário, mas todo o vinho a tornara zonza e vulnerável, e quando ele insistiu, ela cedeu.

Mara buscou as chaves do apartamento na bolsa. Michael virou-a em sua direção e pegou sua mão livre. Ele pressionou cada um de seus dedos contra os dela numa espécie de abraço. Ela resistia a dobrar seus dedos entre os dele.

— Mara, eu gostaria que houvesse algo entre nós para Deena fofocar.

— Ai, Michael, eu não sei. Há muito em jogo.

Ele sussurrava.

— Por favor, acabe com isso, Mara.

— Acabar com o quê? — Ela estava confusa.

— Com essa barricada, esse muro, o que quer que seja que impeça sua mão de se fechar na minha.

— Não é que eu não queira, Michael, eu tenho medo, é só.

— De quê, Mara?

— Do que me acontecerá se as coisas não derem certo. Você sabe como a Severin me trataria.

— E se eu prometer a você que as coisas vão dar certo?

Mara sabia que ele não podia fazer tais promessas, mas estava cansada de tanta solidão. Tampouco queria fechar-se completamente e se casar com a Severin, Oliver & Means, como Sophia. Michael colou-se a ela, empurrando-a contra a porta do apartamento. Ele a beijou, e seus dedos começaram a deslizar, subindo por seu suéter. Enquanto ela se esquivava dele para abrir a porta, ele se inclinou sobre suas costas, mordiscando seu pescoço, respirando em sua nuca, respirando dentro dela. Michael desceu as mãos vagarosamente por suas costas e dirigiu-as para o interior de suas coxas. Ele as invadiu, e fez subir sua mão. Mara congelou. Ela parou de lutar com a porta e pôs a testa contra ela, deixando-se tocar. Não se importava que os vizinhos pudessem ver ou ouvir. Por uma vez, ela se entregou.

Onze

NOVA YORK, PRESENTE

MANHÃ DE SEGUNDA. UMA ASSISTENTE TÃO PÉTREA QUE CHEgava a soltar faíscas conduziu Mara através do profundo labirinto da Beazley's para reunir-se com Lillian. Seu compromisso fora cancelado e remarcado mais vezes do que Mara podia contar devido à agenda de viagens de Lillian, e Mara estava a um só tempo aliviada que o encontro finalmente acontecesse e apreensiva quanto a seu resultado. Sozinha, ela tinha ido tão longe no caso quanto podia; agora a cooperação e as informações de Lillian eram vitais. Embora Mara não tivesse razão para duvidar de que Lillian lhe forneceria toda a documentação de apoio de que precisava, ela pressentia que teria de trabalhar muito duro para ganhar sua cooperação total.

Agora, sentada numa desconfortável cadeira de frente para ela, Mara se sentia como uma estudante rebelde chamada a receber uma bronca da diretora. Lillian estava sentada do outro lado de sua imponente mesa e examinava Mara através de seu monóculo. Mara escolhera um de seus tailleurs Armani favoritos na esperança de esbarrar com Michael, mas ainda se sentia desarrumada e inadequada na presença escrutinadora da outra.

Sabia que precisava prestar muita atenção em Lillian, mas Michael era tudo em que conseguia pensar. Ele estava bem ali no prédio, apenas alguns andares acima dela, a apenas uma curta viagem de elevador. Ela quase podia sentir o calor do hálito dele em sua nuca, um resíduo daquela manhã, lançando tremores através de seu corpo. No entanto, quando acordaram no domingo, entrelaçados nos braços um do outro, ela se sentira diferente. O medo encheu suas veias como chumbo, e ela mal podia respirar. Tudo o que conseguia imaginar eram os rostos de seus colegas de trabalho, de Sophia e de Harlan. Mas ao longo do almoço e do jantar, e mais tarde na cama, Michael assegurou-lhe repetidamente de seus profundos sentimentos por ela e sua determinação em nunca permitir que o relacionamento sabotasse sua posição na Severin. Apenas as promessas dele já saciavam a romântica dentro dela, mas seu lado pragmático insistia em manter segredo absoluto, pelo menos enquanto ela estivesse trabalhando no caso Baum. Ele concordou prontamente com tudo, e Mara também, mas de modo completamente diferente.

Lillian se pôs de pé e rompeu o devaneio de Mara. Ajustando a écharpe Hermès de tema eqüestre em seu pescoço, alisando sua saia verde-cinza, Lillian marchou para fora da sala sem sequer olhar para ver se Mara a seguia.

Mara se apressou para reunir seus pertences. Após passarem por uma série de corredores sinuosos, Lillian fez um sinal com a cabeça aos dois seguranças que guardavam uma velha porta de carvalho, ideal para um gigante.

— Este é o Provid — anunciou Lillian enquanto os guardas destrancavam a porta.

Mara adentrou o local, uma verdadeira arca do tesouro de seus sonhos de rata de biblioteca. Fileiras de portas francesas encaravam o Central Park no lado oeste do salão, enquanto as outras paredes exibiam suntuosos painéis, livros encadernados em couro e escadas móveis. O teto arqueava-se no alto, etéreo com o magnífico mural de um céu azul e nuvens delgadas. Quatro longas mesas de trabalho dominavam o centro do salão, pontilhadas de computadores e flanqueadas por cadeiras estofadas. Outra barricada similarmente descomunal guardava a parede leste dos fundos. Mara se perguntava se Michael já tinha tido a sorte de trabalhar aqui.

Lillian serviu-se de uma xícara de chá fumegante de uma bandeja de prata, e de má vontade ofereceu uma a Mara. Em seguida, encaminhou-se para uma área de trabalho próxima às portas francesas. Ela gesticulou para que Mara se sentasse junto dela e ordenou:

— Venha, srta. Coyne, já chega de contemplar. Vamos lhe dar o que a senhorita veio buscar: a proveniência da *Crisálida*.

Mara assentiu e rendeu-se ao papel subordinado que sabia que devia interpretar. Com grande floreio, Lillian entregou-lhe um documento.

JOHANNES MIEREVELD
A Crisálida
Óleo sobre tela
115 x 90 centímetros
Assinatura: canto inferior direito

Proveniência
Johannes Miereveld, Haarlem, Holanda (1660-61)
Jacob Van Dinter, Haarlem, Holanda (1675)
Erich Baum, Amsterdã, Holanda (1908)
Albert Boettcher & Co., Zurique, Suíça (1944)
— Vazio — (1944).

Exposições
Nova York, Nova York, Museu Nacional de Arte e História Católica, "Pinturas do Norte da Europa do Período da Reforma", 14 de outubro de 1970 a 20 de abril de 1972, Nº 34, catalogada.
Boston, Massachusetts, Museu de Belas Artes, "Arte Holandesa dos Séculos XVI e XVII", 24 de novembro de 1985 a 22 de fevereiro de 1990, Nº 12, catalogada.
Washington, D.C., Galeria Nacional de Arte, "De Hooch e seus Compatriotas", 18 de maio de 1993 a 31 de agosto de 1993, Nº 28, catalogada.

> *Bibliografia*
> Childs, Arthur. *Vermeer*. Londres, 1968.
> Harbison, Charles. *Artistas de Delft cerca de 1640*. Nova York, 1975.
> Magovern, Lois. *Pintura Holandesa: História da Arte*. Nova York e Toronto, 1979.
> Alexander, James. *Pintura de Gênero e Retratos Holandeses do Século XVII*. Londres, 1983.
> Pollard, Natalie. *A Era de Ouro Holandesa: Cultura Popular, Religião e Sociedade na Holanda do Século XVII*. Nova York, 1991.
> Kopf, Goerdt. "A Religião do Artista: Pinturas Encomendadas por Igrejas Católicas Clandestinas na Holanda." *Gerontius* 42 (1998).

Lillian bebericava de uma delicada xícara de porcelana enquanto Mara revisava o documento.

— Agora você entende, é claro, que a proveniência da *Crisálida* foi primeiramente compilada pela Beazley's na década de 1940, quando vendemos a pintura para seu atual proprietário. Uma vez que *A Crisálida* não trocou de mãos desde aquela época, atualizar a proveniência para o leilão de arte holandesa foi relativamente simples. Precisávamos apenas adicionar referências recentes à *Crisálida* extraídas de publicações e exposições, e fazer uma verificação geral em qualquer documento recém-descoberto. Agora que você pode compreender totalmente a proveniência que acabei de lhe entregar, quero que veja como uma proveniência é feita. Você terá que se familiarizar com todo o processo para provar quão claro é o documento da *Crisálida*, não é?

Lillian instruiu Mara sobre o trabalho por trás dos títulos de posse na proveniência completa da *Crisálida*, e em seguida interpretou para ela o documento final:

— Até onde sabemos, *A Crisálida* começou sua longa e secreta vida no estúdio de Johannes Miereveld e Nicholas Van Maes, no florescente centro comercial e artístico de Haarlem, no que hoje é a Holanda. Sabemos pouco sobre a vida do artista Miereveld, exceto que ele e Van Maes eram os retratistas preferidos por políticos e proeminentes famílias calvinistas da região em meados do século XVII. Embora os retratos de Van Maes sejam atraentes, eles são muito típicos da época, com poses e simbolismo padrão. As pinturas de Miereveld, por outro lado, são pioneiras. Não são apenas representações magistrais das feições e vestes de seus personagens, elas também usam cores, pinceladas e iconografia revolucionárias para capturar a essência de seus temas. — Ela suspirou com óbvio respeito. — Seus retratos são realmente extraordinários.

"Em todo caso, acreditamos que Miereveld terminou *A Crisálida* no início da década de 1660, embora isso seja apenas uma meticulosa aposta, baseada em técnicas científicas de datação e na evolução de seu estilo. Praticamente não existe qualquer prova documental da época quanto à *Crisálida*. Então, por volta de 1662 ou 1663, Miereveld pintou um retrato de grupo para os Brecht, uma estabelecida família de políticos da região. Ao que parece, ele desapareceu logo após, sem jamais pintar outra vez até sua morte três anos depois, em 1665."

— Por que ele não pintou novamente?

— Realmente não sabemos. No entanto, tenho minha própria teoria. A iconografia da *Crisálida* é muito católica; se isso reflete os sentimentos de Miereveld ou de um cliente, eu não sei. Embora o catolicismo fosse tolerado na Holanda do século XVII, era malvisto, às vezes rejeitado, nos círculos das classes altas devotadamente calvinistas que Miereveld habitava. Se seus clientes descobrissem sobre *A Crisálida*, talvez o condenassem ao ostracismo porque não poderiam imaginá-lo pintando seus retratos durante o dia e pinturas religiosas católicas (proscritas pelo calvinismo) à noite. Se fosse o caso, eles poderiam apresentar queixas para a Guilda de São Lucas, que controlava todas as encomendas de arte e poderia tê-lo proibido de trabalhar. Mas tão pouca documentação sobre a guilda de artistas sobreviveu — confessou Lillian — que não temos qualquer prova específica que apóie minha teoria.

Lillian retornou à proveniência.

— Após a morte de Miereveld, muitas de suas pinturas mofaram por centenas de anos no sótão do lar ancestral da família Steenwyck, de Delft. Ao que parece, um dos antepassados de Steenwyck saiu pela região comprando os retratos nos anos logo após a morte de Miereveld. Isso explica por que a maioria de suas pinturas sobreviveu. Quando os poucos retratos restantes começaram a aparecer e ganhar popularidade em fins do século XVIII, os Steenwyck desenterraram seu tesouro de pinturas guardadas e fizeram um grande leilão em 1908. Não surpreende que *A Crisálida* tenha sido redescoberta nessa época. É interessante que tenha sido encontrada não no sótão da casa da família Steenwyck, mas na casa dos Van Dinter, uma antiga família calvinista de Haarlem.

Lillian apontou para a impressão.

— Você acha que os Van Dinter encomendaram *A Crisálida*?

— Embora eu não possa dizer com certeza, acho improvável. Os Van Dinter eram uma proeminente família calvinista, portanto *A Crisálida* teria representado excomunhão para eles. Contudo, embora seja um mistério a razão pela qual os Van Dinter tiveram a posse da *Crisálida*, é certo que a pintura esteve sob sua custódia por centenas de anos. *A Crisálida* figura no inventário de morte de Jacob, patriarca da família Van Dinter, em 1675.

— E os Van Dinter colocaram *A Crisálida* à venda junto com os outros retratos de Miereveld no leilão de 1908?

— Sim. Ao que parece, nosso Erich Baum comprou-a nesse leilão, por vezes mencionado como o leilão Steenwyck. *A Crisálida* encontrou um lar; ao menos por um tempo.

As duas mulheres debateram sobre a crucial jornada de tempos de guerra da *Crisálida*, começando com a versão de Hilda Baum. Segundo Hilda, quando a guerra se acirrou, a pintura de seu pai foi transportada para Nice, França, no começo dos anos 1940, para ser guardada por uma hoje falecida parente, como prova um bilhete cifrado de seu pai. De algum modo, afirmava Hilda, depois que os nazistas reinaram vitoriosos sobre a França no verão de 1940, o ERR roubou *A Crisálida* do seio de sua família, trocando-a como moeda até que ela terminou nas mãos de um comerciante de arte suíço, Albert Boettcher. Na versão de Hilda sobre as jornadas da *Crisálida*, a pintura então fez sua viagem ilícita de Boettcher para a Beazley's, e em seguida da Beazley's para um cliente anônimo no mercado de arte americano.

Lillian expôs sua opinião de que o relato de Hilda sobre a expedição da *Crisálida* na Segunda Guerra era pura invenção. Era um castelo de cartas que desabava sob o peso das provas de proveniência descobertas por Lillian — especificamente, que Erich Baum enviou a pintura para Nice não para sua família, mas para seu comerciante de arte de longa data, Henri Rochlitz. Lillian sustentava que Baum provavelmente autorizou Rochlitz a vender *A Crisálida* para Boettcher, um comerciante de arte rara com uma reputação cristalina, tornando o título de posse da Beazley's, e conseqüentemente o título de seu atual proprietário, limpos. Mara ficava mais e mais entusiasmada com a força do caso Baum, mesmo quanto à questão do título de posse, que ela percebia anteriormente como um possível ponto fraco.

— A proveniência está terminada? — perguntou Mara, acreditando que a aula chegava ao fim.

Lillian transbordava de orgulho por seu conhecimento superior.

— Sim, a proveniência está completa. Contudo, há alguma documentação adicional que descobri numa caixa de relatórios recentemente abertos a público, que não é útil para a proveniência em si, mas que você talvez ache interessante. — Ela digitava com grande rapidez, a tela correndo pela categoria Restituição de Arte no Pós-Guerra.

Lillian leu da tela em voz alta.

— Numa declaração estatutária, Hilda concordou com o seguinte:

Não enviei mais petições por indenização pelas obras artísticas que são o objeto dos procedimentos de reembolso ante o Gabinete de Restituição de Berlim, nem em meu nome nem através de qualquer instituição, organização ou agente autorizado, nem o farei no futuro contra esta entidade ou qualquer outra.

— Como vê, Mara, no fim da década de 1940, Hilda enviou petições para as comissões de restituição de arte da Holanda e da Alemanha, buscando o paradeiro da coleção de arte de sua família. Como ocorreu com muitos requerentes, a comissão alemã propôs que as partes entrassem num acordo para "encerrar completamente" as reivindicações por 50% do valor estipulado da obra. Hilda concordou.

Mara estava atônita. Seu sucesso nesse caso começava a parecer inevitável, e ela passou a imaginar formas de usar essa nova informação.

Mara precisava dos papéis para a publicação documental do processo, então Lillian conduziu-a na direção da fortaleza nos fundos da biblioteca. Ela digitou um código no painel de segurança, e então tirou do bolso interno de seu blazer um molho de chaves de variados tamanhos e formas, algumas parecendo medievais em seu formato e peso. Tranca por tranca, ela abriu a pesada porta.

Antes que cruzassem o pórtico, Lillian voltou-se para Mara.

— Os documentos que temos aqui são únicos. Alguns são inestimáveis, alguns altamente confidenciais, e alguns são tão antigos que precisam ser guardados sob certas condições em temperaturas altamente controladas.

Mara notou que o ar parecia mais frio, mais rarefeito, e percebeu que tinha entrado numa sala preciosa. A entrada única camuflava o vasto espaço interior. Quase duas vezes maior do que a biblioteca, o salão repetia a mesma decoração, com tetos abobadados ostentando murais, paredes ricamente forradas e reluzentes assoalhos de madeira. Em lugar das longas mesas de trabalho, no centro da sala postavam-se numerosos gabinetes de pau-rosa para guardar os valiosos documentos. A aparência delicada dos gabinetes mascarava seus propósitos funcionais. Mara viu que não eram nada comuns: por dentro, eram mais parecidos com unidades de armazenamento de materiais científicos do que estantes de livros.

Lillian perambulava por toda a sala, recolhendo livro após livro, papel após papel, e reunindo-os sobre uma das poucas escrivaninhas. Lillian explicou seu sistema único de codificação e mostrou a Mara referências cruciais à *Crisálida* em cada um dos documentos, alguns deles amarelados pelo tempo.

— Nós vamos pegar estes materiais, vamos selá-los em embalagens herméticas, marcando nas embalagens as páginas a serem copiadas, e vamos inseri-las naquele compartimento. — Lillian gesticulou na direção de uma grande abertura no canto mais distante de uma parede forrada. — As cópias estarão prontas pela manhã. — Ela se apressou em direção à porta.

Mara interveio:

— Por que são necessárias regras de copiagem tão elaboradas?

— A condição dos documentos implica em que sejam copiados com muito cuidado e com equipamento especial. A natureza confidencial de alguns significa que precisamos ter medidas de segurança em torno de suas reproduções.

— E quanto ao fato de que teremos que mostrar a Hilda Baum na publicação documental os papéis que acabou de mandar para cópia?

— Contanto que possamos submeter as cópias a um acordo de confidencialidade, para que sejam usados somente nesse caso, nós lhe daremos as cópias necessárias. Com o nome do atual proprietário inserido, é claro.

Mara assegurou-lhe de que isso era possível.

A postura de Lillian abrandou ligeiramente.

— Formidável. — Ela se moveu para a saída. — Podemos? Ainda temos que examinar o resto da proveniência.

Enquanto voltavam para a biblioteca principal, Lillian explicou mais a fundo o processo de coleta de todas as referências à obra nas publicações acadêmicas e exposições apresentando a peça. Mara reconheceu que essas informações seriam indispensáveis para sua "tese De-Clerck" de que Hilda tinha obrigação de ter procurado por sua pintura perdida. Se Mara conseguisse provar que o paradeiro da *Crisálida* era facilmente verificável, então a negligência de Hilda em buscar a pintura ficaria óbvia. Esses progressos começaram a banir os fantasmas de Alphonse Schwarz, Eva Blumer, Otto Stern e muitos como eles, que haviam assombrado a consciência de Mara. Afinal, como o título de posse da *Crisálida* poderia ser algo além de imaculado tendo Lillian à frente? Ainda assim, ela suspeitava de que os acusados em todos os outros casos de reintegração de posse também acreditavam que seus títulos eram impecáveis.

No fim do dia, as duas mulheres se retiraram para o escritório de Lillian. Enquanto a morna luz do crepúsculo se filtrava pela janela, Mara bebia uma xícara de chá.

— Srta. Joyce, é impressionante que saiba a história da *Crisálida* de cor, considerando-se todas as obras de arte com que lida todos os dias.

Lillian inflou-se com o elogio.

— Por favor, pode me chamar de Lillian.

— Obrigada, Lillian. E por favor, pode me chamar de Mara.

— Eu... eu creio que a pintura tem, de fato, um significado especial para mim. Assim como Johannes Miereveld — prosseguiu, embora sua fala titubeasse um pouco; se por embaraço ou alguma outra emoção, Mara não pôde distinguir. — *A Crisálida* foi a primeira pintura para a qual preparei uma proveniência, entre outras razões.

Calculando mentalmente a idade de Lillian, o queixo de Mara caiu.

— Sério? Você trabalhava aqui em 1944?

Lillian riu.

— Sim. Eu tinha 19 anos e acabava de terminar os estudos. Estudei história da arte, e então a Beazley's me contratou.

Mara considerou se deveria levantar a questão com a qual estivera lutando internamente. Em todas as suas leituras, não tinha encontrado nenhum debate satisfatório quanto ao simbolismo da pintura, embora formulasse algumas teorias.

— O que acha que *A Crisálida* significa?

Lillian chamou Mara para seu lado da mesa e folheou o catálogo do leilão de arte holandesa em busca da imagem da *Crisálida*. A fotografia da etérea mulher circundada por objetos sagrados era arrebatadora, mas não se comparava com o esplendor da pintura real, que Michael compartilhou com ela.

— Aqui — apontou Lillian. — Acho que estes raios de luz tão límpidos, que penetram a janela oval lindamente trabalhada sobre o ombro direito da mulher, têm por objetivo representar os raios da luz de Deus atravessando a feminilidade simbólica da mulher: sua virgindade.

— Então, a mulher é a Virgem Maria?

— Sim, é claro.

— O manto azul e carmim, o lírio... Parece bastante óbvio, mesmo para uma ex-aluna de história da arte que não estuda iconografia há anos.

Lillian sorriu.

— Bem, você tem razão. A mulher irradiada pela luz de Deus é a Virgem Maria. O manto azul e carmim, o halo de cabelos, os lírios a seus pés. São os símbolos de Maria. Quando Deus passa através dela, Ele entrega a dádiva de Jesus, do renascimento através da morte, da ressurreição, como é simbolizado pela crisálida, ou pupa, em sua mão esquerda. Mas o Deus da *Crisálida* é um Deus específico: o Deus dos católicos. O crucifixo, o cálice e o globo terrestre no obscuro canto esquerdo da sala nos dizem isso, assim como a única vela acesa, um símbolo de fé personificado. A serpente vencida sob seu pé representa a derrota das falsas religiões, como o calvinismo. — Seus olhos turquesa voltaram-se para Mara. — Creio que *A Crisálida* nos conta a história do poder de ressurreição, a possibilidade de redenção para todos nós, mas apenas por meio da fé católica.

A porta se abriu, e as duas mulheres se levantaram. Michael entrou gingando, rindo da cena de intimidade.

— Posso levar minhas duas damas favoritas para jantar?

———

Apertando a barriga aos risos, Lillian deu uma palmada brincalhona no braço de Michael.

— Pare com isso, pare. Está provocando dor de estômago numa velha com todas essas imitações. E todo este vinho. — Ela esvaziou sua taça cintilante. Um ar de camaradagem envolveu o trio durante o longo e formal jantar francês; eram os últimos clientes que restavam no único restaurante da cidade citado no guia *Michelin*. Com Michael como elo, qualquer vestígio de desconforto entre as duas mulheres desapareceu.

Mara sentia-se particularmente relaxada, e, com um sorriso, perguntou:

— Eu poderia contar a vocês a minha última teoria para o caso Baum?

— Por favor, conte. — Lillian se inclinou em sua direção.

Michael acariciava sua coxa sob a mesa.

— Sim, Mara, por favor.

Apesar de um nebuloso sentimento de hesitação cuja origem ela não conseguia definir, Mara explicou a Michael como poderia usar os documentos que Lillian descobrira recentemente, em especial o acordo de Hilda Baum com a Comissão Alemã de Restituição de Arte. Ela destacou que os termos do acordo poderiam ser usados como uma alforria contra quaisquer ações futuras para recuperar *A Crisálida*, inclusive o caso Baum *versus* Beazley's.

Lillian e Michael sorriam frente à frente na mesa. Enquanto Mara bebia o restante de seu vinho do Porto, viu Lillian anuindo na direção de Michael, quase maternalmente. Mara sacudiu a cabeça brevemente, desconsiderando sua impressão. Certamente estava errada. Lillian não sabia da relação pessoal tão nova entre eles. O vinho devia tê-la confundido.

Doze

HAARLEM, 1652

Johannes cala um segredo fundo no peito. Um segredo que ele não ousa articular em voz alta, por medo de ferir Pieter Steenwyck ou, pior, cometer o pecado capital do orgulho. Somente à noite, quando recai a solidão, ele ousa desvelar seu segredo como um presente, como um bálsamo: ele é o melhor aluno do mestre.

Os dois meninos — rapazes, na verdade — levantam-se enquanto a madrugada ainda domina. Na total escuridão, eles correm ao estúdio através de uma trilha que conhecem mesmo sem a orientação da luz do dia. O primeiro a chegar é quem deve misturar as tintas, a cobiçada tarefa diária. Johannes vence.

Depois que acendem velas, Johannes fita a mesa de tintas, longa e cintilante com pigmentos vívidos, como o porta-jóias de uma grande dama. Ele examina para se certificar de que sua área de trabalho tem as ferramentas adequadas. Com o pilão, ele mói os pigmentos até chegar a um fino pó: lápis-lazúli, laca-rubi, goma-arábica, couro queimado e malaquita. Extraindo a quantidade ideal de óleo de linhaça de seu frasco, ele o mescla com as preciosas cores, liquefazendo as gemas. Os rapazes não falam até que Johannes termine a tarefa primordial.

Chega a aurora, revelando as medidas do cavernoso estúdio. Janelas de vidro chumbadas ao norte, projetadas para admitir luz uniforme, são desveladas. O assoalho contrastante — tábuas de madeira salpicadas de tinta para o trabalho, e lajotas pretas e brancas para o honorável modelo — é exposto. Uma mesa é descoberta, grunhindo com o peso de objetos para retratos: uma Bíblia encadernada em couro para proclamar a devoção do retratado, um globo para anunciar a vastidão de suas posses, uma medalha para declarar seu valor. Um imenso cavalete, embalando uma tela inacabada coberta de linho, faz uma aparição final, dramática.

Eles ouvem o som de botas e correm para suas tarefas antes que o assistente do mestre, Lukens, entre. Os rapazes limpam as superfícies, afiam pontas de metal, prendem telas em esticadores, reúnem pincéis e preparam chapas de cobre para gravuras. Desagradar Lukens é arruinar a chance de pintar naquele dia, e por isso eles se apressam.

Lukens corre a mão enluvada pela superfície e reposiciona cada item de acordo com seu próprio plano particular, antes de abrir caminho para que entrem os dois auxiliares do mestre, Leonaert e Hendrick. Pintores talentosos, os auxiliares permanecem com o mestre somente porque não têm recursos para montar seus próprios estúdios. Eles se aborrecem pelas instruções diárias que têm de dar aos rapazes, pois as horas passadas sem pintar os ornamentos e as paisagens de fundo dos retratos do mestre são dinheiro perdido. Mas a posição o exige, já que o mestre não tem tempo para ensinar.

O longo dia chega ao fim como todos os anteriores. Sobrecarregados pela refeição de salsichas de porco e pelos esforços do dia, os rapazes se arrastam ao sótão e se preparam para dormir. Olhos pesados, eles fazem seus pedidos aos céus. Pieter reza para que o mestre consiga encontrar uma mística câmara escura, uma caixa sombreada que permite a entrada de um raio de luz focado através de uma lente convexa, projetando uma imagem detalhada da cena em frente e permitindo que o pintor veja uma cena que o olho nu sozinho não pode ver. Johannes certa vez rogou a

Deus que pudesse ver seus pais além dos feriados da Páscoa e do Natal, mas agora, como eles se tornavam lembranças cada vez mais distantes, ele reza para que o mestre tenha tempo para ele. Johannes anseia por instrução pelas próprias mãos do mestre, e não pelas mãos dos auxiliares.

Tendo vencido as etapas impostas pela Guilda de São Lucas para o progresso em sua profissão — rigorosa formação em desenho, infinitas repetições de pinceladas, constante instrução em textos religiosos calvinistas, especialmente naqueles necessários para efeito simbólico em retratos —, os rapazes desfrutam do privilégio de copiar os próprios trabalhos do mestre como prática. Contudo, Pieter está temporariamente banido desse exercício, pois recentemente havia desagradado Lukens. Portanto, na ante-sala junto ao estúdio, Johannes luta sozinho na luz agonizante, batalhando para recriar um díptico, um par de retratos do senhor e da senhora Van Dalen. O jovem magistrado e sua muito mais jovem e graciosa esposa zombam dele no interior das telas do mestre.

— Por que a pincelada está tão diferente em cada tela? — uma voz interroga dos fundos da ante-sala.

Johannes se volta. É o mestre, e ele está examinando as reproduções que Johannes faz de seu trabalho. Jamais tendo visto o mestre tão de perto, tão imóvel, Johannes fixa o olhar na intricada trama de rendas que encima sua sobrecasaca de seda azul-tinteiro, e na tremenda aba de seu chapéu. As palavras se recusam a sair de sua boca.

— Ouvi dizer que você fala. Será que Hendrick estava enganado?

— Não, mestre.

— Pois então estaria Hendrick errado quando me disse que chegou a hora para que eu veja suas pinturas? Para avaliar sua aptidão para o exame de mestre?

— Hendrick disse isso, mestre? — Johannes deixou escapar, incapaz de imaginar um único elogio sendo emitido pela língua de Hendrick. Talvez Hendrick tivesse esperanças de que uma avaliação prematura assegurasse a expulsão de Johannes do estúdio.

Um minúsculo sorriso emerge no canto da boca do mestre.

— Parece surpreso, Johannes. A hora chega para todos os artistas, para serem examinados e julgados, seja por um mestre, pela guilda, ou por Deus.

— Sim, mestre.

— Então talvez você deva responder à minha pergunta. Por que a pincelada está tão diferente em cada tela?

— Mestre, não sei ao certo como explicar.

— Não sabe ao certo? Como é possível? Você escolheu as pinceladas *nette* para a gola rendada e os brincos de ouro da esposa do magistrado, e até mesmo para a pele. Mal posso discernir essas pinceladas, você as mesclou completamente. Ainda assim, usou esses fortes traços *schilderachtig* para o próprio magistrado. Não os misturou em nada; posso distinguir entre as camadas de velaturas e as tintas opacas, e mesmo as linhas das cores. É curioso, Johannes. A maioria dos pintores tem um estilo, uma pincelada. Como eu tenho.

Johannes baixou os olhos; ele sabe que o mestre não gostará de sua resposta.

— O tema me diz qual pincelada usar — disse ele.

— O tema lhe diz?

— Sim, mestre. — Johannes não ergue os olhos.

— Bem, ao que parece, Hendrick se enganou quanto a uma coisa: deixou de me informar que um dos meus alunos é um lunático. — Ele dá meia-volta em direção à pesada cortina que cobre a saída.

Johannes corre à porta, bloqueando-a.

— Mestre, por favor, não vá! Eu posso explicar.

O mestre se volta para ele, braços cruzados.

Johannes tenta descrever o que intui:

— Vê, a esposa, ela parece tão requintada, tão serena. Ela clama por um toque suave, uma mão refinada. Mas o magistrado parece uma presença tão física, delicadeza não servirá. Ele exige uma pincelada que equipare seu vigor. É assim que o tema me fala, mestre.

Johannes percebe que o mestre está imóvel. Ele se cala.

— Quem lhe ensinou isso? Leonaert? Seus instrutores da infância?

— Não, mestre. — Johannes gagueja: — Eu, eu sempre soube disso.

O mestre franze a testa.

— Johannes, onde reside sua fé?

— Mestre, não compreendo.

— Você soa como se acreditasse que Deus insufla as pinturas através de você, como algum tipo de médium. Este é um perigoso sentimento católico.

Johannes se apressa em dissuadi-lo.

— Não, mestre, não foi o que eu quis dizer.

— Espero que não, Johannes. Lembre-se do versículo 5:8 de Pedro, discípulo de nosso Senhor: "Vosso adversário, o demônio, anda ao redor de vós como o leão que ruge, buscando a quem devorar. Resisti-lhe fortes na fé." Tome cuidado, Johannes. Não quero perder seu talento para o inimigo.

═══

O MESTRE TRABALHA NUMA ENCOMENDA DE RETRATO DE FAMÍLIA muito invejada por seus colegas membros da guilda: o novo burgomestre Claesz e sua prole. A longevidade da posição do burgomestre depende dos regentes da elite da província. Ele luta para influenciá-los em sua opinião, planejando pródigas festividades onde o retrato será exibido.

O estúdio põe de lado todos os outros projetos para completar o trabalho. O burgomestre planeja desvelar a pintura em sua festa, e ela precisa ser bem recebida, para o bem tanto do burgomestre quanto do mestre. A morte do burgomestre anterior, por muito tempo cliente e patrono do mestre, ameaça sua posição e põe em risco seu afluxo de encomendas futuras. Essa pintura poderia mudar a situação.

Johannes se senta ao lado do mestre enquanto este traça os contornos dos membros da família com seu bico-de-pena. O mestre insiste que Johannes observe primeiramente a interação da luz da pele de seus modelos com suas luxuosas vestes e jóias, se quiser capturar esses acessórios. Hendrick e Leonaert protestam contra a convocação de Johannes para uma tarefa mais adequada a artistas com a estatura e a experiência dos dois, mas o mestre silencia suas queixas e destaca a habilidade de Johannes em acalmar a inquieta turma de seis filhos do burgomestre durante as longas horas de pose — tarefa que os auxiliares abominavam.

Johannes lamenta sua recente promoção. A cada vez que Pieter entra na sala para entregar uma tinta recém-preparada ou um novo pincel manufaturado, ele mantém os olhos baixos, e Johannes vê que sua posição fere também a seu amigo. Os dois rapazes já não são companheiros, já não apostam corrida para o estúdio, já não conversam fraternalmente, já não lançam preces ao Senhor como moedas numa fonte. As noites são silenciosas, cada um mergulhando no sono com o outro ao lado, mas completamente sós.

A meio caminho da pintura, a doença se abate sobre a casa do mestre, enfraquecendo sua esposa e seu bebê, e exigindo sua presença. Ele adia o trabalho nas faces e mãos dos filhos do burgomestre e instrui os três para terminar suas partes: Hendrick finalizará a cortina drapejada atrás da família; Leonaert, o piso de lajotas preto-e-branco; Johannes, as cobiçadas pérolas e rendas. Durante os longos dias de acotovelamento em busca de um lugar junto à tela, Johannes suporta frascos de tinta virados, pincéis desaparecidos e malévolos murmúrios de Hendrick.

Um dia, Lukens irrompe no estúdio, sem fôlego. A doença levara a esposa e o filho do mestre, deixando-o atormentado em seu rastro. O que fariam? Era uma tragédia, claro, mas restavam apenas três dias para o festejo do burgomestre.

Johannes sabe o que tem de acontecer. Só ele estudara os rostos das crianças; só ele criara um laço com elas. Ele faz sua proposta.

Hendrick explode ante a audácia de Johannes, ante sua desconsideração pela reputação do mestre. Pintores do porte do mestre não faziam passar como seu o trabalho de um mísero aprendiz, sem contar as repercussões para Johannes na guilda por pintar feições em retratos antes de passar pelo exame para mestre, ou o inevitável golpe contra o prestígio do mestre na guilda.

Lukens discorda. Talvez Johannes tenha razão, e há mais em jogo do que apenas essa pintura. Afinal, que alternativas tinham?

Lukens conduz as crianças e a ama-seca para o estúdio. Johannes recebe a turma como de hábito, fazendo cócegas nos dois mais novos e truques de mágica para distraí-los. Johannes lhes informa de que o mestre chegará em breve, e Lukens indaga se Gertruyd, a ama-seca, não desejaria ver algumas das outras obras do mestre na casa principal enquanto esperam.

Ela recusa, embora seus olhos sinalizem aceitação.

— Madame jamais gostaria que as crianças ficassem fora das minhas vistas.

Lukens ri.

— Uma pena. A senhorita seria uma entre pouquíssimos que já as contemplaram.

Gertruyd arregala os olhos ao pensar nos mexericos do mercado. Lukens ronrona:

— Seria apenas por um instante.

O sangue acorre às bochechas de Gertruyd com a honra inesperada.

— Bem, se será apenas por um instante... Johannes, você poderá cuidar das crianças sozinho?

— Um prazer, Gertruyd. — A improvável dupla saracoteia para fora de braços dados.

Johannes coloca as crianças nos locais exatos que ocuparam dias atrás, e então desaparece atrás de um pano colocado em torno do cavalete. O pano é grande o bastante para mascarar sua identidade, mas está angulado de forma que ele possa ver os modelos. Ele põe na cabeça o habitual chapéu do mestre, sua ampla aba espiando no alto do pano.

Johannes bate palmas e anuncia por trás do pano:

— Em seus lugares, crianças, o mestre está pronto para começar.

As crianças permanecem notavelmente imóveis enquanto Johannes se apressa em capturar suas características: o angelical bebê docilmente sentado no joelho da obediente filha mais velha; a pequenininha de passo hesitante, vestida como uma dama em miniatura com a mão presa na palma de uma tranqüila irmã do meio; o sensível filho mais novo, dedilhando um alaúde; o primogênito com a mão apertando uma lança, como um leão em guarda. Johannes deixa que esses sussurros guiem seu pincel: pinceladas *nette* para o plácido bebê; toques ousados porém com nítido contorno para a pequenina sob controle; um dégradé equivalente para as obedientes meninas mais velhas; uma névoa de cor para o filho do meio; fortes linhas diagonais, saltando da tela, para o mais velho.

Uma tigela se espatifa no chão, alarmando Johannes. Congelado de medo, ele ouve uma voz.

— Não se preocupem, crianças, eu limparei em torno de seus pés; apenas continuem no lugar. — É Pieter. Johannes espia por uma fenda no pano e vê Pieter dando uma cambalhota na direção das crianças, num esforço para relaxar a atmosfera e angariar risos. Johannes sorri com as palhaçadas de seu amigo.

— Muito obrigado, Pieter — exclama Johannes por trás do pano, em sua melhor tentativa de imitar a voz do mestre.

— Não há de quê, mestre. Pensei que o senhor necessitaria de assistência.

Um fingido interesse amoroso de Lukens e copiosas quantidades de ponche ajudam a distrair Gertruyd também no dia seguinte. Johannes passa as noites num transe febril de trabalho. No terceiro e último dia, o dia da festa, ele reúne Lukens, Leonaert, Hendrick e Pieter. De pé diante do cavalete, Johannes arranca o tecido que oculta a tela.

Os convivas lhes abrem um vasto caminho enquanto Johannes ajuda o mestre a chegar a seu assento. O rosto encovado do mestre é prova de sua perda, e seu corpo conta a história do poder devastador da doença. Diferentemente do homem que era dez dias antes, ele parece deslocado em meio à alegria da festa do burgomestre, mas insistiu em estar presente.

Os guardas permitem que o não-convidado Johannes adentre a festa somente por causa da gravidade da doença e das condições do mestre; não é permitida entrada a nenhum outro membro do estúdio. Johannes toma um lugar de pé atrás do mestre, para o caso de ser necessário, na longa fileira de servos flanqueando a parede. Admirando a mesa do banquete, resplandecente com bandejas de aperitivos, vasos de porcelana com pomposas tulipas e convivas atipicamente coloridos em açafrão e carmim, Johannes anseia por seu cavalete para dissecar a cena em pinturas de gênero, retratos, naturezas-mortas.

O burgomestre se ergue, a mão fechada em torno de um cálice incrustado de jóias. Ele ergue a taça e brinda aos regentes, seus convidados, com particular floreio. Ele anuncia a comemoração especial da ocasião, a encomenda, e então presta suas condolências à recente tragédia do mestre.

O burgomestre avança na direção de uma parede onde a pintura está oculta sob mantos de veludo purpúreo. O estômago de Johannes se contrai quando o burgomestre pega o cordão dourado e abre a cortina. O retrato é desvelado.

Um silêncio recai entre os celebrantes enquanto esperam pelo pronunciamento do burgomestre. Johannes ouve um curto resfôlego da esposa, seguido por um sussurro.

— É sobrenatural. Meus filhos, eles parecem tão... tão reais. — O burgomestre se afasta da tela, fitando deste ou daquele ângulo, e depois emite seu julgamento.

— Mestre Van Maes, o senhor se superou.

Enquanto a massa retorna à alegria, aliviada, Johannes ouve gritos. Os guardas entram aos trancos no salão, tentando impedir um intruso. O homem se liberta de seu jugo. É Hendrick, gritando que o mestre Van Maes enganou o burgomestre. A pintura fora finalizada não pela mão do mestre Van Maes, mas pela mão de seu aprendiz. Hendrick empurra Johannes.

O burgomestre grita a seus guardas para que levem o imbecil embora e que o coloquem em grilhões. Eles subjugam Hendrick e o arrastam na direção da saída.

O mestre se ergue em pés vacilantes. Johannes se lança adiante para ajudá-lo, mas é repelido.

— Burgomestre, por favor, ordene a seus homens que o libertem. Ele é um de meus auxiliares. E fala a verdade, ao menos em parte.

O burgomestre ergue a mão, detendo os guardas por um momento, mas sem sinalizar para a libertação de Hendrick.

O mestre explica, a voz firme em convicção, mas fraca em intensidade.

— Meu Senhor, peço perdão pela intrusão de meu auxiliar em sua celebração; ele roubou de mim a chance de fazer um anúncio deliberado numa hora mais oportuna. Como o senhor tão sensivelmente reconheceu, a doença invadiu o lar de minha família recentemente. Levou minha esposa e meu menininho e me abateu por um período... Antes que eu pudesse terminar o retrato. Um talentoso pintor de meu estúdio, recém-aprovado em seu exame para mestre, completou a porção inacabada, as feições de seus filhos, a tempo para esta noite. Eu esperava expor sua obra esta noite e apresentá-lo como meu parceiro.

— É este o homem? Este garoto? — O burgomestre aponta para Johannes, uma sobrancelha zombeteiramente arqueada. Johannes congela de medo, incrédulo.

— Sim, seu nome é mestre Johannes Miereveld. — O mestre faz uma mesura de cabeça, rendendo-se à sentença.

Segue-se uma longa pausa, na qual o burgomestre avalia o destino do mestre, e pesa-lhe o impacto sobre seu próprio destino. Ele se decide pela aceitação.

— Mestre Van Maes, considero-me afortunado por ser o primeiro adquirente do trabalho do mestre Miereveld; estou seguro de que não serei o último. — O burgomestre convida Johannes à mesa.

Treze

NOVA YORK, PRESENTE

Ao longo de várias semanas seguintes, Mara passava seus dias no trabalho e suas noites com Michael. O relacionamento desenvolvia-se com uma intensidade que ela jamais conhecera antes. Pela primeira vez em um longo tempo, Mara estava radiante. Embora ela tivesse saído com outros depois de Sam, os homens sempre pareciam bidimensionais: o banqueiro astuto, o artista ensimesmado, o bem-humorado publicitário. Ela não tinha nem tempo nem vontade para encorajar aquelas possibilidades. Com Michael, tal investimento era desnecessário: ele era total e imediatamente marcante.

O impulso para compartilhar sua alegria pulsava nela constantemente. Apesar de todas as suas reservas anteriores, Mara queria apresentar Michael a seus amigos e colegas — especialmente Sophia, com quem ela dividia praticamente tudo durante anos, e com quem o silêncio parecia um sacrilégio. Ela queria que seu pai o conhecesse; queria que sua avó estivesse viva para aprová-lo. Mas sabia muito bem que não podia agir por seus caprichos. Uma vez que abrisse a porta e recebesse Michael completamente em sua vida, mesmo que fosse apenas para amigos e família, seus objetivos profissionais estariam arruinados. Pelo menos enquanto o caso Baum continuasse e Michael estivesse qualificado como cliente, sua relação precisava permanecer em segredo.

Durante as noites, Michael a buscava, forçando-a a sair do esconderijo onde se refugiava até de si mesma. Mara lhe revelava histórias que tinha mantido ocultas mesmo de Sophia, contando-as em voz alta no casulo que criaram para si, uma hibernação particular facilitada pelas frias noites de inverno. Ela derrubou o mito de seu pai, o político de sucesso. Revelou os obscuros contatos, forjados no desespero de seu pai para ocultar suas raízes irlandesas, de imigrantes do sul de Boston, para obter sucesso político. Ela abriu a história por trás do casamento de seu pai com sua mãe, a filha adorada de uma família com substanciais meios, suficientes para lançar a carreira política do marido; sua mãe era uma mulher disposta a abandonar suas próprias ambições para oferecer ao marido uma esposa que freqüentava de eventos beneficentes e uma vida à la Ralph Lauren. Mara relatou a ele a pressão que seus pais sofreram para ter filhos. Pela primeira vez, ela revelava a maneira como seu pai pôs sua mãe em segundo plano após seu nascimento. Mara era o ideal da criança-troféu dirigida para o sucesso, a quem ele impulsionava para a luz enquanto sua mãe se recolhia nas sombras. Seu pai precisava que as realizações legítimas de Mara limpassem a mácula de sua própria ascensão política. Mara compartilhou com Michael o quanto ela estudara para tornar-se o que seu pai precisava que ela fosse, um aprendizado que ela agora exercia em seu trabalho.

Não que seu pai não a amasse, à sua maneira. Mas o amor dele, tal como era, só era ganho por meio de realizações tangíveis: boas notas, escolas de prestígio, pós-graduação, um nome sólido no mercado, salários astronômicos e um casamento vantajoso — a única área na qual ela o desapontara. Ela contou a Michael como recorria a sua avó, mãe de seu pai, sempre que achava que tinha errado o alvo. Seu pai fugia dessa relação, mas Mara sentia que os cômodos simples de sua avó, no presbitério da paróquia onde morava, trabalhava e criara seu filho, eram sempre como um cálido abraço, no qual todos os louros e prêmios não tinham importância. Nana habitava um mundo em que o trabalho simples e significativo pesava mais do que o reconhecimento público ou remunerações. Em seu papel como governanta do presbitério, sua avó servia como confidente, intercessora, ajudante, amiga e mãe adotiva para a congregação católica, e Nana não podia divisar honra maior. Michael, que fora criado em ambiente católico semelhante, compreendia o mundo de sua avó. A morte dela no penúltimo ano do segundo grau de Mara criou um vazio que nada no mundo parecia poder preencher.

Tudo o que Mara revelava à noite, ela trancafiava durante o dia. Não arriscava quaisquer confidências ou comentários no trabalho, particularmente com Sophia, portanto uma vida dupla tornou-se sua rotina diária. Para seus amigos, no trabalho, com sua família, com Sophia, ela era quem sempre tinha sido: uma advogada atraente e batalhadora cumprindo grandes ambições de sua carreira. E, como sempre, permanecia total e inexplicavelmente sozinha. O que ninguém podia ver era que agora ela podia tolerar a piedade deles, porque sua vida incluía Michael.

Nas profundas horas da noite, ela acordava com Michael afagando seus cabelos. Deitada de lado, encerrada em seus braços, ela se virava. Então, aninhada contra o peito dele, tornava a adormecer.

Contudo, o sono de Mara era cada vez mais dominado por sonhos com *A Crisálida*, e não com o sereno sorriso da personagem da pintura ou o toque tranqüilo de sua luz. Os sonhos eram repletos de imagens perturbadoras de sua jornada de tempos de guerra. Mara a via passando de caixotes enegrecidos a lúgubres vagões de trem, de mãos esqueléticas a luvas de soldados vestidos em uniformes com suásticas. Os sonhos a acordavam. Eles persistiam, e ela não queria ficar sozinha com eles no escuro.

— Está acordado? — ela sussurrou para Michael, certa noite.

— Não muito — murmurou ele.

— Ando sonhando com *A Crisálida*.

Ele a enlaçou, como cordas em torno de um baú de carga.

— Bons sonhos, eu espero.

— Não exatamente. São mais pesadelos. Eu a vejo durante a guerra.

— É apenas um sonho, Mara.

— Eu sei, mas não consigo afastá-lo.

Ele bocejou.

— Fale sobre eles, se vai fazer com que sumam.

Mara descreveu a jornada da *Crisálida* como a vira em seu sonho. Ela comparou as agonias da pintura às andanças de obras saqueadas de outras guerras; os famosos quatro cavalos que decoram a fachada da igreja veneziana de São Marcos, por exemplo. Criação da Grécia antiga, os cavalos viajaram em campanhas militares de Constantinopla a Veneza como espólio das Cruzadas, de Veneza à França pelas guerras napoleônicas, e depois retornaram a Veneza em 1815 — quem quer que os ganhasse em batalha, carregava-os como emblema de vitória. Mas, no fundo, ela se perguntou em voz alta, a quem pertenciam por direito?

Ela sentiu Michael desenredar os braços sinuosos de seu corpo.

— Você soa como se estivesse com dúvidas quanto ao nosso caso.

— Não, de modo algum. — Ela se apressou em restabelecer a confiança de ambos. — É só que a pesquisa que andei fazendo revolve todas essas histórias. *A Crisálida* é diferente; é limpa. — Ela atraiu os braços dele para que a enlaçassem novamente, e os apertou.

— Verdade?

Mara percebeu a inquietação na voz dele, sentiu-a na frouxidão de seus braços e ouviu-a ecoando num canto de sua própria mente.

— Verdade — insistiu ela, e iniciou um abraço mais íntimo, envolvendo seus corpos inteiros. Logo depois, sono, delicioso e protegido.

— Mara. — Em algum lugar ela ouviu um sussurro. — Mara, amor, não quero acordá-la, mas preciso ir. Não quero, mas preciso.

Ela sabia que ele tinha que ir. Ele tinha um encontro marcado com amigos que ela nunca conheceu, para viajar à despedida de solteiro do último amigo invicto. De lá, ele tinha uma viagem à Europa a negócios, onde ficaria por semanas. Ela fingiu dormir, como forma de saborear os últimos momentos.

— Mara, querida, não quero sair sem me despedir.

Ela abriu os olhos à luz da manhã, e se espreguiçou até as pontas dos pés.

— Eu sei. Também não quero que você vá sem se despedir.

Mara fechou os olhos novamente. Michael beijou suas pálpebras.

— Está tudo bem, amor. Telefonarei todos os dias.

Mara se desvencilhou dos lençóis e se apoderou da camiseta dele, envolvendo-se nela para cobrir sua nudez. Eles caminharam juntos até a porta. Parando como se fosse beijá-la, em vez disso ele descansou a cabeça na curva de seu pescoço.

— Estarei pensando em você. Com saudades. — Ele a envolveu. Ela levou consigo o cheiro dele. Seu aroma almíscar da manhã era muito diferente de seu polido cheiro diário, uma mistura de camisas Thomas Pink engomadas e dinheiro.

— Eu também. Boa viagem.

Depois que Michael saiu e Mara virou a chave, ela apoiou as costas contra a porta por um momento, olhos fechados. Depois se enterrou profundamente sob o emaranhado de lençóis que ele deixou para trás, na esperança de recapturar um pouco da dádiva do sono com a qual ele a presenteara.

Com Michael fora, Mara permitiu que sua vida diurna tomasse a frente. Desejava-o à noite, mas sentia sua presença no trabalho, e passava suas horas empenhada em garantir a vitória para ele e a promoção para si mesma. Ela formulou listas das informações que precisava recolher na firma e também fora, compilou um rol de testemunhas e provas, e passou dia após dia revirando e escavando a sagrada biblioteca de proveniências de Lillian, reunindo artilharia defensiva e ofensiva.

Se fosse diligente e tivesse muita, muita sorte, poderia construir uma barricada impenetrável contra a investida de Hilda Baum pela pintura. Mara sabia de antemão que a história pessoal de Hilda tinha um forte apelo emocional, e não queria que o juiz ouvisse muito dela. Portanto, ela esboçou um requerimento de absolvição sumária para adicionar ao fim da publicação de documentos do processo, para provar ao juiz que os fatos inegáveis garantiam sentença final em favor da Beazley's, evitando assim a necessidade de um julgamento público e danoso. Ela esperava que seu requerimento se tornasse um bloqueio, forçando o juiz a uma única conclusão, independentemente do quão impalatável — que Hilda Baum tinha que perder sua guerra pela *Crisálida*.

Mara deu o primeiro passo e enviou uma série de pedidos de documentos e interrogatórios ao advogado de Hilda Baum. Ela esperava reunir confissões adicionais que ajudassem sua causa. Hilda Baum forneceu os documentos esperados, não os carregamentos de publicações documentais com que Mara lidava em seus casos típicos, mas algumas caixas cruciais. Sozinhas, elas contavam uma história trágica e comovente, mas Mara sabia como combiná-las com os documentos da Beazley's para lançar uma luz menos sentimental sobre a história.

Foi marcada uma data para o depoimento de Hilda. Mara sabia que a guerra poderia ser vencida ou perdida na história de Hilda sobre a linhagem da *Crisálida* e na narração de sua longa busca. Mas nos dias antes do depoimento, uma calma se apoderou dela. Diferentemente de qualquer depoimento que ela tomara antes, não havia muito mais a fazer para se preparar; tudo dependia de sua performance no depoimento e ante o juiz na audiência de julgamento sumário. Ela espreitaria como uma pantera enquanto a história de Hilda se desdobrasse e, da maneira mais sutil, saltaria para provocar a confissão de que precisava para neutralizar o sentimentalismo.

Finalmente chegou o dia, e, quando Mara acordou, seu coração disparou. Mas as mãos e a mente estavam firmes, como as de um soldado pronto para a batalha. Ela escolheu um terno cinza-claro, com um suéter azul-gelo por baixo. O suéter iluminava seus olhos e a fazia parecer mais jovem e, esperava, enganosamente vulnerável. Ela colocou apenas as jóias e a maquiagem mais simples, e prendeu os cabelos curtos atrás da cabeça com uma presilha. Gostaria que Michael pudesse vê-la.

Mara chegou à sala de audiências primeiro, e passou o tempo instalando-se, arranjando blocos de perguntas, pastas de papel manilha com documentos, com um assistente a seu lado. Então se sentou, e esperou por sua oponente.

Uma senhora com ares de avó claudicava apoiada no braço de um cavalheiro idoso e curvado. Usava uma saia rodada xadrez com um paletó de lã e uma pequena cruz de pérolas. Um quase-halo de cachos brancos e fofos emoldurava seu rosto. Seus olhos faiscaram quando ela estendeu a mão para Mara. Seu inglês era perfeito, mas a cadência diferente, um *staccato* pontuado com *crescendos*. O sotaque era europeu e algo britânico, mas só era localizável até aí.

Cumprimentos terminados, Hilda Baum e seu advogado tomaram seus assentos, e Mara sinalizou ao escrevente e ao cinegrafista do tribunal para iniciar. Começava a batalha: *En garde*.

— Sra. Baum, não é verdade que seu pai, Erich Baum, por vezes usava Henri Rochlitz de Nice, França, como agente para vender pinturas em seu nome?

— Sim, srta. Coyne, é verdade.

— E, sra. Baum, não é verdade que, em fins da década de 1930 e começo da década de 1940, seu pai de fato enviou diversas pinturas a Henri Rochlitz para vender em seu nome? — Mara espalhou provas diante de Hilda Baum, notas de compra extraídas por Lillian das entranhas da Beazley's. — Estas pinturas?

A mulher idosa pegou os documentos com a mão mirrada e manchada de sol, e os examinou com cuidado.

— Sim, srta. Coyne, é verdade.

Por um momento, Mara sentiu-se em êxtase. Ela estava determinada a provar seu argumento de que Erich Baum enviara *A Crisálida* para Nice não para salvaguarda com um membro da família, mas para seu agente de longa data, Henri Rochlitz, com autorização para vendê-la a Albert Boettcher, de quem a Beazley's adquiriu a pintura. Mas antes que Mara pudesse fazer sua próxima pergunta, Hilda Baum desviou o assunto, fazendo o máximo para proteger o detalhe que Mara buscava.

— Mas, é claro, a carta que meu pai me enviou afirmava simplesmente que ele mandou certas pinturas, incluindo *A Crisálida*, para Nice. Não dizia nada sobre ter enviado as pinturas a Henri Rochlitz para vendê-las. É dessa forma que sei que foram enviadas para nossa família em Nice, a uma tia de meu pai, para salvaguarda. Na verdade, ele me disse durante o Natal de 1939 que, se a situação da guerra piorasse, era o que faria. — Ela fez uma pausa, para causar efeito. — Certamente a senhorita viu a carta, não? Nós a apresentamos como parte de nossa documentação processual. — De fato, Mara tinha visto o bilhete manuscrito, mais para um garrancho, de Erich Baum para sua filha afirmando que ele enviara certas pinturas, incluindo *A Crisálida*, para Nice. Ela tinha passado longas horas ponderando a respeito, já que o bilhete era um problema com o qual teria que lidar. No entanto, Mara esperava que as provas ajudassem a determinar que era hábito de Erich Baum enviar suas pinturas para Nice para venda, e não para salvaguarda.

Cada vez que Mara tentava questionar a natureza da viagem da *Crisálida* para Nice e além, Hilda a cortava com a lâmina afiada de sua história com seus pais. Ela lembrou a Mara repetidamente que *A Crisálida*, a parte devocional da renomada coleção de arte de seu pai, com a qual ele honrava a conversão de sua família ao catolicismo, era uma pintura pela qual os nazistas tinham assassinado seus pais.

Enquanto as duas mulheres se batiam sobre o tema da importância da *Crisálida* para Erich Baum, Hilda se voltou a seu advogado, como se tivesse acabado de lembrar algo.

— Bert, poderia me passar aquele envelope que achei ontem à noite?

Deslizando os nós torcidos de seus dedos sobre o tampo da mesa, Hilda entregou um grande envelope branco a Mara.

— O que é isso, sra. Baum? — perguntou Mara.

— Oh, acho que o conteúdo se explica por si só. Por que não abre? — respondeu Hilda, com o mais diminuto dos sorrisos em seu rosto.

Mara rasgou o envelope fortemente lacrado, e fotografias amarelas e amassadas jorraram dele. Ela as examinou. Numa delas, uma mulher delicada, exibindo um complexo penteado, empoleirava-se imperiosamente numa poltrona rococó. Mara aproximou a foto dos olhos, notando a hesitação do sorriso nos lábios profundamente pintados da mulher, e a direção de seu olhar. Os olhos da mulher estavam fixos no homem de rosto redondo e bem tratado a seu lado, que exibia um sorriso contagiante e um capacete de cabelos negros engomados. Uma menina se postava entre os dois, as madeixas louras escapando de uma trança, as mãos dadas com os pais. Eles repetiam essa pequena corrente para a câmera incessantemente nas outras fotos, capturados em feriados de Natal, aniversários, Páscoa. A inocência e a proximidade da jovem família hipnotizaram Mara, e ela quase podia sentir seus dedos entrelaçados nos deles. Esse era precisamente o elemento humano que ela tivera esperanças de manter fora do caso.

Enquanto voltava a estudar as fotografias, tentando formular perguntas que pudessem neutralizar sua ressonância emocional, Mara viu que as superfícies das paredes, mesas e prateleiras em torno da jovem família Baum transbordavam de pinturas, esculturas, prataria e tapeçarias. Quando examinou certas fotos mais de perto, viu *A Crisálida*.

As peças artísticas começaram a se metamorfosear em instrumentos de destruição. Um cálice de prata tornava-se a coronha de um fuzil. Uma estonteante escultura era agora uma lâmina. Uma tapeçaria ricamente tecida se transformava numa forca. Uma inestimável pintura representava uma câmara de gás. Os sorrisos dos Baum derretiam-se em gritos; e a menina entre eles chorava.

Mara ergueu os olhos para o rosto radiante de Hilda Baum; as fotografias tiveram o efeito desejado.

— Estas são fotos de sua família — pronunciou Mara de modo hesitante.

— Sim. Com *A Crisálida*, é claro.

Mara sentiu o golpe. Ela precisava desviar a atenção de todos dessas fotografias comoventes o mais rápido possível. Se não o fizesse, arriscava-se a perder não somente o caso para os Baum, mas também a si mesma.

Precisou de toda a sua força para tentar novamente com uma linha diferente de questionamento. Mara precisava associar Hilda com DeClerck, evidenciar sua negligência em procurar e golpeá-la com o comunicado da Comissão Alemã de Restituição de Arte.

— Sra. Baum, em fins de 1945 e em 1946, o ano seguinte após a guerra, que esforços fez para encontrar *A Crisálida*?

Hilda provou seu chá e depois respondeu deliberadamente.

— O ano seguinte ao término da guerra... Deixe-me ver se consigo lembrar, srta. Coyne. Creio que passei a maior parte daquele tempo tentando encontrar meus pais. Confesso que minha busca pela *Crisálida* não começou realmente até que descobri que os nazistas os tinham assassinado.

Mais uma vez, Mara tentava desviar da história pessoal dos Baum.

— Sra. Baum, eu peço que responda apenas à minha indagação sobre *A Crisálida*.

— Pode repetir a pergunta, por favor?

— Em fins de 1945 e em 1946, a senhora procurou pela *Crisálida*?

— Não, srta. Coyne, como já mencionei, eu me concentrei em encontrar meus pais. Além disso, de fato não tenho nenhuma lembrança do último ano da guerra. É como se no primeiro dia de paz eu tivesse acordado. Fui direto à Cruz Vermelha, onde havia listas de pessoas que tinham sobrevivido aos campos de concentração. Os nomes de meus pais não estavam naquelas listas. Segui buscando na Itália, onde eu vivia na época, por toda parte da Europa em que me permitiam entrar, tentando encontrá-los...

Mara interrompeu:

— Sra. Baum, por favor, só responda à pergunta que fiz. Sobre *A Crisálida*.

O advogado de Hilda lutou para se levantar.

— Srta. Coyne, eu protesto contra seu último comentário. A senhorita abriu a porta com sua pergunta, e é preciso permitir que minha cliente responda, em suas próprias palavras e a seu próprio modo.

Mara se retraiu. Ele tinha razão. Qualquer tentativa sua de interromper os desvios de Hilda através de uma moção perante o juiz ou num telefonema durante o depoimento seria um tiro pela culatra: Mara pareceria insensível e incongruente. Assim, ela gesticulou para que Hilda continuasse.

— Passei o fim de 1945 e o ano de 1946 vasculhando os campos de concentração, questionando qualquer um que eu encontrasse que pudesse ter cruzado o caminho de meus pais enquanto eles atravessavam a Europa saídos da Holanda. Meus pais pensavam que tinham recebido passagem livre até a Itália para encontrar a mim e a meu marido, Giuseppe, cujos contatos poderiam oferecer-lhes algum tipo de proteção. Tiveram de viajar via Berlim, é claro: todos os trens internacionais tinham de passar por Berlim naquela época. — Lágrimas formaram-se nos olhos de Hilda enquanto ela recordava a inocente confiança que seus pais depositaram nos oficiais nazistas, que apareceram em sua casa cedo numa manhã com vistos e passagens de trem, apesar do fato de que sua própria filha tentara conseguir aquelas mesmas passagens por meses, sem sucesso. — Eles queriam tanto acreditar, pois precisavam sair da Holanda ocupada depois que foram classificados como judeus. Sabe, o avô de meu pai, um católico fervoroso segundo todos os relatos, nasceu judeu, mas converteu-se quando criança. De algum modo, os nazistas conseguiam rastrear quaisquer elos fracos na linhagem de alguém. Continuei a receber cartas de meu pai, que chegavam mais e mais esporadicamente por causa dos caprichos da mala postal diplomática. Embora fossem infalivelmente agradáveis, eu sabia que as vidas de meus pais tinham se tornado um verdadeiro inferno...

— Sra. Baum, a senhora está se afastando muito de minhas perguntas. Vamos nos reconcentrar em seus esforços em encontrar *A Crisálida*.

— Srta. Coyne, sou uma mulher de idade. Está me pedindo para recontar eventos que ocorreram há mais de sessenta anos. Para lembrá-los direito, preciso revê-los em ordem.

Mara rendeu-se ao trunfo de Hilda. Nenhum juiz no mundo deixaria que Mara interrompesse a litania de Hilda se ela alegava que era necessário para sua total recordação dos fatos.

— Da Itália, meu marido e eu fizemos o que podíamos para protegê-los. Conseguimos enviar uma carta a meus pais, assinada pelo *Reichskommissar* da Holanda, Seyss-Inquart. Lembro o que ela dizia de cor:

Nenhuma medida de segurança ou policial de qualquer natureza deve ser executada contra os judeus e cidadãos holandeses Erich e Cornelia Baum, residentes de Amsterdã...

"Achamos que eles estariam a salvo, que a carta os protegeria. Mas a paixão de meu pai, suas obras, eram uma tentação forte demais para os nazistas. Suspeitei que eles cobiçariam a coleção de arte de meu pai. Não tanto os impressionistas. O ódio nazista pela arte moderna 'degenerada' era bem conhecido, embora eles não pudessem ignorar seu valor no mercado. Não, eu deduzi que os nazistas cobiçariam aqueles velhos mestres e retratos alemães que meu pai colecionara no passado. Os nazistas perseguiram meus pais por aquelas pinturas, atormentaram-nos por elas, privaram-nos das poucas liberdades que tinham os assim-chamados judeus, apenas para chegar até elas. Ameaçaram prender meus pais se eles saíssem de casa sem as estrelas, que muitas vezes ambos se recusavam a usar, a menos que entregassem as pinturas. Os nazistas tentaram de tudo, exceto arrastá-los abertamente para os campos de concentração. Mas a carta de Seyss-Inquart pôs um fim em sua perseguição, e, como bons e obedientes nazistas, eles não ousariam desafiar uma carta de Seyss-Inquart. Não na Holanda, pelo menos. Então eles orquestraram a viagem à Itália."

Um calor úmido se espalhou pelo lábio de Mara. Tinha gosto de sangue. Ela estivera mordendo o lábio ao longo do testemunho de Hilda.

— Em 1946, nos campos de refugiados, finalmente encontrei algumas pessoas que sabiam o que tinha acontecido a meus pais na estação de trem de Berlim e depois: um varredor da estação de Berlim e dois sobreviventes de campos de concentração, judeus conhecidos de meus pais de Amsterdã. Quando o trem de meus pais chegou a Berlim, um oficial nazista apresentou-lhes um documento, com o qual meu pai assinaria a renúncia a sua coleção de arte e lhes diria o paradeiro. Meu pai se recusou a assinar, exibindo a carta de Seyss-Inquart para eles. Mas a carta não deteve os nazistas, já que meus pais estavam fora da Holanda e tão perto deles, com o tesouro praticamente à mão. Eles soltaram o vagão de meus pais do resto do trem, e então os arrastaram para o quartel-general nazista em Berlim para interrogatório. E os torturaram. Meu pai foi o primeiro, para fazê-lo renunciar à coleção de arte. Quando ele resistiu, gritando que não o faria, eles chicotearam minha mãe na frente dele. Meu pai permaneceu inflexível.

"Eles então colocaram meus pais em outro trem, dessa vez via Munique, para Dachau. Uma vez que suas torturas resultaram em nada, os nazistas fuzilaram meu pai na praça pública do centro da prisão, diante de todos os prisioneiros. Depois disso, a vida de minha mãe já não tinha valor, e portanto eles a mataram em Dachau. Com a morte de meus pais, os nazistas estavam livres para confiscar o resto da coleção de arte. Inclusive *A Crisálida*."

Silêncio. A sabatina que Mara tinha preparado não poderia ser usada. Na quietude que se seguiu, ela quase pôde ouvir sua avó arquejar.

Hilda fitava Mara, os olhos triunfantes.

— Portanto, para responder à sua pergunta, srta. Coyne, comecei minha busca pela *Crisálida* depois que me inteirei de tudo isso.

Quatorze

AMSTERDÃ, 1942

— Seja bem-vindo, sr. Baum.
Willem abre a porta para Erich enquanto este cruza o pórtico para entrar em sua casa, e em seguida o ajuda a tirar o sobretudo. Seu outrora elegante casaco de casimira está agora marcado com o amarelo berrante de uma estrela rude, como se cortada pela tesoura sem fio de uma criança de jardim-de-infância. Embora rotulado como judeu pelos nazistas, Erich não consegue se imaginar como um.

Enquanto o casaco é retirado de seus ombros, Erich sente o peso da estrela também sendo tirado de si, permitindo que sua postura se eleve e que seus ombros se aprumem. Por esse único e fugidio instante, ele quase pode tolerar a humilhação diária de procurar velhos colegas na esperança de que eles ignorem as regras do *Reichskommissar* Seyss-Inquart, que proíbem que judeus atuem na indústria financeira, um ultraje necessário agora que um "procurador" ariano se apoderou de sua seguradora, deixando-o sem meios de subsistência. Ele suporta essa vergonha todos os dias durante sua longa caminhada de ida e volta do distrito comercial, uma vez que já não é permitido aos judeus dirigir carros ou usar o transporte público.

— Obrigado, Willem. — É assombroso para Erich que os criados tenham permanecido, embora saiba que sua casa tinha sido um lar para eles por tanto tempo quanto o fora para ele próprio, e supõe que eles não tenham outro lugar para ir. Ninguém contrata empregados nestes dias, nem mesmo os nazistas ou seus capangas holandeses, e ele e Cornelia ainda podem prover refeições e abrigo aos criados, embora o dinheiro seja agora tão escasso, já que o *Reichskommissar* proibiu até mesmo que judeus saquem dinheiro de suas contas bancárias. Ainda assim, ele se sente como uma fraude quando os criados se apressam em assisti-lo. Fora destas portas, ele é a abominação indigna de subserviência, e eles são puro ouro ariano.

— Erich, é você? — Ele ouve a voz de sua mulher soando da saleta.

— Sim, querida. Quem mais poderia ser? — Nestes dias, eles não têm visitantes, tão diferentes dos prósperos dias antes da ocupação. Seus antigos amigos têm medo de serem vistos em casas de judeus.

Enquanto Erich caminha na direção da saleta, ele corre os dedos pelas escuras marcas retangulares nas paredes damasco aveludadas porém desbotadas, cicatrizes das quais antes pendiam pinturas. Não pela primeira vez, ele faz uma silenciosa prece de agradecimento por ter dado ouvidos à filha e enviado as pinturas para a França antes que a Holanda capitulasse aos nazistas em 14 de maio de 1940. De outro modo, Erich teria de entregá-las ao Dienststelle Mühlmann, o bando local de saqueadores de arte sancionado pelo *Reichskommissar*, obedecendo à ordem para que os judeus entreguem todos os bens de valor ao banco Lippmann, Rosenthal & Co., agente do Dienststelle Mühlmann. Embora lhes tivesse dado as poucas e menos importantes pinturas que permaneciam em suas paredes quando a ordem foi emitida, os nazistas ouviram rumores de que ele tinha outros tesouros no passado, e agora o acossavam por seu paradeiro.

— Chegou uma carta. De Hilda.

Ele corre aos róseos domínios vitorianos de sua esposa, com seus murais rococó de querubins alçando vôo, tão diferentes da decoração austera e das superfícies livres de seu escritório. As estantes e mesas da saleta são cobertas de porta-retratos de todos os tamanhos e formas imagináveis, capturando eventos de uma vida que se foi. Cornelia está sentada em sua habitual poltrona de espaldar alto próxima à lareira, com um envelope, em vez do costumeiro bordado, pousado em seus joelhos colados de tensão.

— O que ela diz? — Erich quase teme perguntar. As cartas de sua filha Hilda tornavam-se cada vez mais raras e mais repletas de notícias indesejadas.

— Não ousei abri-la, Erich. Está endereçada a você.

— A mim? — Ele está confuso; as cartas de Hilda são em geral dirigidas a sua esposa.

— Sim, e chegou na mala postal da embaixada.

Ele corre para tomar o envelope da mão de Cornelia, e o rasga com o estilete de cabo de marfim da escrivaninha da saleta. Um segundo envelope lacrado desliza do interior e aterrissa no chão.

Após agachar-se para pegar a carta caída, ele se senta na poltrona em frente à esposa. Suas mãos tremem enquanto ele tenta abrir o segundo envelope sem quebrar seu ornamentado lacre de cera. Só então ele lê as duas cartas.

— O que dizem, Erich? — Cornelia olha para ele, os olhos arregalados em expectativa.

Ele hesita, mas não há forma de suavizar as notícias.

— Ela não conseguiu nossos vistos para Milão.

A esperança se derrama em lágrimas dos olhos dela.

— O que faremos, Erich?

— Mas ela conseguiu isto para nós. — Ele coloca o documento dobrado na carta de Hilda nas mãos de sua esposa chorosa.

Seus soluços se interrompem por um momento enquanto ela enxuga os olhos com um lenço bordado e lê a missiva:

— Então isto nos protegerá das deportações do *Reichskommissar* e das outras ordens contra judeus? Do interrogatório do Dienststelle Mühlmann?

— É o que parece. Por ora, pelo menos.

— Mas e quanto a seus irmãos e irmãs e suas famílias?

— A carta não os defende. E Hilda teria arranjado proteção para sua querida Maddie se pudesse.

Os soluços de Cornelia recomeçam. Ele se ergue e corre a mão, consoladora porém preocupada, sobre o ombro dela enquanto deixa a saleta. Ele gostaria de poder confortá-la, mas há algo que precisa fazer. Algo que tivera esperanças de evitar.

Sentia o corpo pesado enquanto galgava as escadas para seu escritório. A sala outrora gloriosamente espartana, que lhe trouxera tanta paz, agora serve como uma lembrança dura, até mesmo pobre, de tudo o que perderam — e de tudo o que ainda tinham a perder. Ele se senta à escrivaninha e começa a compor uma carta de próprio punho, uma carta para sua filha.

Quinze

NOVA YORK, PRESENTE

Nos dez dias posteriores ao depoimento, Mara passou a maior parte de seu tempo fazendo anotações e consultando a transcrição. Ela precisava de um torniquete em diversos lugares para interromper o sangramento do testemunho emocionado de Hilda. Mas adquiriu alguns espólios também, nada menos que a confissão de Hilda sobre sua falha em procurar, e seu reconhecimento do comunicado da Comissão Alemã de Restituição de Arte. Com base nisso, Mara escreveu o requerimento de julgamento sumário com o qual poderia proteger a reivindicação da Beazley's à *Crisálida*. Contudo, no fundo ela tinha poucas ilusões quanto às fraquezas do requerimento. Mesmo Sophia, sempre sua escudeira, reconheceu o apelo emocional inerente à história de Hilda Baum.

Mara entregou o requerimento de julgamento sumário a Harlan para aprovação final e esperou sozinha com as palavras de censura de Hilda e as críticas carrancudas de sua avó.

Algumas horas depois que Mara entregou os papéis, o telefone tocou para convocá-la para o andar de cima. Ela se arrastou ao escritório de Harlan com passos de chumbo, certa da reação dele. Mara esperou atrás da porta do escritório; como de hábito, a ante-sala estava tomada pelo odor estagnado dos charutos cubanos que ele fumava em violação flagrante, porém tolerada, das regras do prédio. O fato de que seu tabagismo era permitido irritava Mara além de todos os limites. Era uma inevitável lembrança da hierarquia do poder que governava tanto a firma quanto sua vida.

Um som gutural emergiu por trás da porta de Harlan. Mara sabia que esse era o sinal para que entrasse, então ela se empertigou, recebeu um aceno de confirmação da secretária, a onipresente Marianne, e abriu a porta. Como sempre, o colossal corpanzil de Harlan era amparado por uma enorme poltrona de couro. A vista panorâmica do centro de Manhattan se descortinava por trás dele, mas a forma como ele posicionava a poltrona e a imponente mesa de mogno bloqueavam a vista. A sala estava organizada para fazer lembrar a autoridade de Harlan a qualquer um que entrasse, e que somente ele tinha conquistado o direito de desfrutar da paisagem.

Ele gesticulou para que Mara se sentasse numa cadeira pequena e rígida, e então fingiu não prestar qualquer atenção nela enquanto continuava a examinar os papéis do julgamento sumário sobre sua mesa. Entretanto, Mara sabia que ele a estava avaliando, tanto quanto avaliava suas palavras. Ele queria ver o quanto ela se mantinha firme sob a pressão do caso e sua inspeção. Seu jogo tinha algum valor — Mara reconhecia que esse escrutínio tinha efeito positivo em sua postura no tribunal —, mas, na mesma medida em que era instrutivo, era também manipulador e destinado a mantê-la no cabresto. Como com todos os outros jogos de poder de Harlan, Mara aprendeu a deixar para lá.

Por fim, ele abriu um sorriso cheio de dentes.

— Gostei do requerimento — disse ele.

Mara estava embasbacada. Em seus seis anos trabalhando para ele, jamais o viu sorrir em sua direção sequer uma vez. Ela sabia que tinha de responder ao elogio, o único que ele jamais lhe fizera, mas permaneceu pasmada em silêncio.

— Eu disse que gostei do requerimento — repetiu ele.

A grosseria retornou à voz dele e impeliu Mara a falar.

— Obrigada. Realmente agradeço, mas você não está nem um pouco preocupado com o testemunho de Hilda sobre os pais?

— Não me incomoda tanto. Claro, é uma história trágica, mas não muda a lei. O que me impressiona é que você pegou uma situação bastante adversa e apareceu com alguns argumentos legais que abrem uma possibilidade. Você manejou bem a falha no título de posse, e até mesmo voltou-a contra eles. Afinal, ela realmente não procurou pela pintura, não é? Assim como no caso DeClerck. Mas o argumento da renúncia é campeão, acho eu. Ela assinou uma renúncia a seus direitos de recuperar *A Crisálida* há muitos anos, e provavelmente nunca pensou que esse comunicado ressurgiria. Vamos telefonar para o cliente. — Ele berrou: — Marianne, coloque aquele cara da Beazley's na linha!

Permaneceram em desconfortável silêncio, não sabendo exatamente como lidar com a dinâmica alterada entre eles. Uma onda de excitação pelo impacto do elogio de Harlan pulsava através de Mara.

— Está na linha — anunciou Marianne.

Harlan apertou o botão de viva-voz.

— Michael? Estou aqui com Mara Coyne, que você já conhece.

— Sim, tive o prazer de trabalhar com Mara ao longo dos últimos meses. Todos achamos que ela fez um magnífico trabalho.

O rosto de Mara ficou escarlate. Michael voltara de sua viagem à Europa mais ou menos uma hora antes, e já que a noite dos dois fora planejada em muitos telefonemas e e-mails transatlânticos, eles ainda não tinham conversado desde que ele aterrissara.

— Fico feliz em ouvir. Você está prestes a ver coisa ainda melhor. Estamos lhe mandando o resumo da petição de julgamento sumário. Via de regra, eu não avalio nossas chances de sucesso de antemão, mas acho que temos alguns argumentos poderosos aqui. Se você gostar, recomendo que o apresentemos hoje mesmo.

— Se segue a linha do trabalho de Mara até agora, tenho certeza de que é fantástico. Fique à vontade para enviar agora mesmo.

Sem até logo, Harlan desligou. De certa forma era um alívio saber que ele não reservava sua falta de educação apenas aos associados da firma.

— Marianne! Mande um fax disto para a Beazley's. — Ele jogou o relatório por baixo da porta e, sem uma palavra a Mara, voltou a ler os documentos sobre a mesa. O momento de Mara sob o sol estava acabado. Ela pediu licença e apressou-se para sua sala, descendo lance após lance de escadas, passando pelos andares ostentosos e iluminados onde os sócios contabilizavam suas horas em amplos e arejados escritórios, e chegando às salas mais escuras e desbotadas onde os associados labutavam ombro a ombro em cubículos mal delimitados. Ela estava exultante pelo julgamento favorável de Harlan, e pelo elogio público de "seu cliente" a seu trabalho. Também ficava extasiada ao pensar que veria Michael naquela noite, ainda que um pouco nervosa após as semanas de separação. Ela se perguntava se as coisas seriam as mesmas entre eles.

Mara não precisava ter ficado ansiosa. Quando entrou no apartamento de Michael naquela noite, a alegria dele cintilava das velas que ele acendera em cada superfície, brotava dos buquês de pequenas rosas-chá, as favoritas dela, transbordava de taças de cristal trabalhado, e fumegava do forno, onde ele dava os toques finais em caudas de lagosta. Ele colou um beijo nos lábios dela e uma taça de sauvignon blanc em sua mão. Eles brindaram ao sucesso de Mara e ao reencontro. Por um momento, Mara sentiu-se totalmente em paz.

═══

No último dia de apresentação de toda a papelada para o julgamento sumário, o pai de Mara anunciou uma visita inesperada, um evento que sempre a dominava com uma mistura inquietante de animação e medo. Ela gostaria de poder convidar Michael para jantar; esperava pelo dia em que poderia apresentar os dois. Mas Michael e Mara queriam que o pai pensasse o melhor do namorado da filha, e não poderiam esperar uma recepção calorosa uma vez que seu relacionamento significava tamanha desconsideração pela carreira de Mara. Sua apresentação teria de esperar até que o caso estivesse ganho. Talvez, ela ousava imaginar, todos celebrariam juntos a sociedade de Mara.

Assim, quando o táxi chegou ao Hotel Four Seasons na 57 Street, Mara desceu sozinha. Quase instantaneamente, um recepcionista apareceu a seu lado e a escoltou para dentro. Com suas enormes colunas de granito e régia escadaria, o reverenciado hotel era uma versão contemporânea e em larga escala de seu refúgio favorito, o Templo de Dendur no Metropolitan Museum of Art. Esse era também o local onde seu pai sempre se hospedava quando vinha a Nova York a negócios, e Mara sabia exatamente onde ele estaria sentado com o jornal, esperando por ela.

Depois de um abraço protocolar, ele lhe disse que só tinha tempo de encaixar um drinque antes de um jantar de negócios. Bem, para ser mais justo, ele tinha tempo suficiente para dois uísques, precisamente. Uma longa fila serpenteava para fora do famoso bar do saguão, mas Mara e seu pai foram conduzidos diretamente para uma excelente mesa central. Seu pai descansou sua corpulência numa cadeira de grife de veludo marrom, e com um gesto afastou alguns bajuladores políticos que o rondavam. Se ele não fosse tão obviamente irlandês, com suas faces rosadas, pele alva e cabelos vermelhos acinzentados, um observador poderia confundi-lo com um mafioso italiano. Ele de fato era muito parecido com Harlan, admitiu Mara.

É claro, o pai estava aqui sem a esposa. Ela nunca era convidada para viagens a negócios. Quando Mara pensava em sua mãe, via-a nebulosa, fora de foco. Mara tentava aproximar e definir a imagem, mas nunca conseguia. Só divisava seus contornos, nunca os detalhes. Loura, pequena, perfeitamente alinhada, de uma beleza pálida, esquecível, sua mãe era como uma ostra, recolhendo-se nas profundezas de uma concha agradável, porém difícil de ser vista.

Mara se lembrava dela como sempre presente e, ao mesmo tempo, ausente. Certamente as refeições eram preparadas e apresentadas, e a condução de carro até a escola era pontualmente realizada. Os compromissos escolares eram devidamente freqüentados, a conversa em coquetéis habilmente conduzida, e os eventos impecavelmente orquestrados. Mas seu espírito maternal era distante, e mesmo ausente. Ela podia se sentar à mesa de jantar e parecer que jamais esteve ali.

Nos raros momentos de animação, uma luz brilhava em seus olhos. Mara aprendeu a reconhecer esses momentos como resultado de mais que uns poucos martínis pré-jantar, ou da rara atenção do marido. Um homem alto e maciço com uma personalidade idem, quando ele deixava uma sala, sua presença permanecia por longas horas. As expectativas dele governavam a vida da mãe assim como a de Mara, que se afastara o máximo possível da insipidez de sua mãe, mesmo quando isso significou modelar a si mesma segundo seu pai.

Imediatamente, seu pai dirigiu a conversa para seu trabalho: como os décimos de hora dela competiam com os décimos de hora de seus concorrentes. Mara contou sobre o novo caso judicial e o cliente, mas deixou de fora a parte pessoal sobre Michael. Ela tomou um gole de seu drinque e ergueu os olhos para a reação dele: como sempre, aprovação era o que ela buscava. Após longos anos cultivando esse hábito, ela não podia evitar, e sabia que suas novidades o agradariam.

— Ou seja, se isso for bem, você pode ser a razão para que um grande cliente volte querendo mais — deduziu ele.

— Esse é um grande "se".

— Ainda assim, soa promissor. Para suas chances de sociedade, quero dizer.

— Estou esperançosa.

— Bom. Eu detestaria vê-la ficando para trás.

O coração de Mara afundou, mas, enquanto seu pai engolia o drinque e se virava para pedir outro, velhas palavras que ela ouvira às escondidas retornaram à lembrança, palavras que na época pareceram blasfemas, mas que lhe trouxeram uma dose de consolo. Certa vez, ela ouviu sua avó fazendo críticas ao filho:

— Ah, em raras épocas, uma árvore de família produz um fruto diferente dos demais. Não importa que receba a mesma água, não importa que o tronco e os galhos sejam os mesmos. O galho de onde Patrick brotou trouxe uma fruta diferente; uma bela casca por fora, mas nenhuma polpa, nenhuma semente, nada por dentro. — Era um veredicto que nem seu sotaque macio pôde suavizar.

— Ah, chegaram as pessoas com que vou jantar. — Seu pai acenou a dois cavalheiros em ternos riscados. — Ligue para sua mãe. Sabe que ela se preocupa com você. — Ele apertou Mara num grande abraço de urso e desapareceu, deixando-a sozinha com o novo drinque que ele pedira, com sua própria meia taça de vinho, e a trêmula luz das velas do salão.

Dezesseis

NOVA YORK, PRESENTE

Várias semanas depois, Mara galgou a ampla extensão de escadas de pedra que levava à infame Suprema Corte do Estado de Nova York, flanqueada por Michael e Harlan. O prédio da corte era local de julgamentos de notórios chefes da máfia e executivos falidos de Wall Street, sempre empesteados de paparazzi; era o lar de famigerados juízes do direito comercial; e o campo de batalha para as escaramuças diárias dos nova-iorquinos, grandes e pequenas.

Era quase um alívio chegar ao tribunal, mesmo que isso significasse que ela teria de apresentar o argumento pela absolvição sumária diante do sabidamente volúvel e irritadiço juiz Ira Weir. Mara passou o dia com Harlan, repassando o argumento incontáveis vezes e sujeitando-se a suas impiedosas críticas e zombarias. Era raro que ele desse a um associado a chance de apresentar uma tese de julgamento sumário, como lembrou repetidamente a ela. O sermão continuou na ida de limusine até o tribunal, com Michael como testemunha. Em certo ponto, Mara quase respondeu a Harlan, mas conteve-se, sabendo que a chance de apresentar a tese era crucial para sua possibilidade de tornar-se sócia.

Observando Harlan subir os degraus do tribunal, Mara percebeu que jamais o vira movendo-se com tanta rapidez. Quando alcançaram as longas filas da segurança, ele arfava por ar e pingava de suor.

Enquanto esperava pelos dois homens, Mara acalmou seus nervos passeando pelo saguão sob a cúpula recém-restaurada. Postada no intricado piso parquê de mármore, ela contemplou o mural. O teto azul-cerúleo era coberto de ostentosas representações de renomados juízes e legisladores: egípcios, hebreus, turcos, gregos, romanos, bizantinos, francos, ingleses, colonos e, por fim, americanos. Todos testemunhas dos dias em que os ideais, e não o dinheiro, eram defendidos no tribunal. Sua avó teria amado os valores gravados no teto, se não a justiça real praticada naquelas câmaras.

O ruído ligeiro dos passos de Michael reverberou pelo piso, seguido de perto pelo difícil arrastar dos pés de Harlan. Quando este se aproximou de Mara, ela se deliciou com o fato de que era mais alta que ele. Ela quase riu pela súbita e efêmera troca de poder, que ajudou bastante a aliviar o tratamento depreciativo que ele lhe dispensara anteriormente, quando o tom áspero de Harlan rapidamente restabeleceu a ordem.

Juntos, os três passaram sob uma arcada que trazia a inscrição "A verdadeira prática da justiça é o mais firme pilar do bom governo", e caminharam em direção à sala de audiências do juiz Weir. Como a maioria dos advogados, Harlan e Mara experimentaram sensações ambíguas quando souberam que ele presidiria o caso. Weir era considerado mais astuto do que a maior parte dos juízes da Suprema Corte, um defensor da clara letra da lei, e o mais antigo no cargo, mas também era conhecido por ter surtos de irascibilidade. Assim, os dois rezavam para ele estivesse num dia de bom humor.

Mara examinou a sala de audiências. Os belos e escuros pisos de madeira, embora gastos pelo uso, brilhavam encerados. As janelas altas admitiam pouca luz, pois defrontavam a fachada de outro prédio; toda a iluminação era deixada para diversos e suaves candelabros. Ornadas coroas em alto-relevo circundavam o teto elevado. Alvíssimas paredes traziam a inscrição "Em Deus Confiamos" em bronze polido. E uma bandeira dos Estados Unidos, encimada por uma águia dourada prestes a alçar vôo, presidia sobre todo o resto. Mara contemplava o luxo do couro antigo da sala; era como as páginas gastas de um estimado livro de direito.

Mara cumprimentou o advogado de acusação e Hilda Baum com a cabeça, e seguiu para a mesa da defesa, um longo banco de madeira quase eclesiástico, colocado diante do altar da mesa do juiz e da banca do júri. Ela ouvia o tique-taque de um relógio ancestral na parede atrás de si. As contrações em seu estômago pulsavam àquele ritmo. Uma vez que o juiz adentrasse a sala de audiências, Mara estava certa de que faria seu trabalho, mas até lá, a expectativa a levava ao limite. Ela engolia em seco, examinava seu argumento e tentava ignorar a inquietante proximidade de Michael e Harlan.

O auxiliar do tribunal exclamou:

— Atenção. O excelentíssimo juiz Ira Weir. Todos de pé. — Uma sensação de pavor congelou o sangue de Mara e ela se retesou para o juiz. A pequena silhueta emergiu da antecâmara. Ele galgou os degraus que levavam a sua formidável cadeira, e suas grandes mãos e cabeça chamaram a atenção de Mara. Por um segundo, Mara pensou ter visto um lampejo de sorriso em sua direção. Ela sorriu de volta, antes de reconhecer a carranca pelo que realmente era.

Afastando a gafe de sua mente, Mara assumiu seu lugar no parlatório. Consultou suas anotações mais uma vez e tomou um último fôlego.

Quando Weir falou, foi como o mágico de Oz por trás da cortina.

— A senhorita quem é? — perguntou ele em voz imponente que se camuflava sob sua estatura minúscula.

— Mara Coyne, meritíssimo, representando a firma de advocacia Severin, Oliver & Means. Em defesa do acusado, Beazley's.

— Vejo que temos uma moção de julgamento sumário para hoje. Para o caso Baum *versus* Beazley's. Está correto?

— Correto, meritíssimo. — A voz de Mara falhava.

— Este é o caso em que a reclamante alega que uma pintura foi roubada de sua família, vítima do Holocausto, pelos nazistas. Correto? — Seus olhos refletiam o azul-cobalto da tela do computador em sua mesa.

— Sim, meritíssimo. — Mara recuperou sua impostação.

— Pode começar, srta. Coyne.

Mara engoliu em seco.

— Meritíssimo, venho hoje aqui perante vossa excelência para pleitear uma absolvição sumária no caso Baum *versus* Beazley's. — Seus olhos se cravaram nas mãos do juiz, fechadas na forma triangular da oração. Por uma fração de segundo, Mara viu as mãos de sua avó num banco de igreja, como se Nana tivesse adentrado a sala de audiências para avaliar os argumentos de Mara.

— Srta. Coyne, creio que isso já ficou claro. Eu disse que a senhorita pode começar — rebateu o juiz.

O coração de Mara ribombava; ela não conseguia livrar-se de seu pavor.

O juiz Weir ordenou que ela falasse.

— Srta. Coyne!

Em algum lugar atrás dela, ela ouviu Harlan sussurrar:

— Mara!

— Meritíssimo, por favor, não interprete a petição por absolvição sumária como uma falta de compaixão pela dor da reclamante. Afinal, um terrível destino se abateu sobre a família dela na Segunda Guerra Mundial. — Como se a uma ligeira distância, Mara se ouvia falar novamente. Ela planejara uma abordagem legalística, repleta de pontos de lei persuasivos porém imparciais, orquestrada para estimular a reputação de lógica fria e rígida do juiz. Mas a inesperada memória de sua avó perturbou a confiança de Mara, e novas palavras de abertura jorravam por vontade própria. — Pelo que entendemos, os nazistas categorizaram a família da reclamante como judia e despiram-na de suas liberdades, sua humanidade e suas propriedades. A reclamante alega que *A Crisálida* figurava entre a propriedade pilhada pelos nazistas como parte de sua cobiça por arte e da Solução Final. Para obtê-la, os nazistas roubaram as vidas dos pais da reclamante. Portanto, é dividida que venho hoje a vossa excelência. Dividida entre minha compaixão pela reclamante e sua inimaginável história familiar de um lado e, de outro, a minha compreensão do que a clara letra da lei exige. Não esconderei de vossa excelência, meritíssimo, que houve momentos em que me senti desconfortável em representar a Beazley's.

O juiz Weir parecia espantado. Não era todos os dias que uma advogada aparecia em sua sala de audiências e admitia que estivera em dúvidas quanto à moralidade da posição de seu cliente. Mara imaginou a expressão de fúria reprimida no rosto de Harlan. Ela respirou fundo e continuou.

— Mas então examinei detidamente os fatos e a lei. Cheguei ao entendimento do que a lei realmente diz, o que ela exige. E me convenci de que a Beazley's obteve claro direito de posse da *Crisálida* quando adquiriu a pintura, e que a Beazley's repassou este claro título de posse ao atual proprietário. A lei diz que o título de posse de um reclamante deve ser puro para a restituição da propriedade, mas a publicação documental revelou que o título da reclamante não o é. Na verdade, é tudo menos puro. Permita que eu conte a verdadeira história da propriedade da *Crisálida*, meritíssimo.

À medida que Mara voltava a seus argumentos preparados, sua adrenalina aumentava e a confiança retornava. Ela sabia que era capaz de dominar o linguajar e os fatos jurídicos.

— Ninguém duvida de que Erich Baum, pai da reclamante, comprou a pintura legitimamente em leilão de seus proprietários originais, os Van Dinter, em cuja residência ela permaneceu por mais de trezentos anos. O que Erich Baum fez com a pintura é o que nos traz hoje aqui. A reclamante dirá que possui uma carta de seu pai mostrando que ele enviara certas pinturas, inclusive *A Crisálida*, para Nice, França, e que ele a enviou para a família, para salvaguarda. E de lá, o braço do ERR nazista arrebatou a pintura, passando-a para Albert Boettcher & Co. na Suíça. Segundo a reclamante, é por isso que não há documentos que provem a transferência da pintura a Boettcher: porque a pintura foi roubada pelos nazistas nesse ínterim. A reclamante dirá então que Boettcher vendeu sua propriedade adquirida levianamente para a Beazley's.

"Mas isto é o que a reclamante não dirá: que Erich Baum, impedido de trabalhar em sua companhia de seguros uma vez que foi rotulado como judeu, precisava de dinheiro para sustentar sua família. Que Erich Baum enviou *A Crisálida* para Nice não para a família, mas para seu negociante de arte, Henri Rochlitz, para que ele a vendesse em consignação. Que, na década de 1930, Erich Baum enviou quase vinte pinturas para Rochlitz como seu agente de vendas, e que no início de 1940, no exato período em que mandou *A Crisálida* para Nice, ele enviou quatro outras pinturas para que Rochlitz vendesse. Que a França estava muito mais devastada pela guerra do que a Holanda, e repleta de nazistas, tornando-a uma escolha ilógica para salvaguarda. Que Rochlitz vendia pinturas a Boettcher rotineiramente, em particular durante esse período. Que não há registros dessa transação nem nos arquivos de Rochlitz nem nos de Boettcher porque a guerra destruiu ambos os negócios de Rochlitz e Boettcher. Que Boettcher tinha uma cristalina reputação de jamais traficar obras pilhadas pelo nazismo. Que, na verdade, os governos aliados reconheceram Boettcher por sua assistência à resistência francesa. E finalmente, que não há registros nazistas da *Crisálida*, e os nazistas eram notoriamente fanáticos por registrar seus espólios de guerra. Se o nazismo realmente tomou *A Crisálida*, como alega a reclamante, nós verificaríamos o fato nos registros nazistas. E a reclamante não nos forneceu uma prova sequer de que *A Crisálida* foi guardada na casa do mencionado membro da família em Nice. Tudo isso prova que Erich Baum autorizou Rochlitz a vender *A Crisálida* a Boettcher. E, por sua vez, Boettcher vendeu-a legitimamente para a Beazley's. Como resultado, o título de posse da Beazley's, assim como o título de seu atual proprietário, é claro.

Mara pontuava seus argumentos com dramáticas imagens ampliadas no telão: imensas notas de compra mostrando que Erich Baum vendeu pinturas por intermédio de Rochlitz muitas vezes durante esse período; volumosos relatórios militares listando Boettcher como "recurso" das forças aliadas durante sua campanha; um trecho do vídeo de Hilda Baum em seu depoimento, detalhando a terrível natureza da situação financeira de sua família.

— Mas, meritíssimo, mesmo que eu esteja totalmente errada quanto a isso, e os nazistas de fato tenham roubado *A Crisálida* da família Baum em Nice, há uma linha de autoridade baseada no caso DeClerck que diz que um reclamante deve buscar sua propriedade roubada para tê-la de volta numa ação de restituição. — Mara explicou os fatos por trás de DeClerck e seu precedente. Ela destacou as razões políticas para abraçar DeClerck e não a autoridade oposta do caso Scaife: se o juiz seguisse Scaife em vez de DeClerck, Nova York estaria vulnerável a velhas reivindicações de restituição, arriscando esfriar o comércio de arte de Nova York. — Meritíssimo, eu o convido a inovar, e adotar este caso. Está sob seu controle. Seguindo a autoridade do caso DeClerck, se um reclamante não buscou sua arte roubada, ele renuncia à sua reivindicação. A publicação documental mostrou que Hilda Baum não procurou pela *Crisálida*. A publicação documental estabeleceu que *A Crisálida* esteve em exibição pública nos Estados Unidos desde a década de 1950, em exposições e museus. — Mara gesticulou em direção à tela, que mostrava uma série de catálogos de exposições e museus com fotografias em cores da pintura. — A publicação documental também provou que *A Crisálida* aparece com proeminência em numerosas publicações de arte americanas e britânicas desde a década de 1950. — A tela avançou para a literatura acadêmica referente à peça. — Se Hilda Baum tivesse procurado, ela teria encontrado *A Crisálida*.

Hilda materializou-se no enorme monitor de vídeo, num trecho cuidadosamente editado da confissão mais danosa de seu depoimento.

— Contudo, como se pode ver por sua própria admissão, Hilda Baum desistiu de sua busca pela *Crisálida* em algum ponto da década de 1950, e nunca considerou rastreá-la nos Estados Unidos. Ela jamais sequer listou *A Crisálida* como uma obra de arte roubada nos recém-compilados registros de arte perdida. E quem pode culpá-la? A busca revivia as memórias do mal infligido a seus pais e abalava seu espírito. No entanto, ao desistir da busca, Hilda Baum renunciou a seu direito à *Crisálida*.

Mara concluiu com seu trunfo.

— Finalmente, meritíssimo, mesmo que eu esteja enganada, mesmo que os nazistas tenham usurpado *A Crisálida*, e mesmo que Hilda tenha buscado a pintura há tanto perdida com empenho suficiente, a lei diz que uma vez que se renuncia a seus próprios direitos sobre um objeto de propriedade, não é possível recuperá-lo mais tarde.

A tela exibiu uma versão aumentada e destacada de seu estimado documento: o comunicado da Comissão Alemã de Restituição de Arte.

— A publicação documental mostrou que, em fins da década de 1940, Hilda Baum apresentou à Comissão Alemã de Restituição de Arte um requerimento por obras de arte perdidas de sua família, incluindo *A Crisálida*. Ao receber uma indenização da comissão, ela assinou um documento renunciando a todas as reivindicações futuras relativas àquelas pinturas. Veja a tradução: "Quanto à obra *A Crisálida* (...) Não enviei mais petições por indenização (...) nem em meu nome e nem por intermédio de qualquer instituição, organização ou agente autorizado, nem o farei no futuro contra esta entidade ou qualquer outra." Essa renúncia a impede de recorrer agora a um processo judicial para recuperar *A Crisálida*. A lei referente ao caso refuta qualquer argumento da reclamante de que este documento não se aplica aos Estados Unidos, assim como qualquer alegação de que o documento se aplica apenas entre a reclamante e a Alemanha, e não entre reclamante e reclamada. E pense no impacto do acordo no desejo da reclamante de recuperar *A Crisálida*, meritíssimo; uma vez que recebeu indenização por uma pintura e renunciou a seu direito de posse, investiria algum tempo e energia para procurá-la?

Por quase uma hora, Mara recheou os contornos amplos de sua tese com pontos mais específicos da lei. Exausta, ela terminou e se sentou para dar à acusação uma chance de replicar.

O ancião advogado de Hilda Baum lutou para ficar de pé e então claudicou até o parlatório. Por um momento, sua aparente fragilidade embalou o espírito de Mara. Até que ele falou.

— Bem, bem, bem, meritíssimo. Ao que parece, a reclamada, a Beazley's, pretende fazer de minha cliente, Hilda Baum, uma vítima dos nazistas mais uma vez — declarou ele em sua voz surpreendentemente forte e imponente. — Vejamos o que a Beazley's está pedindo que a sra. Baum renegue.

Ele ergueu a mão para sinalizar a um colega, e as luzes baixaram na sala de audiências. Ele fez outro gesto, e novas imagens apareceram na tela: as fotografias da jovem Hilda Baum e seus pais, cercados por obras de arte.

— Meritíssimo, creio que vossa senhoria concordará que a Beazley's pede à sra. Baum que renuncie a mais do que a pintura que vê na parede do lar de sua família. A Beazley's está exigindo que a sra. Baum abandone a única lembrança que poderá vir a ter de seus pais.

Ele então lançou uma réplica prevista por Mara: alegações estridentes de que existia uma falha no título de posse, que "provava" que os nazistas tomaram a pintura da tia de Erich Baum em Nice. Afirmações desesperadas de que o caso Scaife se aplicava, e ainda que não, que o caso DeClerck dizia que um reclamante deveria empreender uma investigação sensata para encontrar a pintura — e não exaustiva — e que a busca de Hilda Baum, limitada como estava à Europa e à Rússia durante a década de 1950, fora suficiente. Argumentos torturados de que o recibo da Comissão Alemã de Restituição de Arte assinado na Holanda não se aplicava aos Estados Unidos ou à Beazley's, e finalmente, súplicas rasgadas pela restituição da *Crisálida*.

Mara ficou de pé e empreendeu sua última viagem ao parlatório. Ela respirou profundamente e apresentou um discurso improvisado, uma tentativa de neutralizar as imagens comoventes exibidas na sala de audiências pelo advogado de Hilda Baum. O restante de sua réplica extemporânea foi mais fácil, pois ela previra a estrutura do argumento legal da acusação. Enfim, ela descansou.

A sala de audiências prendeu sua respiração coletiva quando o juiz Weir ergueu-se à sua máxima altura, tal qual era, e se preparou para falar. Ele era conhecido por emitir uma prévia de sua decisão final no encerramento de uma audiência.

— Srta. Coyne, não negarei que entrei na sala de audiências hoje na firme convicção de que a moção da Beazley's por julgamento sumário deveria ser negada, e certamente o advogado da sra. Baum fez uma persuasiva apresentação com esse fim. Contudo, seus argumentos, que elevaram sua tese escrita a um plano mais alto, fizeram-me questionar essa convicção. Eu e meus auxiliares teremos considerável trabalho a fazer antes que eu emita um veredicto.

Enquanto o juiz discursava sobre os procedimentos e o tempo — levaria de três a quatro semanas — que cercariam sua decisão, Mara evitava o rosto de Harlan. Apesar da prévia favorável do juiz, ela sabia que Harlan estaria furioso; seu argumento se desviara do roteiro aprovado. Sem falar na reação de Michael. Pior, na verdade a tese jogava com a natureza sentimental da perda de Hilda, algo que trabalharam duro para evitar. Ainda assim, naquela fração de segundo antes de começar seu argumento, Nana, os Schwarz, os Stern, os Blumer, e todos os outros como eles passaram diante dela, e Mara sentiu-se compelida a dar um espaço à sua consciência em meio a todas as manobras profissionais.

Mas ela estava errada. Uma vez que o juiz terminou e todos se levantaram para sua saída, Harlan lhe deu um tapinha nas costas.

— Você me assustou por um momento, Mara, com aquela nova abertura e tudo o mais. Mas você realmente virou a coisa de ponta-cabeça. Bom trabalho, usando a compaixão natural pela reclamante como arma contra ela.

Uma onda de náusea tomou Mara de assalto. Ela expressara um sentimento que qualquer ser humano normal experimentaria em face das tragédias do Holocausto, e Harlan supôs que ela simplesmente estivesse explorando a dor da reclamante. Mara poderia ter entendido sua fúria pelo desvio no roteiro, mas não podia compreender sua total falta de compaixão pelos seres humanos por trás do caso. Ele parecia desprovido de toda e qualquer emoção natural.

Vendo a hesitação de Mara, Michael desviou a conversa.

— Creio que um drinque de comemoração é obrigatório.

O heterogêneo trio caminhou para o O'Neal's, o famoso restaurante do tribunal. Garantindo uma mesa junto ao bar, os três revisaram os eventos do dia. Sua análise do argumento de Mara a acalmou. Harlan estava muito satisfeito. Assim como Michael. Ela tentou fazer com que a vitória no tribunal, com suas conseqüentes gratificações, sobrepujasse sua repulsa pela reação de Harlan.

Uma voz gritou do outro lado do bar para Harlan.

— É você, seu velho safado?

Harlan se pôs de pé e se arrastou até lá, saudando com surpreendente amabilidade um velho colega, ou adversário; Mara e Michael não puderam distinguir. Mas, enquanto o observava atravessar o salão, Mara viu o menino gorducho desesperado por amigos escondido sob o peso do adulto defensivo; outrora solitário por estigma, hoje solitário por opção, casado com o trabalho e não com uma esposa, e gerando processos e dinheiro e não uma família. Pela primeira vez, Mara sentiu pena dele e compreendeu por que Harlan era tão fechado a qualquer emoção.

Michael murmurou.

— Posso convidá-la para jantar hoje à noite em minha casa? É apenas um aquecimento: tenho uma comemoração de verdade planejada para a noite de amanhã. — Ele desenhava círculos no joelho dela.

Ela não pode conter um pequeno suspiro, e olhou em torno para ter certeza de que Harlan não tinha visto o gesto.

— Eu gostaria muito.

— Que tal me dar algumas horas depois que encerrarmos isto aqui? Quer me encontrar em meu apartamento, às oito?

— Claro — sussurrou ela, enquanto Harlan voltava à mesa. Após mais alguns drinques, Mara e Michael seguiram cada um para um táxi, de volta a seus respectivos escritórios, mantendo vivo o subterfúgio.

Dezessete

HAARLEM, 1658

A NOVA PARCERIA DE VAN MAES E MIEREVELD NÃO CONSEGUE dar conta da explosão de encomendas. A febre por seus retratos se espalhou entre os burgueses abastados da cidade, com a aprovação do burgomestre atiçando as labaredas.

    O estúdio dobra seu volume de trabalho, servindo a duas clientelas distintas: aqueles que pedem o mestre Van Maes e os que requisitam o mestre Miereveld. Isso cai muito bem ao mestre; ele continua a afogar sua dor em trabalho. Para os que buscam um estilo mais tradicional, com uma composição simples e alguns acessórios simbólicos transmitindo a mensagem ditada pelo cliente, mestre Van Maes não tem paralelo. Para aqueles dispostos a abandonar o convencional, mestre Miereveld pinta como nenhum outro. Ele usa um dramático *chiaroscuro*, tão calvinista em sua representação da irreconciliável natureza entre luz e sombra, céu e terra, cujas características poucos tentaram reproduzir anteriormente. Johannes trabalha sem um padrão estabelecido; ele varia a pincelada e combina diferentes tipos de composição — um retrato tradicional no interior de uma pintura de gênero, uma natureza-morta contendo um retrato, uma paisagem arquitetural cercando um modelo — para contar pungentes histórias sobre a essência de seus retratados, e ele jamais permite que seus clientes ditem o resultado.

O mestre, tendo há muito despedido Hendrick, dispensa também Lukens e Leonaert. Nenhum dos dois aprendeu a tolerar a nova posição de Johannes. Por insistência de Johannes, Pieter Steenwyck se junta à sociedade como uma espécie de parceiro. Mais que um auxiliar, embora não ainda um mestre oficial, ele serve em todas as suas capacidades: assistente, pintor, administrador e amigo — para Johannes, pelo menos.

O mestre instrui os amigos no negócio da arte. A Guilda de São Lucas, ele explica, deve ser satisfeita porque ela controla o mercado de arte. Associação e uma boa posição dentro dela são necessárias para vender. Retratos devem ser o foco do empreendimento, porque divulgam o nome em círculos sociais e promovem carreiras. Pinturas de gênero e interiores arquitetônicos valem a pena, e encomendas do tipo devem ser aceitas, mas não garantem a mesma notoriedade que os retratos. As pinturas religiosas devem ser evitadas a qualquer custo, não apenas porque as imagens em si mesmas pecam contra Deus, mas também porque alienam os clientes da verdadeira fé.

Alforriado de sua condição de aprendiz, Johannes finalmente tem liberdade para viajar ao encontro de seus pais, mas as encomendas são muitas e a distância, vasta. Em vez disso, suas poucas visitas tornam-se escassas e logo cessam. Ao longo dos anos, o mestre se torna pai tanto quanto parceiro, e Pieter se torna irmão tanto quanto colega. Uma família e um empreendimento crescem juntos.

Como protegidos do burgomestre, os mestres Van Maes e Miereveld (às vezes com Pieter a reboque) freqüentam banquetes e bailes, recebem visitas de cavalheiros refinados em excursão de diletantes aos estúdios preeminentes e regalam os colegas da guilda com histórias que testemunham da vida na corte, em troca de anedotas obscenas da praça do mercado. Os dias são passados no estúdio, e as noites, fomentando negócios. Somente nas horas avançadas da madrugada, quando os lábios são relaxados pelo vinho, o mestre lamenta a beleza perdida de sua jovem esposa e a promessa desperdiçada de seu filho. Fora isso, os anos passam idilicamente.

Então o mestre morre, e, como órfãos, Johannes e Pieter enredam-se na dor. Deixam encomendas por terminar, dívidas de compras sem pagamento e negligenciam os deveres para com a guilda. Os vastos bens do mestre — a propriedade da família, sua mobília luxuosa, o inventário de pinturas, e mesmo sua biblioteca de gravuras usadas por Johannes e Pieter como treinamento — são leiloados para pagar as contas do mercador de vinho e dívidas de jogo, partes da vida noturna secreta do sofrido mestre. Clientes com preferência pelos retratos do mestre Van Maes se afastam e mesmo os que favoreciam o estilo inovador de Johannes buscam outros artistas menos aturdidos. O estúdio soçobra.

O empreendimento mantém precária solvência graças à generosidade de um cliente abastado, o mercador de linho Carl Jantzen. Ele sustenta o estúdio, emprestando dinheiro e pagando adiantamentos por futuras encomendas em troca de direitos exclusivos sobre a produção de Johannes, embora ele não ouse ditar a natureza de todas as obras do pintor.

E assim Johannes segue em frente, criando pintura após pintura, que não são vistas por ninguém além de Jantzen e não circulam em lugar algum além do salão privado de Jantzen. O cliente é bênção e maldição em iguais medidas.

Johannes estuda os livros de contabilidade, utilizando as lições comerciais do mestre no esforço de reunir suficientes florins para adquirir dispendiosos pigmentos e pêlos para pincéis. Ele corta todos os excessos, dispensando auxiliares e aprendizes, mantendo apenas a si mesmo e a Pieter para sustentar o estúdio Van Maes & Miereveld, um título que Johannes continua a usar em homenagem ao mestre.

Enquanto ele inspeciona o livro contábil repetidas vezes, na esperança de ver números despercebidos e chances para mais projetos, Pieter irrompe no estúdio, escancarando a porta com um estrondo.

— O que me diz de uma encomenda? — exclama ele.

— Outra encomenda de Jantzen? — responde Johannes, sem sequer erguer os olhos da página. O dinheiro será bem-vindo, mas ele sabe que isso jamais atrairá mais clientes.

— Não.
— Quem, então?
— Uma encomenda de um novo cliente.
— Quem?
— O novo burgomestre.

Johannes ergue os olhos intrigado, e Pieter o cumprimenta com um sorrisinho.

— O novo burgomestre? Ora, vamos, Pieter. — Johannes se impacienta com a brincadeira.

— Sim, Johannes, o burgomestre Brecht.

Os dois homens sorriem um para o outro em espanto e alívio. Enquanto saem em busca de uma estalagem ainda aberta para compartilharem um *pasglas*, eles especulam sobre como foram escolhidos. Um quadro para o novo burgomestre teria exposição maciça, e elogios da autoridade trariam encomendas de seu círculo nobre e endinheirado. Jantzen não ousaria exercer seus direitos de exclusividade sobre suas obras; seu empreendimento de linho também depende do apoio do burgomestre.

Talvez esteja chegando ao fim o purgatório do estúdio mestres Van Maes & Miereveld.

Dezoito

NOVA YORK, PRESENTE

No dia seguinte, Mara fugiu do trabalho mais cedo para atravessar o Central Park, antes de encontrar-se com Michael para a noite que ele planejara em honra do esperado sucesso. Eles tinham reserva para um jantar no Daniel, seguido pela récita de *Madame Butterfly* na Metropolitan Opera. Muito oportuno para deixar passar, dissera Michael.

Mara flutuava pelo parque. Nas últimas 24 horas, ela caminhava em macias nuvens repletas de sonhos de um futuro com Michael e uma carreira de sucesso na Severin. A primavera chegara mais cedo este ano e deixava em seu rastro um caleidoscópico leito de botões verdes, pétalas de exuberantes tulipas, narcisos, jacintos e o aroma de novas chances. Hordas de nova-iorquinos há muito engaiolados respondiam ao canto da sereia e, apesar do frio insistente, enchiam o parque.

Mara seguiu para a Beazley's, onde se registrou no saguão e cumprimentou um dos guardas da segurança que ela passou a conhecer. Larry era um ex-policial de Nova York e sempre presenteava Mara com pequenas fofocas locais e versões de músicas de Sinatra enquanto dividia o elevador com ela até o 22º andar. Mara adorava; ele lhe trazia seus tios-avôs à lembrança, homens cujo sotaque irlandês e modos rústicos causavam infinito constrangimento a seu pai, mas cujo calor ela sempre amara.

Quando o elevador se abriu, a assistente de Michael, Hannah, substituiu Larry e escoltou Mara novamente ao escritório de Michael. Em seus modos tipicamente formais, Hannah explicou que uma reunião fora do escritório o detivera.

— Ele me pediu que a fizesse esperar no escritório dele. Michael planeja encontrá-la aqui no máximo até as sete e meia, com antecedência para seu compromisso das oito.

A voz de Hannah não trazia qualquer pista de insinuação. Mara se perguntava o que Hannah realmente sabia ou adivinhava sobre seu relacionamento com ele. Ela era eficiente demais para ser distraída, embora muito profissional para ser sugestiva.

Mara baixou os olhos para seu relógio; eram apenas seis horas. Michael e ela não poderiam jantar antes da ópera, então só lhe restava entreter-se no escritório até que ele chegasse.

— Muito bem, Hannah. Tenho muitos telefonemas para retornar e papéis para revisar neste meio-tempo.

— Posso lhe trazer uma xícara de chá enquanto espera? Se me lembro corretamente, Earl Grey com limão?

— Muito obrigada, Hannah. Seria perfeito.

Mara relaxou na poltrona com sua xícara de chá fumegante. Durante aproximadamente uma hora, ela retornou telefonemas e revisou algumas pesquisas que um associado de primeiro ano preparou para ela. Mas ficou inquieta e se aproximou da mesa de Michael.

Mara era uma xereta de coração. Mesmo quando criança, ela cuidadosamente desembrulhava e depois reembrulhava seus presentes de Natal semanas antes da chegada do Papai Noel, só para começar a sonhar com os tesouros. Seu pai até hoje brinca que foi esse instinto por desencavar segredos que a transformou numa advogada de sucesso. Era o mesmo impulso que a levara a passar longas noites lendo romances policiais com sua avó e a dedicar longos dias na faculdade a desvendar mistérios medievais. Assim, quando começou a examinar os papéis de Michael e seu calendário, ela o fez casualmente, quase inconscientemente. Seus dedos levantavam e separavam páginas, sem buscar nada em particular, mas curiosos quanto ao que poderiam descobrir. Ou pelo menos era isso o que ela dizia a si mesma — embora, se fosse realmente sincera, admitiria que queria descobrir mais sobre a vida dele antes e além dela, especialmente considerando que lhe revelava tão menos do que ela em suas confissões da madrugada.

Sentada na cadeira de Michael, Mara apertou uma tecla no computador, e a janela de e-mails dele se abriu. Ela sabia que tinha de fechar a janela, mas não pôde resistir. Afinal, racionalizou para si mesma, era apenas uma lista de cabeçalhos de e-mails. Em sua maioria, as linhas de assunto eram breves e profissionais, e a atenção de Mara vagueava enquanto ela pensava nas diferenças entre o Michael homem de negócios e o Michael com quem ela passava suas noites. Enquanto vasculhava mais a fundo e bisbilhotava os textos dos e-mails, um Michael muito perspicaz e metódico emergia.

De repente, uma pasta de e-mails com o título "Relatórios JS Baum" prendeu sua atenção. Ela a abriu e leu os cabeçalhos do começo ao fim da corrente, sua curiosidade particularmente atiçada já que continha e-mails de Philip. Agora suas ações eram bem mais deliberadas e egoístas: ela estava conscientemente procurando por elogios.

DE: Philip Robichaux
PARA: Michael Roarke
RE: En: Relatórios Julgamento Sumário Baum

Li os relatórios do julgamento sumário. Parece que sua linda amiguinha pode ser uma advogada realmente esperta quando é persuadida a adotar a posição correta. Bom trabalho — seu tio ficaria orgulhoso. Presumo que os documentos reais estão sãos e salvos?

DE: Michael Roarke
PARA: Philip Robichaux
RE: En: Relatórios Julgamento Sumário Baum

Trancados a sete chaves pelas mãos do próprio São Pedro.

DE: Philip Robichaux
PARA: Michael Roarke
RE: En: Relatórios Julgamento Sumário Baum

Sua dedicação à tarefa não passou despercebida. Para dizer a verdade, eu quase quis ter ficado com a parte do namorico para mim. Por que não marca mais um daqueles jantares românticos? Afinal, ainda temos que esperar pela decisão do juiz na moção de julgamento sumário. Haverá mais trabalho para ela se ele não emitir a opinião que estamos esperando.

DE: Michael Roarke
PARA: Philip Robichaux
RE: En: Relatórios Julgamento Sumário Baum

Boa idéia. Estou pensando em uma noite na ópera.

DE: Philip Robichaux
PARA: Michael Roarke
RE: En: Relatórios Julgamento Sumário Baum

Mantenha-me informado.

Mara congelou. Ela leu os e-mails repetidas vezes, e sua mente disparava entre as possíveis interpretações. Mas apenas uma parecia se encaixar.

A porta atrás dela emitiu um ruído. Mara girou na cadeira e viu Hannah espreitando na entrada. Mara bloqueava a tela do computador, na esperança de que Hannah não tivesse visto sua espionagem, mas Hannah parecia imperturbável como sempre.

— Michael acabou de ligar. Ele está atrasadíssimo e não terá tempo de encontrá-la aqui. Ele me disse para pedir desculpas e pedir que você o encontre sob o Chagall vermelho às dez para as oito. Isso faz sentido?

— Sim, faz. Obrigada, Hannah. Só vou recolher minhas coisas e já sigo para lá.

Mara rezava para que Hannah não pudesse ouvir seu coração ribombando.

Hannah fechou a porta do escritório. Mara girou de volta para a tela e clicou em Imprimir.

Dezenove

NOVA YORK, PRESENTE

MARA NÃO CONSEGUIA SE LEMBRAR DE COMO FEZ O CAMINHO ao Lincoln Center, como cumprimentou Michael, localizou seus assentos, assistiu à ascensão dos famosos lustres de contas de cristal do salão de óperas, ou como ouviu as melódicas composições de Puccini. *Son venuta al richiamo d'amor*. Ela só conseguia ver e ouvir o rugido das dúvidas em sua própria cabeça.

Uma tempestade de emoções acompanhava o rugido. A princípio, ela queria gritar com Michael, confrontá-lo com suas suspeitas e agredi-lo fisicamente. Mas sua fúria se dissipou em lugar da vergonha, quando começou a sentir que todos ao redor conheciam seu segredo. De algum modo ela devia trazer a marca de sua ingenuidade, de sua participação tola e inconsciente na farsa de Michael. Ela baixou os olhos para suas mãos. Viu que aplaudiam, assim como as mãos de todos os outros. Ela sentia os dedos tocando-se. Mas não havia som.

Quando a multidão se ergueu, ela também o fez. Quase podia ver-se através de outros olhos, seguindo o passo e o sorriso de Michael e tocando-lhe a mão enquanto eles atravessavam a aglomeração. Oh, Deus, tocando a mão de Michael! Por que as pessoas ao redor não a estavam olhando? Pior de tudo, o que sua avó pensaria?

Provavelmente se permitiu ser conduzida até o táxi, pois com um tranco do carro ela voltou a si, exatamente quando Michael se inclinava em sua direção com um beijo e eles se aproximavam do prédio dela. Mara recuou, colando-se no canto oposto do táxi. Os olhos dele esperavam pelo habitual convite para subir, mas ela rapidamente murmurou algo sobre não estar passando bem, e correu para dentro.

Chegando em casa, trancando a porta, Mara procurou na geladeira por uma garrafa de vinho branco. Ela sabia que na verdade não deveria beber, que precisava permanecer lúcida. Mas sua confusão e dor eram demais para suportar. Com as mãos trêmulas, ela serviu um segundo copo, e um terceiro.

Acordou horas mais tarde no sofá, com uma garrafa vazia sobre a mesinha de centro. Por um momento, sua consciência esteve livre do espectro dos e-mails, mas quando aquilo lhe retornou à lembrança de sopetão, Mara correu à geladeira e abriu outra garrafa, o vácuo crescendo em seu estômago. Somente um copo, para acalmar os nervos, disse a si mesma. Depois, ela poderia enfrentar. Depois, ela poderia decidir o que fazer. Mas, é claro, não foi somente um copo.

Ainda estava escuro. Mara procedeu com seus movimentos habituais, lavando o rosto, escovando os dentes e os cabelos, vestindo seus pijamas. Ela retornou à sala de estar, pegou a garrafa meio vazia e despejou o resto numa taça alta. Emborcou uma boa parte do vinho, arrastou-se até a cama e, enquanto trocava os canais da tevê, recaiu no sono.

No começo da tarde seguinte, ela voltou a si. Zonza, mas forte o bastante para não rumar novamente à geladeira, ela deu uma geral naquele seu arremedo de vida e revisou suas mensagens. No trabalho, tudo parecia sob controle — apenas algumas mensagens de voz de assistentes legais e associados de primeiro ano, todos pretextos para fazê-la saber que eles estavam trabalhando num sábado.

Em família, a situação era outra. Na manhã de sábado, seu pai ligara, na volta de uma viagem de negócios, para saber se ela triunfara com sua tese no julgamento sumário. Michael ligara três vezes para saber como ela estava. O buraco no seu estômago aumentara. Não tinha ouvido o telefone tocar nenhuma vez.

Mara ligou para Sophia e marcou um jantar cedo com ela, chegando ao ponto de sugerir que tinha uma questão importante para debater. A curiosidade de Sophia a manteria alerta e, tomara, atiçaria a raiva que diminuíra em favor da vergonha na noite anterior. Ela precisava trazer-se de volta a uma postura ativa. Se o que estava pensando era a verdade, então tinha sido manipulada como uma marionete, sua autoridade profissional tinha sido explorada, e sua vulnerabilidade emocional, ridicularizada. No momento, ela ainda estava pasma e incrédula, mas precisava de Sophia para ajudá-la a recuperar sua força de modo a poder agir.

Finalmente, tentou ligar para Michael. Graças a Deus, a ligação caiu na caixa postal dele, e Mara pôde prosseguir com a desculpa de sua indisposição para explicar seu comportamento. Ela lhe disse que iria ficar na cama o resto do dia. Ele tinha planos de viajar para Paris no dia seguinte, e ela precisava ganhar tanto tempo quanto possível.

Assim, Mara forrou seu estômago com uma rosquinha e resolveu castigar a si mesma. Tomou banho, serviu-se de uma xícara de café e removeu os papéis de sua bolsa. Suas mãos tremiam, mas ela não sabia se pela bebida ou pelos e-mails. Mara pegou os papéis com cuidado e colocou-os sobre a mesa da sala de jantar. Deliberadamente, ela respirou mais devagar.

Talvez ela tivesse lido equivocadamente e tomado conclusões precipitadas. Mara estudou as impressões com cuidado. Contudo, mais uma vez, estava claro que não havia outra interpretação a ser feita. Os documentos que Michael lhe tinha dado para provar a natureza imaculada da proveniência da *Crisálida* eram falsos. Existiam "documentos reais" que contavam uma história diferente. Embora Mara não conhecesse os detalhes exatos dessa história, ela sabia que de algum modo seus ataques legais à reivindicação de Hilda Baum, e a habilidosa e calculada neutralização do apelo emocional da velha senhora, eram baseados em mentiras. E o mais humilhante e maldito era que Michael usara Mara como joguete, e a explorara, cegando-a com as nuvens cor-de-rosa de seu relacionamento, para assegurar sua vitória. Toda essa hipocrisia e esses subterfúgios para ludibriar uma vítima do Holocausto. Qual era o jogo de Michael? Ela presumiu que o São Pedro dos e-mails de Michael era o São Pedro dos desenhos de seu escritório, mas o que São Pedro estava guardando "trancado a sete chaves"? Ela tinha que descobrir.

Mara guardou os e-mails numa bolsa e rumou para o encontro com Sophia. Ela fechava o punho em torno da alça com tanta força que marcas vermelhas se formaram na palma de sua mão. Enquanto ela abria caminho pela Terceira Avenida, as entradas de numerosos bares lembravam-lhe o quanto desejava afogar as emoções que começavam a emergir após sua noite de embriaguez, os sentimentos de ira pelo abuso de Michael e a devastação da ferida em seu coração e seu orgulho. Ela tentou concentrar sua mente em descobrir o segredo de Michael sobre São Pedro, nos passos práticos que poderia tomar para retificar o estrago feito, mas continuava a voltar ao fato de que, independentemente do que Michael tivesse feito, ele o fizera com sua ajuda inconsciente.

Mara chegou no restaurante marcado, afundou no gasto couro carmim de seu reservado favorito, pediu uma grande xícara de café em vez do vinho grego que queria tão desesperadamente, e esperou por Sophia. Ela assistia às batidas do relógio com crescente desespero. Logo hoje Sophia estava atrasada.

Após o que pareceu ser uma eternidade, Mara viu Sophia dobrar a esquina em direção ao restaurante. Ela respirou aliviada. Sua amiga entrou, e Mara se pôs de pé para abraçá-la e beijá-la no rosto. Elas ficaram frente a frente na mesa, e Mara sentia como se o dia anterior tivesse sido apenas um sonho. Talvez ela pudesse retornar à sua realidade, independentemente do quão inadequada se tornara, e esquecer tudo. Depois de purgar Michael de sua vida, claro.

— Então, o que está havendo? Você pareceu muito misteriosa ao telefone.

Mara irrompeu em lágrimas.

Ela afastou os braços estendidos por Sophia em apoio e disparou para o banheiro. Lá, no canto do frio reservado de azulejos, ela desabou no chão e deixou-se soluçar ao pensamento da traição de Michael, de sua cumplicidade, do dano que infligiram a Hilda Baum e a todos os outros como ela, de seu próprio egoísmo em se importar com Michael à luz da magnitude de seus atos conjuntos, de tudo.

Quando recuperou o fôlego, Mara correu as mãos sob a água fria e pressionou-as sobre os olhos. Ela prendeu os cabelos atrás das orelhas e caminhou de volta à mesa com tanta confiança quanto conseguira reunir, e até mesmo forçando um minúsculo sorriso. Mas Sophia não seria enganada.

— Não me venha com essa, Mara, com esse sorriso. Que diabos aconteceu?

Sophia parecia pronta para a briga, preparada para atacar quem ou o que quer que tivesse causado tamanha dor a sua leal amiga.

Mara buscou em sua bolsa e espalhou as provas diante de Sophia.

Vinte

NOVA YORK, PRESENTE

No dia seguinte, o coração de Mara acelerava a cada passo que dava em direção à recepção da Beazley's. Ela fez questão de acenar brevemente a Larry e oferecer um amplo sorriso.

— Boa tarde. Posso ajudá-la? — perguntou a recepcionista num tom meigo. Embora Mara tivesse visitado a Beazley's mais vezes do que era capaz de contar, a recepcionista sempre se comportava como se fosse a primeira vez.

— Sim, meu nome é Mara Coyne. Tenho um compromisso para recolher alguns itens no escritório de Michael Roarke.

— Claro. Deixe-me telefonar para a secretária dele.

Seguiu-se uma pausa interminável, e um rio de suor correu pelas costas de Mara. Ela nunca ficou tão aliviada por estar usando preto.

— Srta. Coyne, a assistente do sr. Roarke não tem seu nome listado como um compromisso em sua agenda, e ela diz que ele está em viagem fora do país neste momento. — A recepcionista cobria o bocal do telefone com a mão.

Mara rezou para que sua voz não falhasse.

— Oh, estou ciente disso — respondeu ela, numa voz tão altiva quanto pôde emitir. — Na verdade, Michael deixou uma caixa de documentos para que eu examinasse em sua ausência. — Ela esperava que o uso do informal "Michael" facilitasse o caminho.

— Entendo. — A recepcionista pareceu cética. — Deixe-me apenas conferir com a srta. McCordle. — Outra espera interminável, sob indecifráveis sussurros.

Gesticulando em direção aos elevadores, a recepcionista concedeu a Mara uma relutante permissão para entrar.

— Por favor, suba direto. A srta. McCordle a encontrará na saída do elevador e a escoltará ao escritório do sr. Roarke.

Mara parou por um momento no balcão de Larry para sua conversa habitual. Os olhos dele brilharam.

— Posso dar uma carona a uma moça bonita?

— Senhor, o prazer é todo meu. — Mara fez uma mesura.

Mara manteve sua compostura e animou um papo inofensivo com Larry na viagem para cima, mas quando as portas do elevador se abriram para o rosto gelado de Hannah, sua frágil confiança vacilou. Larry deu um tapinha de avô no ombro de Mara e a deixou naquele andar.

Mara lançou seu discurso ensaiado, ignorando a trepidação de sua voz.

— Hannah, perdoe-me por chegar sem aviso. Apenas presumi que Michael teria dito que eu viria para examinar os documentos que ele deixou para mim.

— Por favor, srta. Coyne, não é incômodo algum. Eu só queria ter certeza de que você sabia que o sr. Roarke não estava aqui, que ele estaria fora por vários dias em viagem a Paris. É claro, se ele deixou alguns documentos para exame, eu a conduzirei diretamente ao escritório dele. — Ela estava tão imperturbável como sempre.

Com sua chave, Hannah abriu o escritório de Michael.

— Posso oferecer-lhe uma xícara de chá para tomar enquanto trabalha?

— Que atencioso de sua parte. Seria ótimo, Hannah. Obrigada.

Quando Hannah fechou a porta atrás de si, Mara abriu a caixa que tinha pedido a Michael para deixar para ela, quando telefonou para ele na noite depois de conversar com Sophia e planejar essa visita exploratória ao escritório. Ela não mencionou que os revisaria ali mesmo no escritório dele, mas pelo menos havia uma caixa para ela. Assim que a caixa foi aberta e os papéis espalhados, Mara começou a observar a parede que exibia os desenhos de São Pedro pertencentes a Michael, estudos sobre um único tema, um homem robusto envolto em mantos atemporais com o contorno de uma chave em sua mão. Os esboços jamais a atraíram antes; embora magníficos, eram diminutos e monocromáticos, não tinham sido planejados para seduzir o observador. Mesmo agora, ela não se sentia inclinada a admirar a habilidade de seu traço, mas apenas o que escondiam.

Momentos mais tarde, Hannah bateu. Mara, instalada no macio sofá de veludo de Michael, sinalizou para que ela entrasse. Quando Hannah depôs a bandeja de chá, resplandecente com um vaso de rosas e alguns biscoitos minúsculos e fabulosamente modelados, ela pediu desculpas.

— Srta. Coyne, tenho que sair daqui a meia hora. Se eu soubesse que estaria aqui, teria feito outros planos. Ficará bem? Precisa de mais alguma coisa de mim?

Mara não podia acreditar em sua sorte. Imaginara que teria de procurar sob o olhar vigilante de Hannah. Ganhar rédea livre no escritório de Michael era mais do que ela poderia sonhar.

Mara conteve sua euforia.

— Muito obrigada, Hannah. Eu ficarei bem. Só preciso de um tempinho para revisar estes documentos, e então vou embora. Você precisa que eu tranque a porta ou algo mais antes que eu saia?

— Na verdade, se eu pudesse deixar as chaves do sr. Roarke com você, para que tranque a porta ao sair, isso me deixaria bem mais tranqüila. Eu detestaria pensar que esses desenhos estariam acessíveis durante toda a noite.

Mara lançou outro olhar furtivo para os desenhos. Retomando sua compostura, disse:

— Será um prazer. Pode me mostrar como?

Hannah instruiu Mara sobre os truques do arcaico sistema de trancas da Beazley's, e então lhe confiou a posse das chaves. Hannah pediu que Mara depois colocasse as chaves no esconderijo, uma gaveta falsa sob a mesa da secretária. E, finalmente, deixou-a sozinha.

Mara passou a meia hora seguinte fingindo estar ocupada, analisando documentos sem sentido, arranjando-os em pilhas igualmente inúteis, afastando de sua mente as palavras de censura que seu pai certamente emitiria se soubesse o que ela pretendia. Ela examinou os desenhos na parede, sabendo em seu íntimo que em algum lugar, de algum modo, eles escondiam o baú do tesouro. Ela gostaria que seu coração parasse de disparar e que o suor parasse de escorrer a tempo de se despedir respeitavelmente de Hannah.

Quando Hannah saiu, às cinco e meia, Mara achou prudente esperar por uma meia hora adicional, para deixar que o resto dos funcionários saísse, mas os ponteiros do relógio se arrastavam no mostrador. Precisamente às seis e quatro, Mara fez sua ronda. Com a chave presa na mão, ela saiu do escritório de Michael, encostando a porta, mas não fechando. Como se estivesse em profunda reflexão, ela caminhou para o banheiro feminino, que era tipicamente Beazley's: decorado com querubins róseos e iluminados, e os mais ornamentados divãs que Mara já tinha visto.

Sala após sala, cabine após cabine de assistentes, Mara conferia para ter certeza de que todos tinham partido. Pontuais como relógios, todos os funcionários desapareceram.

Ela correu de volta ao escritório de Michael. Dessa vez, fechou a porta atrás de si e se lançou na direção dos cinco desenhos. Os quatro esboços menores estavam dispostos num quadrado, cercando o maior como uma moldura. Mara temia que um dos famosos sistemas de segurança da Beazley's pudesse estar protegendo os desenhos, então tirou muito lentamente o primeiro dos menores esboços de seu gancho na parede. Nenhum alarme soou — ao menos nenhum que ela pudesse ouvir. Não havia nada atrás do desenho além do papel de parede. Mara soltou um suspiro repleto tanto de alívio quanto de decepção. Incerta do que exatamente estava buscando, ela tateou o verso do esboço antes de colocá-lo de volta na parede. Pelo toque, ficou claro que a moldura não escondia nada. Mara seguiu esse mesmo protocolo para cada um dos quatro esboços menores, e nada encontrou.

Quando estava prestes a tirar o quinto e maior desenho do centro, a porta se abriu. Mara gritou. Era Larry.

— Olá, boneca, desculpe assustar você. O que ainda está fazendo aqui?

— Larry, eu é que peço desculpas. Por gritar desse jeito.

— Não se preocupe, srta. Coyne. Eu estava apenas fazendo minha ronda habitual quando ouvi alguns ruídos aqui e, sabendo que o sr. Roarke está fora e tudo o mais, tive que entrar e checar.

— Mil perdões. Eu deveria ter chamado a segurança para avisá-lo que ainda estava trabalhando aqui, não?

— Não, não. Tudo bem. Mas você vai para casa daqui a pouco? Você não deveria estar dando chance a algum bom rapaz de levá-la para jantar?

— Larry, você é tão gentil. Eu realmente tenho planos para jantar mais tarde, com uma de minhas amigas. Mas tenho algo para terminar aqui primeiro.

— Vocês, jovens advogadas de hoje. Só trabalho, nada de diversão. Bem, vou deixá-la terminar isso. Se precisar de alguma coisa, grite.

— Muitíssimo obrigada, Larry. É o que vou fazer.

Ele fechou a porta atrás de si. Mara afundou no sofá, ofegando como se tivesse acabado de correr a maratona. Não estava certa de ter coragem para continuar em sua busca, então tentou se fortalecer com os e-mails em sua pasta.

Após esperar por um tempo conveniente, Mara fez o sinal-da-cruz e uma oração silenciosa pela intercessão de Nana. Finalmente, levantou com cuidado o quinto desenho de seu gancho. Dessa vez, em vez de papel de parede, encontrou um cofre embutido na parede.

E agora o que deveria fazer? Arrombamento de cofres não era exatamente parte do currículo universitário habitual do direito. Esse parecia bem simples, como os que via nos filmes, e ela tentou algumas combinações: o aniversário de Michael, o dela própria, a data de fundação da Beazley's, mas nada aconteceu.

Mara vasculhou a sala em busca de pistas. Ela revirou as gavetas de Michael, as prateleiras e sua caixa de mensagens. Elas não traziam segredos, e apenas confirmavam a meticulosa organização de Michael.

Seu calendário mostrou-se mais promissor. Ela fez uma lista dos aniversários dos membros da família dele, incluindo a data de uma missa em memória de Edward, tio de Michael — a quem Philip se referira —, e experimentou-os no cofre. Ainda assim, nada aconteceu.

Frustrada, Mara se sentou na cadeira de Michael e inspecionou os desenhos do ponto de vista de sua mesa. Talvez o código se referisse a São Pedro, e não a algo pessoal de Michael. Ela pegou livros de referência de história da arte das estantes e anotou as datas de celebração a São Pedro para testá-las. O cofre se recusava a ceder.

Paralisada, Mara fitou novamente os esboços. Subitamente, ela se lembrou de uma conversa de madrugada que ela e Michael tiveram sobre sua criação católica e os correspondentes estudos das vidas dos santos, e recordou-se de que o favorito de Michael era de fato São Pedro, porque ele formara a base sobre a qual a igreja fora erigida. A conversa reacendera uma lembrança de todas as noites passadas estudando as vidas dos santos com sua avó: o trecho bíblico comumente associado às chaves de São Pedro e à formação da igreja. Ela agarrou uma antiga Bíblia da estante de Michael e começou a procurar. Lá estava: "Tu és Pedro, e sobre esta pedra edificarei a minha Igreja; as portas do inferno não prevalecerão contra ela. Eu te darei as chaves do Reino dos Céus: tudo o que atares na terra será atado nos céus, e tudo o que desatares na terra será desatado nos céus." Mateus, 16: 18-19.

Ela tentou os números. Afinal, São Pedro tinha tudo "guardado a sete chaves".

Mara abriu o cofre, as mãos trêmulas. Ela puxou dois grandes envelopes de papel manilha abertos. O primeiro continha o testamento do tio de Michael, Edward Roarke — seu tio-avô, no fim das contas. O testamento nomeava Michael como único beneficiário do substancial patrimônio de Edward. Aparentemente, investimentos tradicionais, o apartamento em que Michael vivia e uma impressionante coleção de arte, da qual os desenhos formavam uma parte.

Mara examinou o segundo envelope; era destinado a Michael, com Edward Roarke como remetente. Continha um maço de documentos envelhecidos, amassados e desgastados nas beiradas. A primeiríssima página amarelada parecia quase idêntica à cópia do documento de compra da *Crisálida* que Lillian lhe dera, e tinha até a mesma data manuscrita,

"20 de setembro de 1944", no canto superior direito. Mas uma linha crucial era diferente. O nome do indivíduo que vendeu *A Crisálida* para a Beazley's estava registrado não como Albert Boettcher & Co., mas como Kurt Strasser.

Quem era Kurt Strasser? Mara não recordava esse nome nem de suas pesquisas nem de suas sessões com Lillian. Quem quer que fosse, seu nome instilava tanto medo, tanta preocupação, que alguém — Michael, seu tio-avô Edward, ou Philip — queria eliminá-lo da proveniência. Talvez manter Strasser em segredo fosse um pacto tácito que Michael fizera com Edward em troca da herança. Mas por quê?

Mara continuou a examinar as folhas amareladas enquanto pensava, e havia mais. Ao que parecia, *A Crisálida* não estava sozinha. Em 1943 e 1944, Kurt Strasser vendeu 24 pinturas à Beazley's. Qualquer que fosse a natureza da farsa de que Mara tinha sido vítima, parecia certo que a Beazley's comprara e vendera muitas pinturas de algum modo maculadas pela propriedade de Kurt Strasser — e que Michael estava usando Mara para acobertá-la.

Vinte e um

NOVA YORK, PRESENTE

As amigas sentaram-se em silêncio com uma segunda garrafa de chardonnay entre elas. Sophia, conhecida por sua abstinência, desta vez acompanhou Mara, e virava taça após taça. O rastro da imoderação das duas abalava o equilíbrio do apartamento severo e quase estéril de Sophia, onde, ao contrário do de Mara, mesmo os cantos escondidos eram submetidos a uma ordem implacável. Esta noite, no entanto, Sophia ignorou a garrafa vazia, os guardanapos amassados e as tigelas com restos de macarrão. Ambas estavam focadas nos documentos surrupiados e espalhados diante de si.

Sophia balançava a cabeça.

— Ai, meu Deus, ainda não consigo acreditar que você pegou isso. Não foi o que combinamos, Mara. Nós concordamos especificamente que você entraria lá e daria uma espiada; nada mais. E se você fosse pega? — O vinho transformou a fúria de Sophia em simples pavor. Havia apenas uma hora, ela gritara com a amiga por pegar os documentos do escritório de Michael. Entretanto, Mara soubera desde o início que a rígida e ambiciosa Sophia jamais aprovaria o risco.

— Sophia, já falamos antes sobre isso. Não tive escolha. Sem estes papéis, não posso sequer começar a entender em que esquema Michael está envolvido para esconder essa informação sobre Strasser, e por que me usou. Não podia deixar os documentos ali; eu perderia qualquer vantagem que pudesse ganhar no jogo de Michael. — Dizer essas palavras em voz alta enfureceu Mara novamente, pela ferida infligida em seu orgulho e o dano causado aos Baum e aos outros como eles.

— Mas Mara, o que vai fazer quando Michael descobrir que você roubou os papéis do cofre dele? É apenas uma questão de tempo.

— Vou substituí-los antes que ele descubra que não estão lá, espero. Ele não voltará da Europa por alguns dias. Nesse meio-tempo, preciso investigar o que ele realmente está tramando; e por que ele sentiu necessidade de me usar como um tipo de apólice de seguros. — Mara se perguntava o que acontecera com a sede de justiça que Sophia sentiu com ela na noite de domingo; parecia ter desaparecido. Mais exatamente, o sentimento tinha sido precedido pela ira quanto à "estupidez" do relacionamento de Mara com Michael, mas depois Sophia se acalmou e até mesmo ajudou Mara a planejar sua busca no escritório de Michael. Quando Mara chegou sem aviso ao apartamento de Sophia mais cedo naquela noite, com o espólio na mão, ela não acalentava ilusões de que Sophia pudesse apoiar a extensão de sua busca, mas ficou pasma que os documentos condenatórios não angariassem o apoio de sua amiga.

— O que quer dizer com "investigar" o que Michael está tramando? — perguntou Sophia, num tom cortante.

— Preciso descobrir quem é, ou foi, Kurt Strasser, para que eu possa compreender o que Michael está tentando esconder. Isso significa aproveitar a ausência dele e voltar à biblioteca da Beazley's para fazer algumas pesquisas.

— Mara, como sabe que ele não tem um motivo perfeitamente razoável para manter estes papéis escondidos?

— Eu não sei, e acredite, eu espero que ele tenha. Mas eu não posso confiar na palavra dele.

Sophia se pôs de pé, um pouco tonta pelo vinho. Ela implorou:

— Mara, por favor, esqueça esse absurdo. Devolva os documentos antes que ele perceba que sumiram, e esqueça tudo isso. Por favor, concentre-se no que importa: você mesma e sua carreira.

Em seu íntimo, Mara acrescentou as palavras que a amiga não disse, o pedido para considerar também a carreira de Sophia; era muito claro para ela que Sophia estava alarmada com o quanto as ações de Mara poderiam se refletir sobre ela própria.

— Sophia, não posso fazer isso. Não posso fingir que isso não aconteceu. Descobrir tudo isso pode ser mais importante do que vencer o caso e favorecer minha carreira. — Era curioso, pensou Mara, como se sentia confortável agora que tinha uma linha clara de princípios a seguir, como estava em paz por desviar-se do caminho que seguira por tanto tempo. Era um manto espinhoso, mas vestia muito melhor do que a capa do sucesso. Seu pai se enfureceria, mas sua avó teria ficado orgulhosa.

Sophia fitava Mara como se ela estivesse irreconhecível.

— Então, Mara, não posso ajudá-la. Não posso ver você destruir tudo pelo que trabalhou. Você está sozinha.

Sophia se retirou para seu quarto. Sem querer, Mara adormeceu no sofá, totalmente esgotada. Ela acordou coberta de suor, lembrando sonhos inquietos.

———

NA NOITE SEGUINTE, MARA DEIXOU O ELEVADOR DA BEAZLEY'S. Não estava nervosa em absoluto. Ela sentia a adrenalina pulsando em suas veias, mas a agitação era quase um alívio após um interminável dia de calma fingida no trabalho. Ela atravessou o primeiro corredor, já escurecido pelo entardecer, mas tão familiar que podia ver sem luz. Virando à esquerda, avistou os guardas a distância. Chegando perto, forçou-se a sorrir.

— Boa noite, rapazes, como estão hoje? — ela cumprimentou os homens.

Os guardas ergueram os olhos de suas xícaras de café fumegantes e grossas pizzas, impressionados por vê-la, surpresos por ver qualquer um após as seis da tarde. Seu favorito, o simpático sósia de Papai Noel com a longa barba branca e cujo nome ela nunca conseguia lembrar, respondeu:

— Vamos bem aqui. O que a traz ao nosso cantinho tão tarde da noite?

Ela tentou usar de bom humor.

— Tarde? Vocês sabem que não é tarde para advogados; eu bem gostaria que fosse. Não, um juiz me ordenou que eu reunisse mais informações. Peço desculpas por isso.

O simpático retorquiu:

— Nada para se desculpar. Ficamos sempre contentes em ver seu rostinho lindo, srta. Coyne. Só lamentamos que você tenha que passar suas noites revirando papéis velhos e empoeirados. — Ela esperou para ver se eles permitiriam sua entrada. — Venha, vamos abrir para você.

Ainda mastigando um grande naco de pizza, o outro — Tommy, ela achava que era seu nome — levantou-se de seu assento, limpou as mãos engorduradas nas calças e se arrastou para a porta com as chaves tilintando na mão. Ela estremeceu; Tommy era mais respeitador das regras. Mara tinha torcido para que Papai Noel abrisse a porta para ela.

Depois que Tommy destrancou a porta, ela agitou os cílios e perguntou:

— Oh, talvez eu precise copiar alguns documentos esta noite. Você se importa de destrancar a porta dos fundos para mim também? — Era seu ingresso para a sala dos documentos.

Tommy olhou de volta para seu colega da guarda.

— Sabe, você tem que estar com alguém da equipe de pesquisas para fazer isso.

— Oh, tem razão. Que droga. Tenho certeza de que já foram todos embora.

Papai Noel gritou para o outro.

— Que diabo, Tommy, nós já conhecemos a moça. Deixe-a entrar. Não seja caxias. — Ondas de culpa envolveram Mara. Não tinha considerado o problema em que esses sujeitos se meteriam se ela fosse pega. Mas era muito tarde para voltar atrás.

Ela fez uma mesura com a cabeça para Papai Noel.

— Obrigada. — E depois, dirigindo-se a Tommy: — Obrigada a vocês dois. Estou realmente grata por isso.

Mara seguiu atrás do rotundo guarda para dentro da biblioteca, esforçando-se ao máximo para parecer tranqüila enquanto ele destrancava a complicada porta para a sala de documentos.

— Estaremos bem aqui fora se você precisar de alguma coisa.

Sabendo que seu tempo era limitado, e que os guardas manteriam a porta da frente entreaberta durante todo o tempo, ela se pôs a trabalho. Ignorou a beleza da biblioteca e concentrou-se no Provid.

Usando a senha de Lillian, ela acessou o Provid, clicou no ícone para Segunda Guerra e peneirou categoria após categoria em busca de referências a Strasser: arquivos franceses, registros alemães, documentos holandeses e papéis do Departamento de Guerra dos Estados Unidos. Ela tentou inúmeras combinações de palavras. Nada. Nada. Nada. Nada. Os ponteiros disparavam no mostrador do relógio.

Antes de fechar o Provid, Mara buscou qualquer coisa que pudesse achar sobre outras aquisições da Beazley's via Kurt Strasser. Tendo ouvido Lillian cuidadosamente, Mara corria entre as categorias. Ela entrou em cada título de pintura na miríade de categorias: documentos arquivados, catálogos de vendas, notas de compra, informações de proveniências de museus, índices de coleções públicas, registros governamentais e apólices de colecionadores. Quando o título não fornecia quaisquer respostas, ela passava para os outros atributos da pintura: artista, tema e período. Os resultados apareceram, mas ela tinha pressa, então os imprimiu sem examinar.

Recolhendo os papéis, Mara se esgueirou para a sala de documentação, na esperança de não chamar atenção para si. Ela deixou uma fresta aberta na porta e correu para o santuário interno e aclimatado da sala, na direção que Lillian apontou quando fez sua referência velada aos documentos confidenciais. Abrindo a porta de vidro hermeticamente selada, Mara notou que o ar era rarefeito. Ela teria que trabalhar rápido.

Avançou na direção da parede dos fundos, onde diversas caixas de madeira de aparência maciça estavam armazenadas. Mara as abriu e examinou seu conteúdo; elas de fato continham papéis da Segunda Guerra. Em particular, inspecionou os documentos da Unidade de Investigação de Despojos de Arte do Gabinete de Serviços Estratégicos dos Estados Unidos. A unidade freqüentemente preparava dossiês sobre diversos indivíduos; ela acreditava que estes poderiam fornecer uma resposta rápida. Enquanto revisava página por página, suas habilidades de leitura dinâmica vieram a calhar e permitiram que ela buscasse o nome de Strasser sem atolar-se em todas as outras informações.

O conjunto de caixas sem referências a Strasser crescia. Sobraram apenas duas caixas fechadas, e Mara estava desanimada. Mais ainda, pensava em como explicaria suas ações, seus atos criminosos na verdade, se fosse pega — especialmente sem a prova condenatória contra Michael que ela esperara encontrar. E se ela estivesse errada quanto às ações dele? Ela enumerou todas as diferentes repercussões em sua mente — demissão, perda da licença profissional e indiciamento. O que seu pai diria? Sua avó? Michael? Harlan? Com esforço, ela expulsou todas aquelas vozes de sua cabeça e reconcentrou sua atenção.

E por fim ela encontrou: uma transcrição do interrogatório de Kurt Strasser, da Unidade de Investigação de Despojos de Arte dos Estados Unidos.

Sentada no chão de pernas cruzadas, ela percorreu a transcrição. A princípio, os soldados americanos da Unidade de Investigação de Despojos de Arte perguntaram a Strasser questões aparentemente rotineiras sobre inúmeras pessoas, artistas, pinturas e esculturas. Em seguida, os soldados começaram a interrogar Strasser sobre seu trabalho como negociante de arte em tempos de guerra.

> Pergunta: Onde conseguiu as pinturas que encontramos em sua loja? O retrato de Degas, os dois desenhos de Corot, o Sisley e a natureza-morta de Monet?
> Resposta: Eu lhes disse, clientes me venderam as pinturas.
> P: Clientes? Que clientes? Não achamos registros das vendas em seus documentos.
> R: Vocês sabem, era época de guerra. Às vezes os clientes não tinham tempo para recibos de venda. E às vezes os clientes tinham suas próprias razões para não querê-los.
> P: Você não conseguiu as pinturas como parte de um negócio com nenhum representante do ERR?

R: Não.
P: Tem certeza disso?
R: Sim.
P: Tenente Bernard, traga as pinturas. Strasser, são estas as pinturas que encontramos em sua loja?
R: Sim, parecem ser.
P: Vire-as do avesso. O que vê no verso destas pinturas?
R: Um selo.
P: Sabe o que este selo significa?
R: Não.
P: Vou perguntar novamente. Você conseguiu essas pinturas como parte de um negócio com o ERR?
R: Não.
P: Mesmo? Você realmente não sabe que quando o ERR inventariava obras roubadas eles colocavam selos como esses nos versos das obras?
R: Não sei do que está falando.

(Segue-se pausa de vinte minutos.)

P: Vou perguntar uma última vez. Você adquiriu estas pinturas do ERR?
R: Sim.

Mara compreendeu que as pausas na entrevista refletiam os esforços — físicos, presumiu — dos soldados em fazer o recalcitrante Strasser confessar. Enquanto a entrevista progredia e Strasser persistia em sua obstinação, as pausas no registro tornavam-se mais longas. Por fim, os soldados venceram. Strasser confessou ter adquirido obras de arte para e dos nazistas, e tê-las vendido no mercado negro. Ele também citou nomes, incluindo uma referência que eles não queriam ouvir. Seu agente americano para "lavagem" de obras de arte, disse ele, era um soldado americano cujo nome fora omitido nas transcrições.

— Mara, o que diabos você está fazendo aqui?!

A voz de Lillian irrompeu inesperadamente através das vozes do passado. Mara ergueu os olhos, boquiaberta.

— Eu fiz uma pergunta, Mara! — Lillian enunciava cada palavra com dolorosa lentidão. — Que diabos você está fazendo aqui? Você sabe que não pode vir aqui sem mim ou alguém de minha equipe. De qualquer maneira, você me disse que tinha terminado sua pesquisa.

A agressividade sem precedentes de Lillian chocou Mara ainda mais. Ela não estava preparada para isso.

Lillian deu meia-volta.

— Vou chamar os guardas.

Impelida a agir, Mara exclamou.

— Espere Lillian, por favor! Espere, me dê uma chance. Sei que eu não deveria estar aqui. Sei que estou rompendo as regras. Mas eu tenho uma razão.

Lillian parou. Mara decidiu arriscar falar a verdade. Ela sabia que era sua única chance.

— Lillian, a Beazley's não comprou *A Crisálida*, de Boettcher.

— É claro que compramos — disse Lillian, de costas para Mara.

— Não, não compraram. A Beazley's comprou-a de alguém chamado Kurt Strasser. — Mara esperou por uma reação; ela ainda precisava medir a cumplicidade de Lillian.

— Quem diabos é Kurt Strasser? — Lillian voltou-se e fixou os olhos em Mara. Normalmente, Mara achava Lillian difícil de decifrar, mas agora ela parecia sincera. A advogada permaneceu em silêncio, na esperança de que Lillian se perturbasse e revelasse algo mais. — Eu lhe fiz uma pergunta, quem é Kurt Strasser? — insistiu ela.

— Ele era um conspirador dos nazistas.

Lillian zombou.

— Mara, pare de agir como se fosse uma heroína. Veja você mesma os documentos. Nós compramos *A Crisálida* de Boettcher. — Ela balançou a cabeça. — Está dizendo absurdos. Eu mesma fiz a proveniência. Repetidas vezes.

Mara tinha medo de ir mais longe, mas não podia voltar atrás. Sua segurança dependia disso.

— Você recebeu documentos falsos para fazer a proveniência anos atrás. E eu também, para organizar o caso.

— Eu não acredito. — Braços cruzados, postura refeita, Lillian assumiu sua fachada imperturbável de hábito.

— Não acredite em mim. Acredite nos documentos. — Mara buscou em sua pasta. Apavorava-se em entregá-los, mas sabia que não tinha escolha.

Lillian pegou os papéis de Mara. Ergueu-os contra a luz, virando-os e revirando-os, inspecionando-os através de seu monóculo pelo que pareceu durar horas. Mara esperava.

— Onde achou isto? — Lillian finalmente perguntou, com o que Mara pensou ser um pouco menos de fúria.

— Isso importa?

— Será que eu não lhe ensinei nada? Não lhe ensinei a importância da origem das coisas? — Agora Mara teve certeza de que a voz de Lillian falhava.

Mara confessou.

— No cofre de Michael. Eles vieram do tio-avô dele, Edward.

Lillian não respondeu, apenas caminhou para uma cadeira e se sentou. Ela se retraiu como um tecido velho. Linhas semelhantes a fissuras apareceram em sua testa e em torno dos olhos e, pela primeira vez, ela aparentou ter todos os seus oitenta e tantos anos.

— Não posso acreditar — disse em voz alta, embora não necessariamente a Mara.

Mara não sabia o que dizer ou fazer. Seu instinto lhe dizia para tentar confortar Lillian, para apaziguar a angústia que adivinhava na outra, angústia que a própria Mara sentia. Mas ela estava arrasada. Não tinha certeza de que queria provocar uma indignação conjunta. Lillian poderia acabar com os planos de Mara se escolhesse um modo de retaliação diferente. Se é que sequer queria retaliar.

Assim, ajoelhando-se junto à cadeira de Lillian, cobrindo-lhe a mão com a sua, Mara se decidiu pela emocionada admissão da verdade.

— Eu sei. Ambas fomos enganadas.

— Como pude ser tão cega? — Lillian fitava a distância, enxotando a mão de Mara como se fosse uma mosca irritante.

— Lillian, não seja tão dura consigo mesma. Quero dizer, a nota de compra forjada que lhe deram para preparar a primeira proveniência parecia perfeita; ela é exatamente igual à original, exceto pelo nome do vendedor. Por que você a questionaria? — Mara esperava que ao menos pudesse ajudar Lillian a compreender que a culpa não era dela.

Lillian discordou.

— Mara, você não entende. Não é apenas isso. Eu tinha um caso com o tio-avô de Michael, Edward Roarke, na época em que preparei a proveniência. Eu caí como um patinho.

Mara riu da semelhança de suas situações. Lillian disparou um olhar escandalizado pela aparente insensibilidade da outra, mas Mara logo explicou.

— Lillian, eu também. Estou tendo um caso com Michael, quero dizer. — Ela fez uma pausa para que a revelação fosse assimilada.

Quando cruzou o olhar de Lillian, ambas explodiram em gargalhadas, irreprimíveis por seu choque nervoso.

— Bem, acho que somos um par de idiotas, não é? — Lillian exclamou, enxugando as lágrimas. — Eles certamente puseram a venda sobre nossos olhos apaixonados sem problemas. — Ela suspirou. — Embora eu seja uma paspalha maior do que você.

— Oh, eu não sei, Lillian. Aposto que posso competir com você por esse título...

— Bem, se você conhecesse a história completa, não acho que diria isso. Acho que me daria a vitória na mesma hora.

— Que "história completa"?

— Acho que não há mal em lhe contar agora. Eu mencionei que estava trabalhando na Beazley's em 1944, certo?

— Sim.

— Quando cheguei aqui, eles me colocaram para fazer o trabalho de proveniência, não que houvesse um departamento de proveniência em si naquela época. Ele consistia em mim e no sr. Weadock, de uns 60 anos e rabugento, revirando livros mofados no porão.

Mara pensou que a rabugice devia ser inerente ao trabalho, mas não queria distrair Lillian com o comentário.

— Em todo caso, eu estava aqui havia um mês quando conheci Edward. Ele me abordou enquanto eu trabalhava na velha biblioteca da Beazley's, um lugar bastante casual. Não sei se você já viu fotos, mas ele era muito bonito; elegante, isto é. E muito sedutor.

— Na verdade, Lillian, não sei nada a respeito de Edward.

— Michael nunca lhe contou sobre ele?

Mara balançou a cabeça.

— Nas poucas vezes em que perguntei a Michael sobre o tio, ele se fechou. Michael mencionou que Edward trabalhava na Beazley's, mas foi vago quanto ao que ele fazia.

— Edward não foi fundador da Beazley's; isso foi obra da família inglesa Beazley. Mas ele foi um dos primeiros funcionários-chave aqui nos Estados Unidos. Por fim, ele foi um co-diretor por muitos anos antes de sua morte.

— Eu nunca soube. — Mara começou a processar aquela peça do quebra-cabeça.

Lillian prosseguiu.

— De qualquer modo, minha relação com Edward começou devagar. Houve encontros acidentais na biblioteca ou nos corredores. O eventual almoço ou cafezinho. E de repente virou um romance arrebatador, se é que algo assim era possível em tempos de guerra. Ele me virou a cabeça completamente, com jantares, espetáculos e viagens de fim de semana. Eu tinha visões dançando na minha cabeça.

Mara tinha dificuldade em imaginar Lillian navegando nos braços do amor.

— Por que Edward não foi para a guerra? Ele devia ter a idade certa.

— Os militares não o quiseram. Ele teve poliomielite quando criança e mancava perceptivelmente. Além disso, aos 30, ele estava um pouco velho demais, embora tivesse alguns amigos na guerra, ao que parece. Em todo caso, às escondidas do sr. Weadock, ele me ofereceu a oportunidade de preparar minha primeira proveniência do começo ao fim. Era para *A Crisálida*. É claro, eu me agarrei à oportunidade. Com o sr. Weadock encarregado, eu poderia ter levado anos para ter tal chance. Ele jamais me vira como mais do que uma gloriosa secretária. Edward começou por me fornecer a nota de compra de Boettcher para a Beazley's, mas eu tinha de completar o resto, a história mais antiga. Pouco depois disso, nosso caso enfraqueceu, quase imperceptivelmente a princípio, e depois com sonora e dolorosa claridade. Eu implorava para compreender e suplicava a ele para mudar de idéia. Edward recusou, oferecendo a desculpa de ter levado uma dura reprimenda de seu patrão na época, um dos legítimos herdeiros dos Beazley ingleses. Algo como "não mergulhe sua pena no tinteiro da empresa" foi dito, algum absurdo do gênero. Eu acreditei nele, e até apoiei sua decisão, mas fiquei arrasada.

— Você parou de falar com ele?

— Não. Continuamos muito próximos, depois que um certo tempo passou. Por causa do nosso relacionamento, ou apesar dele, acho. O fato de que nenhum de nós era casado facilitou. Eu continuei fazendo proveniências para ele, claro, e ele se tornou meu maior apoio na Beazley's, de fato a força motriz por trás da decisão de criar um departamento de proveniências realmente substancial, comigo à frente. Fiquei em dívida com ele, especialmente numa época em que as mulheres tinham poucas chances como essa, e quando nenhum outro museu ou casa de leilões tinha montado um departamento de proveniências. Então eu batalhei para construir o departamento que ele sonhava, tentando durante todo o tempo corresponder às expectativas dele, mantendo em segredo nosso relacionamento passado e meus persistentes sentimentos por ele.

Lágrimas forçaram Lillian a parar. Mara não sabia mais o que dizer, mas foi incapaz de tolerar o silêncio.

— E você conseguiu — ela deixou escapar.

Embora Lillian permanecesse imóvel, sua voz reverberava pela sala.

— Sim. Eu consegui. Sacrificando outras coisas: casamento, filhos. A Beazley's se tornou minha família, e o Departamento de Proveniências se tornou meu lar.

Mara pensou que sua trilha na Severin espelhava a trajetória de Lillian, ao menos antes que *A Crisálida* a forçasse a se desviar do curso.

Lillian submergiu novamente em suas memórias.

— Agora vejo que fui um joguete para Edward durante todo o tempo. Eu me pergunto quantas proveniências ele lavou através de mim. Quantas dessas pinturas de Strasser eu aprovei erroneamente. Quantas outras casas de leilões também venderam essas pinturas de Strasser.

Mara deduziu o número de pinturas que a Beazley's fraudou baseando-se nas notas de compra de Strasser que encontrara no cofre de Michael, mas não ousava dizer a Lillian neste momento.

— Como Philip entra nesta história?

— Bem, ele e Edward eram muito amigos. Na verdade, Edward treinou Philip para ser seu sucessor. Por esses e-mails, é óbvio que ele sabe tudo sobre a fraude da *Crisálida*, mas até que ponto está envolvido, não sei.

— Lillian balançou a cabeça, enojada. — E pensar em quanto Michael se aproximou de mim sob a força do nome de seu tio, com todos aqueles almoços e chás da tarde. Ele não é nem um pouco melhor do que Edward.

Mara começou a brincar com a idéia de atrair Lillian para sua causa. Lillian seria uma aliada inestimável; entretanto, Mara não tinha certeza se ela abandonaria a Beazley's, seu lar. Mas não havia nada a perder, Mara disse a si mesma.

— Então você consideraria me ajudar?

— Ajudá-la em quê? — Lillian fitou-a através das nuvens de seu devaneio.

— Em encontrar tudo o que pudermos sobre Kurt Strasser, para que possamos entender o que Edward e Michael pretendiam, e descobrir o que aconteceu com as outras pinturas.

Lillian silenciou por um longo momento. Ergueu-se de sua cadeira e passou os dedos pelos gabinetes e pelas fileiras de livros, quase como se estivesse dizendo um longo adeus.

— Como eu poderia fazer isso? Depois de renunciar a tantas coisas e trabalhar tão duro para construir tudo aqui? — Ela se moveu em torno na sala. — Eu estaria sacrificando tudo, talvez a própria Beazley's. Por favor, não me peça para fazer isso.

Os delicados fios que sustentavam Mara se desfizeram.

— "Não me peça para fazer isso"?! Lillian, você acha que é a única que corre riscos? Eu invadi sua biblioteca sem autorização, arrombei o cofre de Michael e roubei papéis de dentro dele. Eu violei incontáveis códigos de ética dos advogados e inúmeros estatutos criminais. Eu me pus em risco de perder minha licença, de ser indiciada, e Deus sabe o que mais. E quando tudo isso estiver acabado, provavelmente terei arruinado minha carreira. Tudo para consertar o mal que sua preciosa Beazley's cometeu, que Michael e Edward perpetraram, por seu intermédio. Então não ouse me dizer para não pedir sua ajuda!

As duas mulheres se encararam por uma fração de segundo que pareceu a Mara uma eternidade. Lillian foi a primeira a romper o impasse.

— Shh, Mara. Baixe a voz. Você não quer aqueles guardas aqui.

Mara desabou na cadeira que Lillian vagara, com a mesma postura derrotada, e sentiu cada parte de seu corpo desgastada e abatida como Lillian parecera. Ela não pôde mais conter as lágrimas.

— Desculpe, Lillian. Já passei de todos os limites. Esta situação não é culpa sua, e não estou com raiva de você. Estou com raiva de Michael. E Edward.

— Eu sei, Mara. Eu sei. Sou eu que tenho que pedir desculpas.

— Pelo quê? Já perdi completamente a cabeça aqui, e estou pedindo que você pule no abismo comigo. O que diabos estou fazendo? — Mara balançou a cabeça, surpresa com sua explosão. Mas ela estava firme em sua convicção de que podia reparar o mal, mesmo que tivesse que fazê-lo sozinha, mesmo que arriscasse tudo.

Lillian sussurrou.

— Vou ajudá-la.

— Quê?

Lillian repetiu, sua voz tornando-se mais alta e forte.

— Eu disse que vou ajudá-la.

— Mesmo? — Mara estava perplexa.

— Mesmo. Mas tenho algumas condições.

— Qualquer coisa. — Mara falou com sinceridade; tudo para não ficar sozinha naquele pântano.

— Não quero meu nome associado a isso, se vier à tona. Por razões óbvias, não quero que se torne público que eu preparei as proveniências usando as notas de compra falsas, em especial da primeira proveniência. Mas isso não é tudo. Você jamais pode mencionar minha ajuda em resolver isso.

— Por quê? — Mara compreendia por que Lillian não queria que sua participação na fraude de proveniência inicial fosse revelada, mas por que ela não queria seu nome associado com a retificação?

— Se o escândalo não devastar a Beazley's por completo, se não minar totalmente a reputação de meu departamento, alguém terá que pôr as peças de volta no lugar. Eu quero ser essa pessoa. E não posso fazê-lo se meu nome estiver envolvido nesse imbróglio.

Mara estava em alerta. Ela ansiava pela ajuda de Lillian, mas não conseguia ver como manter sua assistência sob amarras tão severas.

— Então, se formos a público com isso, terei que apresentar os fatos como resultados de minha pesquisa, minha investigação? Tudo ilegal, claro.

Lillian respondeu rapidamente.

— Sim e não. Se perguntada, eu explicarei que você teve total acesso aos arquivos da Beazley's para o caso Baum, e assim o seu exame e uso dessa informação será autorizado até esse ponto. Mas não posso ajudá-la com o cofre de Michael. Ou com quaisquer lacunas em seus deveres éticos. Ou com a reação da Severin, obviamente.

— Eu não pensei que você poderia me ajudar com essas últimas questões. Muito bem, se seguirmos essa rota, sua reputação estará tão intacta quanto possível. Você será a salvadora da Beazley's?

— Sim.

— Eu concordo.

Vinte e dois

HAARLEM, 1661

Johannes limpa seus pincéis um por um. Trata deles todos os dias, a cada vez com a mesma atenção e cuidado. Ele testa o fio de seu bico-de-pena. Arranja sua palheta novamente, o círculo de branco de chumbo, topázio, cereja, safira, verde-abeto, ardósia e ébano. Durante todo o tempo, ele mantém os olhos na porta, esperando pelo burgomestre Brecht.

Johannes inspeciona o estúdio e depois ajusta repetidamente o cenário. Ele rearranja o drapejado da tapeçaria que cobre a mesa, reposiciona o globo, a tigela de porcelana com frutas maduras e a urna de tulipas, os emblemas da riqueza, do poder e da fecundidade do burgomestre.

Seus olhos registram as linhas de perspectiva definindo a sala: sob os raios de sol, nos ângulos justos da mobília, no desenho geométrico em branco e preto das lajotas do piso. Eles guiam o destino da pintura ainda por começar.

Pelo suave ruído na entrada da frente e pelo murmúrio baixo da voz de Pieter, Johannes adivinha que o burgomestre fez sua entrada. Ele se põe de pé quando Pieter conduz a autoridade para o estúdio e se prepara para cumprimentar o austero líder de sua cidade.

Um nariz aquilino contorna a curva do corredor antecedendo seu orgulhoso proprietário. O burgomestre não se curva, mas oferece sua mão ossuda a Johannes, no costume da realeza. Ele mudou a encomenda, de um díptico para um retrato familiar, e agora convoca sua família para entrar no estúdio. Eles compõem um sombrio mar de preto e branco: uma esposa, dois filhos e uma filha. A decisão de fazer um retrato de família é um estímulo para Johannes, uma rara chance de exibir seu variegado talento em cada modelo e de ganhar muitos e necessários florins.

Johannes dá silenciosas graças pelo protocolo exigir que ele se curve. Pois esse protocolo o proíbe de olhar diretamente para a filha do burgomestre, exceto enquanto ela posa para o retrato. Ele não tem certeza de que poderá evitar olhá-la. Seu esplendor trespassa as nuvens negras da família que circulam em torno dela.

O burgomestre permite que Johannes conduza sua família a seus respectivos lugares e comece a dispô-los como flores num vaso. Não há discussão quanto à composição do grupo; o burgomestre parece de acordo com a abordagem pouco convencional de Johannes e instala-se para posar. Contudo, o burgomestre não precisa temer seu retrato, pois Johannes prometeu a Pieter que encontraria a semelhança mais lisonjeira, que utilizaria o arranjo mais convencional, e que ignoraria os recantos obscuros da alma que seu pincel pudesse encontrar. O estúdio não podia se dar ao luxo de revelá-los.

Johannes instala o burgomestre no local que convém a sua posição social — uma poltrona de madeira central, com um espaldar tão alto e tão intricadamente entalhado que se assemelha a um trono. Sua esposa toma seu lugar a seu lado numa versão menor de seu assento. Ele guia os dois filhos para pontos flanqueando seus pais, o mais velho junto ao pai e o mais novo com a mãe. Muito semelhantes, apesar da diferença de idade, os irmãos são colocados como aparadores de livros, suportes necessários para a família, e garantia de que a árvore dos Brecht se expandirá. Johannes gesticula para a filha tomar seu tradicional lugar atrás da mãe.

O burgomestre limpa a garganta.

— O senhor sabe por que o escolhi para esta encomenda, mestre Miereveld? — pergunta ele.

Johannes não tem certeza de como o burgomestre quer que ele responda.

— Não, meu senhor.

— Meu caro amigo Jacob Van Dinter conhecia seu mestre, Van Maes, muito bem. Ele me diz que, tendo sido formado em casa e estúdio do saudoso mestre, o senhor deve ser o mais calvinista dos pintores. É por isso que o escolhi.

Tendo proclamado a natureza e a vastidão de sua virtude, a conversa do burgomestre termina. Johannes, ciente de seu lugar, dá um passo atrás para avaliar seu trabalho. A composição está de certa forma desequilibrada, errada. É a filha. Ela é muito substancial, demasiadamente vital para ser relegada ao fundo. Mas onde deveria colocá-la? Johannes a observa perifericamente, temendo olhá-la diretamente no rosto, receoso de que pudesse se revelar. Através de um olhar de soslaio, ele espia uma mecha escapando das volutas da renda de sua touca, a suave curva de seu pescoço contra a rígida gola marfim, o brilho de um brinco de ouro, e uma expressão em seu rosto emudecida pelas sombras.

Johannes pede permissão ao burgomestre para aproximar-se. Hesitante em tocar a filha, ele ainda assim estende os braços para aprumar seus ombros e movê-la para a frente, mais próxima ao lado da mãe. Ele sente sua pele cálida através do pesado brocado de seu escuro vestido.

Ele retorna para o porto seguro de seu cavalete. Escondendo-se atrás de seu trabalho, Johannes se permite admirar a incandescente Amalia por completo.

Johannes se senta no estúdio ao crepúsculo, recriando o dia em sua mente. Imaginando o rosto de Amalia, ele se ergue e caminha para o espaço que ela habitara durante a longa tarde. Ele corre a mão pelo espaldar da cadeira em que ela descansara seus elegantes dedos de pianista.

— Você viu, Pieter? — pergunta Johannes ao ouvir os passos nos fundos do estúdio.

— Vi quem? — O tom de voz de Pieter deixa claro que ele sabe a resposta.

— A filha.

— Por um momento apenas. O que tem?

— Não era luminosa?

— Creio que sim, para uma filha de burgomestre. — Pieter balança a cabeça. — Até mesmo pensar nisso é tolice.

Pieter sai para atender à porta da frente. Ele traz uma carta ao retornar.

— Para você, Johannes.

Johannes usa o fio agudo de sua espátula para romper o lacre de cera. Ele segura o papel áspero diante da luz do lampião, lendo-o com cuidado. Ele pára, suas mãos desfalecem, e a carta amassada aterrissa no chão, cobrindo o carpete de pétalas caídas de tulipas.

Ele cambaleia para a porta.

— Johannes, o que foi?! Aonde vai? — grita Pieter. Mas a porta bate. Pieter agarra a carta do chão e reconhece a letra do pai de Johannes que conhecera havia muito. A mãe de Johannes tinha falecido.

Pieter o persegue, mas Johannes consegue ficar só nas ruas escuras como nanquim. Ele vira num beco; parece familiar, mas ainda assim ele não consegue recordá-lo. Correndo as mãos por suas paredes ásperas e estreitas, ele descobre que o caminho acaba. Olha através de um portão para uma pequenina fenda de janela, fracamente iluminada por velas. Empurrando o portão e passando sob um suave arco para o interior, ele reconhece o lugar, de rumores, semelhante a outros como este: uma igreja católica, sua identidade tão escondida quanto as alegorias em suas pinturas.

A congregação ergue os olhos, alarmada por sua interrupção da missa. Eles se preparam para repercussões por seu culto proibido. Mas Johannes apenas se posta nas sombras, inalando o aroma familiar de incenso, um tônico para seu coração. Ele caminha na direção do canto mais afastado e escuro, e se senta num banco.

No altar, o padre levanta os braços, oferecendo o pão a Deus. Ele derrama o vinho no cálice e o ergue ao alto para o Senhor. Os rituais relembrados se apoderam de Johannes.

O padre enuncia uma bênção final. *"Benedicat vos omnipotens Deus Pater, et Filius, et Spiritus sanctus."* Os fiéis se enfileiram para sair da pequena igreja, fitando o intruso. O local de culto se esvazia, o padre retorna ao altar, recolocando o precioso cálice e seu purificador de linho na sacristia.

— Padre, preciso me confessar — sussurra Johannes.

O padre, um jesuíta por seu hábito, volta-se de sua tarefa sagrada em direção a Johannes, desconfiado depois de tanta perseguição.

— Já conheço você, meu filho?

— Não, padre. Sou um estranho para o senhor, mas não para a Igreja. Faz muito tempo desde minha última missa, mas desejo retornar.

— O apóstolo João nos diz que Jesus é um pastor; ele sempre recebe ovelhas perdidas de volta ao rebanho. Onde você comungava, meu filho?

Johannes descreve a casa do culto secreto de sua infância. Pela postura dos ombros do padre, ele sente que passou num teste.

— Ficarei feliz em ouvir sua confissão.

O padre o conduz para o confessionário e nota que Johannes hesita diante das duas portas: uma para o padre, outra para o penitente.

— Não está familiarizado com este sacramento?

— Não, padre.

— Mas pensei que você fosse um membro da Igreja.

— Conheço a missa, padre, mas jamais tomei os sacramentos.

— Entendo. Bem, o sacramento da penitência não é um dos que exigem iniciação. — Ele gesticula na direção da porta do pecador.

Fechando-a seguramente atrás de si, Johannes ajoelha sobre o duro genuflexório. O padre ergue a tela que separa clérigo e penitente, Deus e homem.

— Padre, peço perdão por violar o quarto mandamento: não honrei minha mãe.

Johannes chora.

Vinte e três

NOVA YORK, PRESENTE

Mara e Lillian precisavam de tempo e discrição. Primeiro, elas colocaram uma cópia quase exata dos documentos de Strasser no cofre de Michael, mas guardaram os originais, assim como uma outra cópia de trabalho. Em seguida, Lillian espalhou seus pesquisadores numa variedade de atividades remotas e supostamente urgentes, para que ela ficasse essencialmente sozinha.

Para Mara, tempo e reclusão eram mais difíceis de conseguir. Ela navegava nos campos minados do escritório, onde cada minuto era medido e contabilizado, e no de Michael.

Harlan não deu a mínima para a desculpa que Mara apresentou, de depoimentos longos e outros litígios; ele esperava que ela fosse tão prestativa às necessidades dele quanto sempre fora. Nem os outros parceiros a quem ela servia aceitaram o pretexto das exigências de Harlan; eles estavam cansados da dominação tirânica que Harlan exercia sobre o grupo de associados, mesmo que sua carga de clientes a justificasse.

Assim, antes de mais nada ela se dirigia ao escritório, respondendo a e-mails e telefonemas, compondo relatórios e conduzindo reuniões com furiosa dedicação. Em seguida, disparava para a Beazley's, sob a desculpa de uma conferência ou audiência no tribunal. Ela corria de volta à Severin quando a noite caía e a Beazley's fechava, para completar seus deveres negligenciados. Nesse ínterim, Mara rezava para que nenhum parceiro ou cliente da Severin tentasse encontrá-la.

Ela temia trombar com Sophia. Uma vez que a amiga tinha revelado que havia limites para seu apoio, ela passou a ser uma ameaça. Sophia poderia colocar em perigo o progresso de Mara na questão da *Crisálida*, jogando com seus sentimentos de lealdade ou revelando seu segredo a alguém que pudesse impedi-la. A cada vez que as duas se encontravam nos corredores, na biblioteca ou nos elevadores, a frieza que se desenvolvera entre elas parecia manter Sophia a distância. Mara ficava assombrada pela drástica mudança em seu relacionamento desde seu primeiro dia na Severin, quando chegaram para treinamento sem conhecer ninguém. Depois de esperarem sozinhas em seus tailleurs azul-marinho, como retraídas moças sem par num baile de formatura, elas gravitaram na direção uma da outra e instantaneamente sentiram um forte senso de familiaridade. Agora, eram como dois navios na noite.

Certa vez, Sophia tentou quebrar o gelo. Tarde da noite, num frio corredor vazio, ela perguntou a Mara se esta continuava em sua empreitada. Ela implorou que Mara parasse, reiterando o quanto a amiga se desviara do curso. Contudo, Mara permanecia resoluta.

Ainda assim, apesar das dificuldades, o trabalho lhe apresentava os desafios menos explosivos. Mais complicado seria desarmar Michael em seu retorno da Europa.

Mara cruzava os dedos para não encontrá-lo nos corredores da Beazley's ou para que ele não fizesse uma atípica visita à biblioteca, onde ela e Lillian se aquartelavam. Mara rezava para que o pretexto que deu a ele para sua ausência — longos depoimentos para outro cliente — funcionasse melhor do que funcionou com Harlan.

À noite, ela criava mais desculpas inventivas, e apesar de seus melhores esforços, estas tinham apenas limitado sucesso. Além disso, enquanto Mara necessitava de tempo para trabalhar com Lillian, as duas também precisavam que Michael acreditasse que seu relacionamento com Mara florescia, ou ele talvez começasse a suspeitar. Assim, no sábado, Mara não teve escolha a não ser encontrar-se com Michael no seu bistrô francês favorito das redondezas. Apesar da promessa que fez a si mesma de manter-se lúcida, Mara se encorajou para o encontro com algumas taças de vinho.

Quando se aproximou do bar, ela se forçou a sorrir na direção dele. Ele retribuiu o sorriso, e Mara o viu como se fosse pela primeira vez. Embora ainda fosse irresistivelmente belo, o sorriso agora se assemelhava aos dentes arreganhados de um cão no rastro da presa.

— Deus do céu, Mara, senti sua falta. — Ele sussurrou junto ao pescoço dela. Por um momento, Mara amoleceu ao toque dele, e sentiu seu corpo se render.

Ela se aferrou àquela sensação ao longo do jantar, para manter sua fachada intacta. Eles papearam sobre as atividades dos últimos dias, reais e imaginárias, e ela riu das piadas dele e até acariciou sua mão. Durante todo o tempo Mara remexia o bife com fritas, incapaz de ignorar a sensação de chumbo em seu estômago. Seu abatimento aumentava à medida que o tempo passava e se aproximava a hora de seu maior desafio, para o qual se anestesiou com mais vinho. O único jeito de ganhar o tempo de que ela e Lillian precisavam era se entregar totalmente.

Quando acordou, ainda estava escuro. Ela descolou o braço de Michael de si e cambaleou nua para o banheiro. Fitando o espelho, Mara viu uma estranha, uma mercenária, alguém que se inebriou tanto com bebida que terminou por fazer sexo com um homem que desprezava. Um homem que a traiu. Um homem que não tinha qualquer escrúpulo em continuar a enganar incontáveis outros, pessoas já vitimizadas, tudo para seu próprio benefício.

Ela trazia o cheiro dele. Tinha que lavá-lo de si. Abrindo o chuveiro quente, Mara entrou e esfregou sua pele até que ficasse vermelha e ardida. Enquanto as lágrimas rolavam sobre seu rosto, ela rezava para que Michael não ouvisse seus soluços.

Na segurança da biblioteca da Beazley's, Mara e Lillian faziam bom uso do tempo que conseguiam: Lillian com as 23 proveniências restantes e Mara com *A Crisálida* e o próprio Strasser.

Fotografias em preto-e-branco estavam apoiadas como lápides sobre a mesa de Lillian na biblioteca: entre elas havia uma pensativa mulher de branco diante de uma penteadeira, de Morisot; uma perturbadora natureza-morta de flores murchas e folhagem denteada, de Van Gogh; e uma desolada paisagem invernal de Sisley, com fumaça ondeando sobre os campos como uma recordação da invasora Revolução Industrial. Suas comoventes histórias se faziam ouvir através das proveniências que Lillian preparava com paciência de arqueólogo.

O som de uma cadeira arrastando-se no chão da biblioteca rompeu o silêncio. Mara ergueu os olhos para ver Lillian de pé diante das portas francesas, balançando a cabeça enquanto observava o parque.

— O que foi? — perguntou Mara.

— Esta pobre pintura. Pior, seus pobres donos.

— De que pintura está falando?

— Do Rembrandt.

— Quer dizer o *Retrato do Velho Judeu com Chapéu de Pele*?

— E nós temos outros Rembrandts?

Mara sabia a resposta para a irônica pergunta retórica de Lillian. É claro que eles não tinham outros Rembrandts; os nazistas cobiçavam as obras de Rembrandt, e normalmente jamais teriam repassado um de seus tesouros a um negociante como Strasser. Algum alto oficial nazista o teria colocado como peça central de seu gabinete em Berlim. Contudo, o modelo deste Rembrandt específico o tornava repugnante para os nazistas.

— Não, é claro que não.

— Acontece que o Rembrandt era parte da coleção da família Schultze — disse Lillian, e Mara compreendeu a referência. Por volta da década de 1940, a família Schultze, de industriais franco-judeus, reunira uma renomada coleção de mais de trezentas pinturas, peças modernas e impressionistas mescladas a mestres holandeses e flamengos do século XVII. Os nazistas estavam impacientes para pôr as mãos na coleção, especialmente uma vez que ela continha peças da Europa nórdica, preferidas de Hitler e Göring. Quando finalmente desencavaram a coleção de seu esconderijo, os nazistas tomaram as obras e as vidas dos Schultze. Os sobreviventes da família conseguiram recuperar 140 peças e ainda buscavam o resto.

— Bem, a nota de compra que Edward me deu dizia que a Beazley's comprara o Rembrandt de um comerciante de arte belga, Alain Wolff, outro negociante cujos documentos foram convenientemente destruídos na guerra. Edward também me forneceu uma nota de compra que demonstrava que Wolff adquirira o quadro de Lucien Schultze no início da década de 1940. Uma vez que o título de posse pareceu limpo, nós o vendemos para Chad Rosenbluth, um importante colecionador de arte holandesa e flamenga dos anos 40, 50 e 60. Nos 70, ele doou a obra para o Reeve Museum of Art, onde está exposta hoje.

— O que mostram os documentos de Strasser?

— Bem, a nota de compra que você encontrou no cofre mostra que a Beazley's comprou o Rembrandt de Strasser. Quando os nazistas tomaram a coleção Schultze, devem ter empurrado o *Velho Judeu* de Rembrandt para Strasser, e Edward deve ter forjado a nota de compra Wolff-Schultze do começo ao fim.

— Isso explicaria por que o Rembrandt não aparece em quaisquer dos registros nazistas?

— Sim, explicaria. — Os olhos de Lillian começaram a transbordar de lágrimas, e ela então se voltou para o parque. — Não acredito que Edward me tornou cúmplice em toda essa falsidade.

— Sinto muito, Lillian. Sei exatamente como você se sente. — Mara se ergueu e estendeu a mão para o ombro de Lillian, num gesto de consolo.

Mas sua emoção era crua demais para Lillian, que afastou o toque e mudou de assunto ao apontar para a mesa de Mara, com seu emaranhado de caixas e papéis.

— E então, o que você descobriu sobre *A Crisálida* ou Strasser naquela bagunça?

Mara caminhou até as caixas de documentos ainda confidenciais da Segunda Guerra e pegou um relatório particularmente manuseado.

— Ouça isto. É do Compêndio de Dossiês de Interrogatórios Detalhados da Unidade de Investigação de Despojos de Arte: 24 de novembro de 1946. "Em relação à história da complexa rede de despojo e aquisição de arte engendrada pelo nazismo, Kurt Strasser era uma das figuras alemãs mais importantes baseadas em um país neutro, a Suíça. Ele não parece ser uma força liderando as atividades de despojo de arte, mas desejava lucrar com elas. É difícil determinar seu nível de culpabilidade nos eventos. Contudo, pode-se dizer que, durante a Segunda Guerra, Strasser de fato obteve lucros financeiros pelo infortúnio de outros."

— Parece ser o nosso homem.

— O relatório prossegue descrevendo exatamente como ele perpetrava seus esquemas. — Mara silenciou enquanto relia o documento para si mesma.

— E então? — Lillian encarou Mara, o rosto seco e a curiosidade aguçada.

— Parece que o velho Kurt, sendo um soldado alemão da Primeira Guerra, era algo como um nacionalista alemão e um partidário do nazismo. Ele até mesmo contribuía com o partido nazista de tempos em tempos, embora jamais tenha se alistado. O relatório diz que ele se descrevia como "consultor e especialista" a serviço de negociantes, e não como um negociante em si mesmo.

— Tudo isso está muito bom e muito bonito. Mas e quanto ao tráfico de arte roubada? — Lillian estava impaciente com a digressão de Mara.

— Estou chegando lá, mas este prólogo é crucial. Ao que parece, ele tinha toda uma rede de camaradas alemães envolvidos com arte e ligados ao Partido Nazista, contatos que se originaram de seus próprios dias como militar. Como seu colega Walter Andreas Hofer, que era o "diretor da coleção de arte do *reichsmarschall*". E ele também tinha toda uma rede de negociantes de arte na França, na Suíça e na Alemanha que eram conhecidos simpatizantes nazistas.

— Vamos logo, Mara. — Lillian estava ansiosa.

— Certo, certo. O sistema de Strasser funcionava assim: de algum modo, ele encontrava um velho mestre ou uma pintura germânica preferidos dos nazistas, e então se dirigia para alguém de seu elenco de personagens habituais, um colega negociante colaboracionista ou um contato nazista como Hofer, e trocava a pintura por um certo número de obras "degeneradas", pinturas valiosas que os nazistas abominavam. Strasser transportava essas pinturas para os Estados Unidos, para vendê-las por intermédio de um oficial do exército americano, que podia importar as pinturas graças ao correio militar.

— Foi o que aconteceu com *A Crisálida*?

— Não posso dizer ao certo, mas faz sentido. O tema da *Crisálida* pode não ter sido do gosto dos nazistas por algum motivo, apesar de sua celebrada origem germânica, exatamente como o *Velho Judeu*. Assim, uma vez que eles a roubaram em Nice, devem tê-la repassado a Strasser junto com algumas obras "degeneradas" que ele realmente queria, tais como aquelas pinturas impressionistas que você tem sobre sua mesa. Strasser então enviou as pinturas aos Estados Unidos, muito provavelmente por esse misterioso oficial americano. E de algum modo Edward conseguiu as pinturas por meio desse contato.

Lillian ficou em silêncio. Mara disse:

— Lillian? Acho que deveríamos continuar daqui.

— Continuar de onde?

— Desse oficial americano. Este dossiê não diz mais nada sobre ele, nem mesmo seu nome; apenas cita outro dossiê de interrogatório. O dossiê citado não está aqui, e eu realmente gostaria de rastreá-lo.

— O que você está sugerindo?

— Bem, você recebeu estes documentos confidenciais da Segunda Guerra de alguém, de algum modo. Haveria alguma forma de contatar essa fonte novamente e perguntar quem era o oficial americano? — Mara suplicava. Ela sabia que Lillian estava ficando impaciente com o ritmo de seu progresso e nervosa quanto ao resultado. E a cada vez que Mara pedia mais, sentia quão tênue essa aliança realmente era. Cada vez mais, ela sentia falta de Sophia e da solidez de sua antiga relação.

— Posso tentar, Mara, nas não posso nem mesmo dizer como anda meu contato hoje em dia. Ele está muito velho.

— Por favor, Lillian. É a única forma de fechar o cerco, de realmente entender o esquema de Edward.

— Muito bem. Verei o que posso fazer.

As mulheres voltaram a seu trabalho em silêncio. A luz do dia se apagou, e chegou a escuridão. Quando Lillian se levantou para acender as luminárias de bronze das mesas, Mara ousou fazer uma pergunta.

— Podemos dar uma olhada na *Crisálida*? — Mara já tinha pedido antes que Lillian a levasse ao depósito onde *A Crisálida* estava guardada. Como uma viciada ávida por uma dose, ela ansiava por um vislumbre da pintura, almejava por sua tranqüilidade como um bálsamo contra os tempos traiçoeiros. Lillian aquiesceu sem protesto, como se compreendesse e até mesmo compartilhasse do desejo de Mara.

Lillian sorriu para ela.

— Por que não?

Elas atravessaram os longos e escuros corredores para a área de depósito. Lillian destrancou seus vários cadeados com metódico cuidado, e entrou. Mara a seguiu. Quando Mara se postou diante da pintura, sentiu uma afinidade com a oferenda na mão da mulher, a borboleta amarela alçando vôo do casulo rompido.

Elas permaneciam em silêncio reverente, como faziam em quase todas as visitas, mas Mara ouviu Lillian sussurrar um fragmento de um poema de Emily Dickinson:

> Do Casulo emana a Borboleta
> Como a Dama de sua Porta

Mara entendeu o significado das misteriosas palavras de Lillian e compreendeu por que ela sentia tanta afinidade com a poeta, que dedicou grande parte da obra de sua vida, seus poemas, a um amante secreto mencionado apenas como "mestre".

Sem romper o silêncio, ela estendeu a mão para pousá-la sobre o ombro de Lillian. Desta vez, Lillian permitiu.

Vinte e quatro

NOVA YORK, PRESENTE

O TÁXI DE MARA DISPARAVA PELA QUINTA AVENIDA, MUITO ANtes de as ruas se avivarem com os sons do dia de trabalho. Tendo decidido começar seu dia na Beazley's, ela chegou ao local marcado para o encontro, a entrada lateral da mansão. Lillian a esperava com a chave na mão. Elas deslizaram pelos corredores e passagens vazias. Lillian deu o aceno régio aos sonolentos seguranças ainda do turno da noite, e as duas ganharam acesso à biblioteca, fechando a porta firmemente atrás de si.

— Nós iremos a Londres. — Lillian entregou a Mara sua passagem de primeira classe da British Airways. Mara compreendeu que Lillian, com sua fortuna pessoal, sempre viajava bem.

— Londres?

— Sim, para o dossiê do interrogatório do oficial do exército. Cuidado com o que pede, Mara, pois você pode até conseguir.

— Nossa! Quando?

— Hoje à noite. Ou seja, você vai ter que dar um jeito de pegar seu passaporte hoje.

Mara e Lillian não se falaram mais pelo resto do dia enquanto atavam as pontas soltas de sua pesquisa. A advogada assegurou que os outros trabalhos da Severin fossem resolvidos durante sua breve ausência. Mara revisava todas as suas perguntas ainda em aberto sobre Kurt Strasser e seus esquemas, enquanto Lillian listava as brechas nas proveniências de outras pinturas que a Beazley's comprara de Strasser. Quando a hora da partida se aproximou, elas embrulharam seu material, inclusive os documentos originais de Strasser e o conjunto de cópias. Não havia tempo de sobra antes do vôo para guardá-los num esconderijo seguro, e nenhuma das duas se sentia confortável em deixar quaisquer documentos para trás.

Elas saíram da Beazley's da mesma forma furtiva que entraram, emergindo do labirinto escuro da biblioteca e sendo ofuscadas pela luz do fim do dia. Assim que a limusine de Lillian estacionou, Mara ouviu seu nome sendo chamado. Ela vacilou, com medo de se voltar.

— Olá, srta. Coyne! Há quanto tempo não a vejo! — Larry acenava para ela.

Mara se inclinava para entrar no carro, no qual Lillian já entrara.

— O que faço?

— Vá até lá e fale com ele tão normalmente quanto possível.

— E se ele perguntar o que estou fazendo aqui?

— Apenas explique que veio buscar o último conjunto de documentos para o caso.

Mara caminhou até Larry. Ela lhe deu um breve abraço de saudação.

— Larry, que bom ver você. Eu o procurei quando cheguei aqui hoje, mas você não estava. — Uma mentira e um blefe, mas ela precisava distraí-lo, se possível.

— Sim, troquei de turno com Sammy hoje, como um favor. Nós sentimos sua falta por estas bandas. O que a traz aqui?

Controlando sua respiração numa tentativa de acalmar seu coração acelerado, ela explicou:

— Ah, só recolhendo um monte de documentos para o caso no qual estou trabalhando.

— Esse caso fez você trabalhar por aqui nas últimas semanas?

Mara não estava certa de como deveria responder, mas pensou que seria melhor manter-se tão próxima da verdade quanto possível, caso outros a tivessem visto.

— Só nos últimos dias.

Ele fez uma pausa.

— Fico surpreso por não ter visto você entrar ou sair. Eu não costumo deixar passar muita coisa.

O comentário pegou Mara de surpresa por um momento, enquanto ela pensava em seu uso da entrada dos fundos da Beazley's. Ela tentou usar de humor, com uma risada e um tapinha provocante.

— Acho que nós apenas nos desencontramos.

— Bem, é uma pena que eu tenha perdido você. Espero vê-la de volta em breve.

— Oh, de vez em quando eu voltarei aqui. Como não? — Mara adicionou um sorriso sedutor. — Provavelmente não com a mesma freqüência, sinto dizer.

— Bem, com certeza estou feliz em vê-la. Eu preciso me apressar; Sammy deve estar roendo as unhas para ir embora. — Ele lhe apertou o antebraço. — Até mais, srta. Coyne.

— Até mais, Larry.

Ela entrou no carro, o coração ribombando. Lillian tinha um uísque preparado. Mara, que nem gostava de uísque, emborcou-o. Lillian ordenou a seu motorista:

— George, estamos indo para o aeroporto JFK, terminal da British Airways. Por favor, apresse-se.

Algumas outras bebidas fortes foram consumidas, mas nenhuma palavra foi trocada entre elas na viagem ao aeroporto. Não havia necessidade de conversa; cada uma sabia como a outra se sentia. Até que estivessem instaladas na sala de espera da British Airways, elas não relaxaram numa conversa; mesmo depois, começaram com colóquios um tanto vagos. Em seguida, Lillian perguntou sobre Michael.

— Você informou a ele que não estaria disponível hoje à noite, não?

— Droga, esqueci completamente de ligar para ele. — Dada a forma como Michael ocupava sua mente, Mara mal podia acreditar em seu esquecimento.

— Não é tarde demais. Você disse a ele que estaria em depoimentos durante todo o dia, então de qualquer forma não estaria realmente disponível até agora, não é mesmo?

— É verdade. Acho que eu poderia dizer que tenho que viajar a trabalho, mas normalmente dou a ele os contatos do hotel em que me hospedo quando viajo. Ou ele telefona para o meu celular. Nenhum dos dois será possível em Londres.

— Tenho certeza de que você pode inventar alguma "emergência" da Severin que exija que você fique fora de alcance por uma noite, não pode? — Lillian sorveu seu uísque.

— Sim. Mas vamos rezar para que ele não perceba nada, ou que um anúncio de decolagem não soe por todo lado exatamente enquanto eu estiver falando com ele. — Após vários toques longos e dolorosos no telefone, Mara ouviu a caixa postal do telefone de Michael, e fechou os olhos em gratidão.

Devido aos drinques no carro e na sala de espera da British Airways, ao Moët & Chandon pré-decolagem, e aos luxuosos assentos totalmente reclináveis no silencioso andar de cima do 747, Mara dormiu por quase cinco horas. O descanso permitiu que ela acordasse refeita, ainda que numa leve ressaca. As duas mulheres passaram pelo controle de passaportes e bagagens e rapidamente se viram sob a garoa e a sombria aurora londrina, em que uma Mercedes e seu chofer esperavam por elas.

— Então, como você conseguiu o dossiê do interrogatório do militar?

— Nós vamos encontrar um velho amigo meu, Julian Entwistle. Ele era o diretor de proveniências da Beazley's em Londres, antes de se aposentar, há vinte anos, na flor da avançada idade de 65. — Lillian riu para si mesma, e Mara presumiu que pela lembrança de sua própria "flor da avançada idade".

Lillian prosseguiu:

— Você e eu já conversamos sobre o fato de que, durante a guerra, o Gabinete de Serviços Estratégicos demandou a formação de uma unidade especial de inteligência com militares providos de conhecimento em belas-artes para lidar com arte saqueada, chamada Unidade de

Investigação de Despojos de Arte, cujo objetivo era rastrear e impedir o fluxo de bens artísticos usado para financiar a máquina de guerra nazista, certo?

— Claro. Estou bem familiarizada com eles agora. — Mara se irritava com o hábito de Lillian de repetir temas batidos como se ainda achasse que Mara era uma simplória.

— Bem, Julian era o contato inglês da unidade. Através de seu trabalho com ela, ganhou acesso aos documentos confidenciais dos quais você está a par.

— Por que ele lhe deu um conjunto desses documentos?

— Porque ele achava que era fundamental que eu os tivesse para o meu trabalho. E porque sabia que poderia contar com a minha discrição.

— Por que ele não lhe deu a coleção completa? Uma coleção que incluísse o dossiê do interrogatório do militar americano?

— Nem ele tinha acesso a todos os documentos confidenciais. Ele reunia o que era possível sem levantar suspeitas.

— Então como ele nos dará o dossiê sobre o oficial do exército agora?

— Eu não perguntei. Presumo que ele tenha pedido retribuição por alguns favores.

Enquanto viajavam em silêncio pelo resto do caminho num táxi, Mara se deleitava com as paisagens pouco familiares: o Tâmisa, Covent Garden, Embankment. Quando o carro se desviou do Embankment, Mara teve um vislumbre do letreiro do Hotel Savoy. Um recepcionista formalmente vestido, adornado com um chapéu alto que a fez lembrar uma cereja sobre um sorvete, ajudou-as a sair do carro. Mara e Lillian entraram no saguão desse ponto de referência de Londres, inaugurado em fins do século XIX e destinado a se tornar uma instituição em si mesma, um segundo lar para a realeza, a elite e os renomados. Mara se perguntava o que Sophia teria pensado de tudo aquilo.

Na butique do hotel, Mara comprou uma blusa e um par de calcinhas novas em folha — ou roupas íntimas, como a vendedora chamava — e então entrou em seu quarto. Era demasiado espalhafatoso para seu gosto, e ela se sentiu sufocada por todo o azul-bebê e dourado, mas as janelas ofereciam uma vista maravilhosa do Tâmisa e do Big Ben. Por um minuto ela ficou contemplando a paisagem urbana, depois desabou na cama felpuda.

Precisamente duas horas depois, Mara entrou no saguão do hotel e encontrou o Salão Tâmisa. Ela admirou o recinto, coberto de bucólicos murais, margeado por colunas de mármore rosado que se elevavam para o teto em caprichoso relevo, antes de avistar Lillian à mesa, instalada numa cadeira verde-clara de uma mesa no canto dos fundos, calidamente iluminado.

Mara a observou a distância por um instante, cativada pelo sorriso desarmado e pelos olhares de menina de Lillian, todos dirigidos para o misterioso Julian, que estava de costas para Mara. Por um segundo efêmero, ela viu a bela jovem que um dia Lillian devia ter sido.

Lillian ergueu os olhos enquanto Mara se aproximava.

— Ah, Jennifer, você chegou. Eu gostaria de apresentá-la a meu querido amigo Julian Entwistle. — Lillian gesticulou na direção do cavalheiro. — Jennifer Cartwright, Julian Entwistle.

Mara relembrou a biografia de sua identidade falsa, Jennifer Cartwright, uma nova assistente de pesquisa de proveniências do departamento de Lillian. Lillian não queria que Julian soubesse nada sobre a natureza de sua investigação.

Julian se pôs de pé para cumprimentar Mara. Embora fosse um senhor de idade com ralos cabelos brancos, era mais alto que ela. Estava elegantemente vestido num terno azul-marinho feito sob medida, uma camisa xadrez azul e branca e sapatos oxford pretos feitos à mão. Uma bengala encostada à parede era a única concessão à sua idade avançada, embora Mara presumisse que poderia muito bem ser o acessório final para um cavalheiro inglês propriamente trajado. Dada a aparência augusta do homem, Mara se preparou para uma intimidante saudação digna de Lillian, mas, em vez disso, recebeu um sorriso aberto e cativante.

Mara estendeu a mão, e para sua surpresa, Julian a beijou.

— Srta. Cartwright, encantado.

— Julian, você se importaria muito se pedíssemos chá mesmo? Mesmo que não estejamos sequer perto da hora apropriada? — perguntou Lillian.

— Hora apropriada... O que é "hora apropriada" para um homem velho como eu? Vamos pedi-lo já! Lillian, se lembro corretamente, os sanduíches de pepino sempre foram seus favoritos. Oh, e o salmão defumado com tomates. E biscoitos de aveia com muitíssimo creme de nata e geléia de morango.

— Ah, Julian, senti sua falta. — Lillian até soltou uma risadinha. Outro clarão de juventude cruzou seu rosto, mas desta vez foi seguido imediatamente por um olhar de arrependimento, um sentimento que Mara imaginava ter piorado com as recentes revelações sobre Edward. Lillian estendeu o braço e prendeu a mão de Julian na sua. Mara recostou-se em sua cadeira para dar aos velhos amigos um momento em particular.

Sobre goles de chá da casa e bocados de biscoitos amanteigados encimados por creme e geléia, o trio papeou sobre a Beazley's, sobre os velhos e os novos tempos; sobre a colaboração de décadas entre Julian e Lillian em prol da criação de seus respectivos departamentos de proveniências; sobre a terra de ninguém do mundo da arte na época de sua juventude; e sobre a burocracia e a falta de romantismo dos tempos atuais. Falaram sobre tudo, exceto sobre o que elas vieram buscar.

Mas então, como se obedecesse a um sinal, Julian se ergueu assim que tomaram seus últimos goles de chá.

Ele pôs a mão no bolso interno de seu paletó e retirou um envelope.

— Bem, senhoritas, creio que as deixarei com isto — disse ele, enquanto colocava o pacote sobre a mesa. — Não discutamos como cheguei a ele. Saibam apenas que tenho de devolvê-lo em breve, com sua promessa de que nenhuma cópia será feita. Voltarei a encontrá-las aqui dentro de uma hora. — A suave e repetida cadência de sua bengala acompanhou sua saída.

Mara se deslocou para o lado da mesa em que Lillian estava. Lillian abriu o envelope com uma faca de manteiga limpa e espalhou o conteúdo na mesa. As páginas envelhecidas continham palavras mimeografadas tão pequenas que Lillian colocou seu monóculo, e Mara se inclinou mais para perto a fim de decifrá-las.

> CONFIDENCIAL
>
> DEPARTAMENTO DE GUERRA
>
> GABINETE DO SEGUNDO SECRETÁRIO DE DEFESA
>
> UNIDADE DE SERVIÇOS ESTRATÉGICOS
>
> UNIDADE DE INVESTIGAÇÃO DE DESPOJOS DE ARTE
>
> WASHINGTON
>
> E:
>
> GABINETE MILITAR FEDERAL (EUA)
>
> DIVISÃO DE ECONOMIA, AGÊNCIA DE RESTITUIÇÃO
>
> SEÇÃO DE MONUMENTOS, BELAS-ARTES E ARQUIVOS
>
> Dossiê de Interrogatório Detalhado
>
> 18 de setembro de 1946
>
> Interrogado: Frank Shaughnessy
>
> CONFIDENCIAL

— Frank Shaughnessy. Conheço esse nome — murmurou Lillian.
— Conhece? Das suas pesquisas?
Lillian falava como se as próprias palavras fossem indigestas.
— Não. Por Edward. Frank Shaughnessy era seu melhor amigo.
As duas mulheres se fitaram, nenhuma das duas ousando romper a troca de olhares. O esquema que Edward e Frank montaram juntos foi completamente compreendido entre elas sem a necessidade de palavras. Lillian desviou os olhos primeiro e focou no relatório. Ela virava as páginas uma de cada vez, e Mara anotava as palavras. Estavam tão concentradas que tiveram um sobressalto quando Julian reapareceu silenciosamente.

— Perdão por alarmá-las, senhoritas. É apenas que o tempo se esgotou. Infelizmente, devo levar o documento de volta, como prometi. E creio que as damas têm compromisso com um avião.

Num transe, elas recolheram seus poucos pertences.

— Julian, como posso agradecer-lhe por isso? — Lillian perguntou enquanto caminhavam através do saguão em direção ao carro que as esperava.

— Lillian, você sabe que eu faria qualquer coisa por você.

Julian e Lillian se abraçaram, e Mara viu o profundo afeto e as oportunidades perdidas passando entre eles.

— Na minha idade, este pode ser um verdadeiro adeus — disse Julian num sussurro.

Os olhos de Lillian se encheram de lágrimas.

— Oh, Julian, por favor, não diga isso.

— É a verdade, minha querida. Fico grato pela oportunidade de dizer isso, de fazê-la saber quão abençoado eu fui por tê-la conhecido.

Eles estreitaram seu abraço.

— Julian, fui eu a abençoada com você por todos esses anos.

Mara deslizou despercebida para dentro do carro e permitiu aos dois um último momento de intimidade. Quando Lillian se reuniu a ela, seus olhos estavam úmidos, e ela passou toda a viagem de volta ao aeroporto de Heathrow encarando a janela.

Vinte e cinco

AMSTERDÃ, 1943

Erich ouve o crepitar do cascalho quando o carro se aproxima da casa. O som raro o ergue de seu sono no começo da manhã. Ele fita Cornelia, que não se moveu, silenciosamente veste o roupão para afastar o frio da aurora e corre para a janela.

Um enorme Daimler-Benz preto circunda a pista da entrada. A porta do motorista se abre, e um soldado uniformizado salta. Com precisão militar, o soldado abre a porta traseira e se curva diante de um condecorado oficial da SS que deixa o banco de trás. Erich sabe que deve acordar Cornelia, e eles têm de correr para se vestir, mas está paralisado de medo. O que os nazistas querem deles agora? Desde que receberam a carta de proteção do *Reichskommissar*, os oficiais do Dienststelle Mühlmann pararam de pressioná-lo pela localização das pinturas que não foram entregues ao Banco Lippman, Rosenthal & Co., pinturas que os oficiais ouviram dizer que outrora pendiam das paredes de Erich.

O badalar da campainha da frente o alarma. Quando Willem bate na porta do quarto, o casal veste seus trajes mais finos e discretos. De mãos dadas, descem a escada da frente.

O oficial condecorado os saúda com um sorriso. Depois de fazer suas apresentações, ele diz em holandês, com pesado sotaque:

— Trago boas notícias. Conseguimos seus vistos para Milão e suas passagens de trem.

— Nossos vistos para Milão? — pergunta Erich. Depois de receber o recente comunicado da filha, ele fica surpreso que ela tenha conseguido os vistos, mas está exultante, é claro.

— Sim, aqui estão. — O oficial entrega um envelope ao casal. — Vão e façam as malas. Seu trem sai em duas horas. Podem levar tudo o que puderem carregar consigo.

Antes de retornar ao andar de cima para fazer as malas, Erich abre o envelope e examina os vistos e as passagens de trem de primeira classe. Um dos itens do itinerário do trem o faz hesitar. Ele ousa perguntar ao oficial:

— Por que esse trem pára em Berlim?

O oficial é rápido em acalmá-lo:

— Todos os trens internacionais que partem da Holanda devem passar por Berlim.

Erich ainda está alerta, mas se convence com a explicação. Os jornais relataram a mudança, determinação de mais um entre muitos regulamentos do *Reichskommissar*.

Erich e Cornelia voam de quarto em quarto, decidindo a sina de seus poucos bens remanescentes na hora que resta antes de sua partida. Seria uma cigarreira de prata Cartier, herança de família, digna da jornada? Ou deveriam confiá-la ao destino incerto que indubitavelmente acompanhará sua deserção? Um querido relógio de mesa, dado como presente de aniversário de casamento, merecia inclusão? Ou deveriam levar apenas as jóias de Cornelia e outros itens portáteis e vendáveis que tinham amealhado? Os veredictos de Erich são duros porém necessários, e Cornelia contém as lágrimas ao deixar para trás uma coleção de fotografias e outras lembranças acumuladas ao longo de toda uma vida.

Ao fim da hora concedida, o casal desce novamente as escadas da frente, desta vez carregados de malas e pacotes. Willem os segue com um baú.

O sorriso tão cuidadosamente talhado no rosto do oficial se congela.

— Pensei ter dito que vocês poderiam levar só o que podem carregar. Seu criado não vai acompanhá-los.

Erich responde, sua voz trêmula.

— Minha esposa e eu podemos carregar o baú junto com nossos outros pertences. Willem está apenas nos ajudando a levá-lo até a estação.

O sorriso do oficial reacende.

— Não será necessário que Willem vá até a estação. Nós os acompanharemos até o trem. Meu homem aqui pode ajudá-los a embarcar com o baú, contanto que vocês possam manejá-lo no trem.

— Nós podemos.

Os oficiais são solícitos, ajudando a carregar as posses do casal no Daimler-Benz. Eles descrevem com entusiasmo o vagão privativo do trem para a jornada do casal, diferentemente das provações de viagens recentes de tempos de guerra. O oficial superior se instala na parte da frente do Daimler-Benz, enquanto os soldados subalternos abrem as portas traseiras e gesticulam para que o casal se sente no banco traseiro lotado. Cornelia se instala da melhor maneira que pode, enquanto todos esperam por Erich.

Antes de entrar no carro, Erich se volta para abraçar Willem, a primeira vez que o fazia. Lágrimas brilham nos cantos dos olhos de ambos os homens, pois cada um entende que certamente o abraço será não apenas o primeiro, mas o último. Ele então corre para o carro, não querendo deixar Cornelia sozinha na companhia dos soldados por muito tempo.

Enquanto o carro dá a partida e circunda a pista, Erich se volta para trás, a tempo de ver Willem, Maria, camareira de Cornelia, e seu lar diminuindo e nublando na distância, sob a fraca luz azulada da manhã.

Vinte e seis

LONDRES, PRESENTE

Na sala de espera da British Airways, a postura altiva de Lillian retorna, talvez ainda mais pronunciada. Ela praticamente ordena a Mara:

— Já é hora de você tomar providências quanto a isso.

— Não há mais pesquisas a fazer? — perguntou Mara.

— Não. Já terminei o suficiente das proveniências para todas as outras pinturas que a Beazley's comprou daquele canalha, Strasser. E agora sabemos muito bem o que aconteceu. Edward e seu amigo Frank armaram um esquema em que Frank, agindo em prol da Beazley's, comprava obras de arte roubadas de Strasser a preço de custo. Ele então as enviava para sua esposa através do correio militar, evitando assim qualquer chance de que fossem examinadas no caminho. Por fim, Edward pegava as obras em uma de suas muitas viagens a Boston. — Ela parou.

— Deus do céu, agora que estou pensando, acho que conheci a mulher de Frank em uma de nossas visitas ao Cabo. Nossa primeira visita.

Ela tragou seu copo de scotch.

— Numa época posterior, mais segura, Edward criava novas notas de compra para as pinturas, usando as verdadeiras como modelo, mas trocando os nomes dos vendedores. No lugar de um negociante sujo como Strasser, ele colocava um imaculado como Boettcher para *A Crisálida* ou Wolff para o Rembrandt. Ele escolhia negociantes com reputações cristalinas, particularmente aqueles cujos arquivos ele tinha certeza de que tinham sido destruídos ou danificados na guerra. Assim, não haveria razão para contestá-los, e nenhuma forma de comparar as vendas com os arquivos dos negociantes, se alguma dúvida surgisse. E finalmente ele as passava para mim, seu patinho, para lavá-las com pedigree imaculado. Edward vendia seus quadros com proveniência impecável e compartilhava os lucros com Frank. Ou ao menos suponho que esse era o trato, já que Frank jamais entregou o nome de Edward à Unidade de Investigação de Despojos de Arte, apesar do que só posso imaginar ter sido um interrogatório brutal.

Ela balançou a cabeça.

— Não posso acreditar que dei minha aprovação para todas essas pinturas de Strasser.

Um anúncio monocórdio reverberou dos alto-falantes. "Convidamos agora nossos passageiros de primeira classe a embarcar no avião com destino a Nova York."

As duas mulheres seguiram através do portão e depois para a ponte de embarque. Enquanto Mara avançava, sentiu Lillian cutucando suas costas. Ela se voltou para ver Lillian gesticulando na direção da cabeça de um homem de cabelos grisalhos, alguns passageiros à frente delas. Havia nele algo de familiar a Mara, mas ela não conseguia determinar o quê, até que Lillian sussurrou:

— Philip Robichaux.

Mara congelou, mas a fila de passageiros embarcando no avião continuava a andar, e por isso Lillian a empurrou.

— Mara, pode seguir adiante.

— Perdão. — Como um autômato, ela entrou no avião, tomou seu lugar junto a Lillian e guardou sua bolsa, seguindo o homem com os olhos durante todo o tempo.

Uma vez que ele se instalou em seu assento, algumas fileiras à frente delas, Mara sussurrou para Lillian.

— O que fazemos?

— Primeiro precisamos ter certeza, absoluta certeza, de que é Philip. Veja se consegue dar uma olhada nele.

— Eu?!

— Você não está sugerindo que eu vá, não é? Ele iria me reconhecer num segundo. Você, ele só viu uma vez.

Mara sabia que Lillian tinha razão, embora precisasse encontrar uma forma de identificá-lo sem se colocar em sua linha de visão. Neste exato momento, ele se levantou para guardar seu paletó e sua bolsa no bagageiro do alto, e Mara teve uma idéia.

Ela caminhou para o fundo do corredor, furtivamente agarrou um *Financial Times* do carrinho e se aproximou de uma aeromoça.

— Senhorita? Aquele cavalheiro deixou cair isto. Você se importa em devolver a ele?

— De forma alguma.

A aeromoça abordou o homem com o *Times* em punho, enquanto Mara esperava e observava dos fundos.

— Cavalheiro, o senhor deixou cair isto?

O homem se voltou. No lugar do rosto esculpido e bronzeado de Philip, um rosto com pele quase translúcida e um queixo tímido agradeceu à aeromoça. O cabelo era a única semelhança. Todo o corpo de Mara relaxou.

— Não, senhorita. Isto não é meu — ela o ouviu responder.

Mara caminhou de volta a seu assento, o coração ainda saltando.

— E então? — Lillian perguntou.

— Não é ele.

Lillian recostou-se em sua poltrona.

— Graças a Deus. O que teríamos feito?

— Não sei. Mas eu sei que você tem razão: eu preciso agir. Já é hora. — A respiração de Mara voltou ao normal.

Com um grande suspiro, Lillian pôs a mão dentro da bolsa, puxou um frasco de remédios, desatarraxou e jogou uma pílula dentro da boca.

— O que é isso? — perguntou Mara.

— E isso por acaso é da sua conta? — respondeu Lillian, uma sobrancelha arqueada.

— Não, claro que não. Mas está tudo bem com você?

— Tão "tudo bem" quanto se pode estar na minha idade. Vamos nos ater ao assunto, Mara.

As mulheres revisaram suas opiniões. Mara queria fazer justiça, devolver *A Crisálida* e as outras pinturas a quem de direito, mesmo que isso significasse que ela teria de pagar um preço; afinal, por que mais ela estava correndo tantos riscos? Lillian também desejava ver as obras roubadas devolvidas, mas ao mesmo tempo queria defender a Beazley's e proteger o trabalho de toda a sua vida. Nenhuma das duas tinha certeza de como unir suas visões, até que Lillian sugeriu um acordo.

— E se você confrontar Michael com tudo o que encontramos e der a ele a chance de devolvê-las discretamente? Ele poderia até proteger a si mesmo, alegando que encontrou os documentos há pouco tempo. Dessa forma, poderíamos manter toda a questão em segredo.

Mara estava cética.

— Você realmente acha que ele concordaria?

— Não sei. Talvez. Creio que vale a pena tentar.

— Mas Lillian, se ele não concordar, nós entregamos nosso jogo. Quem sabe o que ele será capaz de fazer à esta altura? — Mara não acreditava realmente que o Michael que ela conhecera, o Michael que ela amara, poderia infligir danos a ela ou a Lillian, mas sua formação legal a compelia a considerar e se preparar para todas as possibilidades.

— Se ele não concordar, então suponho que você deve proceder com um plano alternativo. Como sabe, eu vim até aqui. Uma vez que você cruzar esta fronteira, tenho que me retirar.

Mara não precisava de mais lembretes sobre a iminente mudança na participação de Lillian. Isso vinha assomando sobre ela como uma guilhotina, desde o início.

— Eu sei. Entendi nosso trato.

Lillian apresentou outra possibilidade.

— Se Michael não concordar com a restituição, que tal abordar seu parceiro no caso? Talvez ele possa negociar com os contatos na Beazley's e ver o que pode ser feito na surdina.

— Talvez... — O estômago de Mara se revirou com a idéia de divulgar seus atos possivelmente criminosos, ou pelo menos muito antiéticos, a Harlan.

— Tudo o que peço é que você faça o máximo para preservar a Beazley's. Que você leve a questão ao tribunal ou a público somente como último recurso. Ressuscitar a Beazley's será muito difícil uma vez que a verdade venha à tona.

— Isso eu lhe prometo, Lillian — disse Mara. — Concordei com isso desde o início.

Lillian vasculhou sua bolsa em busca da agenda de endereços e tirou dela um cartão.

— Se todo o resto falhar e você precisar ir a público, aqui estão as informações de contato de uma repórter do *New York Times*, Elizabeth Kelly. Ela joga limpo. — Lillian entregou o cartão a Mara.

Mara tentou dormir, mas não conseguiu. Os vários caminhos que tinha para escolher a atormentavam. Contudo, faltava uma coisa que ela precisava saber.

— Lillian — sussurrou ela. — Lillian, está dormindo?

— Estava — respondeu Lillian, os olhos ainda fechados.

— Antes que você se retire disso e assuma seu papel de salvadora da Beazley's, preciso que você me diga algo.

— O quê? — murmurou Lillian, sonolenta.

— Quem é o dono atual da *Crisálida*?

— Ah, achei que já tinha lhe dito isso. — Ela se espreguiçou como um gato e rolou em sua poltrona reclinada de primeira classe, ficando de costas para Mara. — Na década de 1940, a Beazley's vendeu *A Crisálida* para a maior ordem religiosa da Igreja Católica, os jesuítas. Para ser exata, o Arcebispado dos Jesuítas de Nova York.

No suave murmúrio das turbinas do avião, Mara quase pôde ouvir sua avó suspirar.

Vinte e sete

HAARLEM, 1661

JOHANNES VOLTA A TRABALHAR, E O RETRATO DA FAMÍLIA DO BURgomestre evolui. Com a habilidade característica, mas com atípica lisonja, Johannes pinta o pai, a mãe e os filhos em perfeita adequação com suas posições. Ele guarda Amalia para o fim.

Johannes pinta a filha do burgomestre com deliberação. Ele saboreia cada pincelada e momento de contemplação. Ele usa o desejo de perfeição do burgomestre como forma de prolongar sua veneração secreta a Amalia. A princípio inconscientemente, e depois furtivamente cônscio, ele a torna o tema de outra encomenda: uma pintura clandestina para os jesuítas do templo católico, uma penitência incomum por desonrar sua falecida mãe.

A pintura secreta de Johannes torna-se uma alegoria da fé católica. Especificamente, lembra ao observador a dádiva da salvação pela fé.

Enquanto Johannes pinta Amalia como a filha do burgomestre, vestida em negro, de pé junto à mãe, ele também a pinta vestida de branco como a Virgem Maria, o símbolo da Igreja. Ele a envolve em vestes de marfim e a enfeita com lápis-lazúli e rubi. Ele a coroa com hera, o emblema da vida eterna, a vitória sobre a morte através da ressurreição. Ele a cerca com os objetos de devoção à Virgem: o lírio, flor da pureza, e a chama de uma única vela, que personifica a fé. Atravessa sua virgindade com um único feixe de luz divina, que aflui através da perfeita janela oval à sua direita e adentra seu coração. A luz a transforma de menina em mãe, de humana em imortal, de fé em ressurreição. Por fim, Johannes coloca o pintassilgo, símbolo de Cristo, em sua mão esquerda aberta, prestes a voar.

Os símbolos na pintura significam a Virgem Maria, mas a fisionomia e a luz pertencem completamente a Amalia. Johannes infunde a pintura com a luminosidade da filha do burgomestre, um alegre brilho alvo e dourado que se derrama dela a seu redor, irradia de seus cabelos, dança em sua pele, cintila em seus olhos. Sua luz alcança os cantos mais sombreados da pintura, trazendo a promessa de iluminação até mesmo nos esconderijos mais obscuros. É uma luz harmoniosa, católica, sem qualquer indicação de um discordante *chiaroscuro* protestante.

Passam-se longos dias, cada dia mais longo que o anterior, enquanto a primavera se transforma no começo do verão. Cada noite se torna repleta com o perfume das amoras ainda nos galhos que galgam a parede exterior do estúdio de Johannes. Seu mundo gira em torno de Amalia e das telas. Ele pinta sob lampiões, muito depois da meia-noite, para manter seu trabalho oculto de Pieter, que desaprovaria uma encomenda para os jesuítas. Essa ordem religiosa busca contrabalançar a disseminação do protestantismo, e qualquer associação com eles poderia arruinar as chances de Pieter e Johannes em obterem mais clientes. Johannes não é capaz de dar atenção a essas preocupações; ele responde apenas a seu ardor por Amalia.

Amalia devolve seu olhar. Não é o olhar de um modelo curioso tentando discernir a alquimia particular do pintor. Ela olha diretamente para ele, o homem Johannes, não o pintor. Seu olhar se prolonga, e Johannes vê um sorriso mal reprimido.

O encantamento pousa sobre Johannes. Ele está ávido por capturar aquele momento, aquele sorriso, na pintura dos jesuítas. Trabalha ao longo da noite. Johannes acorda diante de seu cavalete, com a luz da manhã penetrando suas pálpebras e o som de passos leves. Ele reconhece o caminhar de Amalia; ela chega cedo para o compromisso de continuar o trabalho no retrato da família Brecht. Amalia adentra a esfera do artista, colocando-se atrás do cavalete.

Ela permanece diante do cavalete por um longo tempo. Johannes sabe que os símbolos mesclados admitem apenas uma interpretação. A imagem exige uma resposta: você a aceita, você O aceita, você aceita a fé católica?

Johannes espera. Ela volta para ele seu olhar turquesa. Amalia levanta a mão na direção dele. Fechando os olhos, ele se prepara para a merecida bofetada por sua audácia, por seu sacrilégio, ao retratá-la nesta obra flagrantemente católica. Em vez disso, ele sente as suaves pontas dos dedos dela em sua face, em suas pálpebras, em suas mãos. Ele ouve a voz dela pela primeira vez.

— Você me capturou, mestre Miereveld.

Sua ligação se fortalece com uma caminhada. Eles sobem às muralhas medievais que cercam a cidade. É um passeio seguro, vazio, na manhã nascente. Seus primeiros passos são hesitantes e seus olhares, de soslaio; eles conversam inofensivamente sobre as celebradas vistas do alto dos muros, concordando que a praça do mercado formada pelas altas torres provavelmente era a mais bela visão daquela terra. Enquanto notam a maneira como o canal reflete as pontes que ligam os portões da cidade, ela interrompe a troca formal e pergunta como o pincel de Johannes a compreende tão bem. Ele cobre a maçã do rosto dela com a mão, e explica.

Gradualmente, eles estendem suas caminhadas furtivas mais e mais para longe das muralhas da cidadela, através dos portões da cidade e para dentro dos prados desertos. Aqui, Amalia brilha em sua total luminosidade sob a paixão de Johannes.

Seu laço se intensifica com uma aula. Ela quer compreender-lhe a mágica, como ele reproduz seu interior com tanta exatidão. Ela se posta à mesa de tintas, pilão em punho, cercada de pigmentos brilhantes. Ele se coloca atrás dela, inclina-se às suas costas, braços sobre seus braços, e guia seus esforços para misturar o óleo e as cores num ritmo suave.

Sua intimidade se aprofunda com um beijo roubado. Carícias cautelosas tornam-se enlaces sôfregos, impacientes. Os enlaces tornam-se mais estreitos, transformam-se em pele contra pele quando ele lhe desata o corpete. Ele a puxa mais estreitamente ainda contra seu corpo, chamando-a para si, mergulhando nela, transfigurando a ambos.

Com o consentimento de Amalia, a pintura dos jesuítas começa a mudar. Johannes a imbui com um segundo e secreto significado, para ele e Amalia apenas. A coroa de hera da Virgem torna-se uma coroa de murta: a coroa das noivas, um emblema de união e fidelidade marital. O ventre da Virgem se preenche como um sinal de sua fertilidade. Acima de sua cabeça, em perfeita paralela com a janela iluminada, um espelho de prata aparece, capturando a imagem nebulosa de Johannes enquanto ele por sua vez pinta sua modelo: Amalia, a Virgem, e Amalia, sua amante. Ele desloca o ponto de fuga da mão da Virgem para o rosto de Amalia. Sob seu pé, a Virgem esmaga uma serpente; ela derrota a herética Reforma e o segredo de seu relacionamento. Os amantes anseiam por revelação, purificação.

Na mão da Virgem, o pintassilgo de Cristo se transforma numa crisálida rompida. Sua metamorfose de pupa a borboleta simboliza a transformação do espírito, mas também a transição para uma nova vida. Os amantes invadem a pintura; *A Crisálida* já não pertence somente aos jesuítas.

Johannes e Amalia jazem nus, envoltos no tecido reproduzido na pintura do burgomestre. Fazem planos para o momento em que caminharão livremente ao longo dos canais, para o momento em que o pai dela lhes dará a sua permissão para a união, para o momento em que Amalia se tornará ajudante e parceira de Johannes, para o momento em que o mundo verá o sonhado ventre avolumado de Amalia, a modelo da pintura, tornar-se o verdadeiro ventre avolumado de Amalia, a amante e esposa.

Johannes não pode suportar suas separações ao crepúsculo, e passa as noites com a imagem dela. Ele segura um lampião mais próximo da tela e imagina o toque sedoso de sua verdadeira pele. Ele ouve um ruído nas cercanias e corre para cobrir a pintura.

— Não faça isso, Johannes. — A voz de Pieter o alcança.

— O que quer dizer? — Johannes não tem certeza do quanto Pieter viu, do que sabe.

— Essa pintura, essa relação com a filha do burgomestre.

— O nome dela é Amalia.

— Johannes, ela sempre será a filha do burgomestre, e você sempre será um comerciante. Talentoso, sim, mas sempre um comerciante.

— Nós faremos a família dela compreender.

— Fazê-la compreender? Fazê-la entender que sua preciosa filha, sua propriedade inestimável, entregou-se a um comerciante labutador? E ainda por cima católico, ao que parece? Essa é ótima, Johannes.

— Nós simplesmente pertencemos um ao outro, Pieter, mesmo que eles não apóiem a escolha dela.

— E quanto a mim, Johannes? E quanto ao estúdio? Quem estará conosco? Não vê que está destruindo tudo o que construímos, tudo o que o mestre nos deu? Essa relação, essa pintura, vão acabar com tudo.

Johannes afasta a mão suplicante de Pieter e desaparece no interior da noite.

Vinte e oito

NOVA YORK, PRESENTE

D IANTE DOS FORMIDÁVEIS PORTÕES DE FERRO LAVRADO DO prédio de seu apartamento na Quinta Avenida, Lillian voltou-se e acenou para Mara. Dois pares de recepcionistas e carregadores uniformizados acercaram-se para ajudá-la e conduziram-na para dentro enquanto a limusine que levava Mara para casa prosseguia. Mara contemplava o cenário da privilegiada rua do Upper East Side através do vidro fumê do carro. Senhoras endinheiradas saíam para passeios vespertinos, babás perambulavam com seus pequeninos encargos e jovens e célebres herdeiras corriam para eventos exclusivíssimos com suas Vuittons a tiracolo. Naquele momento, a viagem a Londres — arrematada com o esconderijo dos documentos de Strasser num guarda-volumes do aeroporto — pareceu um sonho, e ela pôde esquecer a tarefa que tinha à frente, a pesada responsabilidade que agora cabia apenas a si.

Enquanto seguiam seu caminho ao longo da Quinta Avenida, Mara vislumbrou o enorme estandarte azul da exposição de arte holandesa esvoaçando na entrada do Metropolitan Museum of Art.

— Pare — exclamou ela, mas o carro continuou avançando. Por um minuto, Mara lutou para lembrar o nome do motorista de Lillian, e finalmente conseguiu. — George, por favor, pare aqui.

— Mas senhorita, recebi claras instruções da srta. Joyce para deixá-la em seu prédio.

— Não se preocupe, George, eu acho o caminho de casa.

Embora balançasse a cabeça diante da impertinência, George estacionou onde Mara indicara. Ele se virou na direção dela e fitou-a desconfiado por sobre a partição de vidro; estava relutante em desafiar as ordens de Lillian com tanta facilidade.

— Tem certeza?

— Sim, tenho certeza.

Ele então suspirou e deixou seu assento para abrir a porta para ela.

Assim que George se foi, Mara subiu a grandiosa escadaria externa do Met. Suas botas soavam no espaço misericordiosamente vazio, e ela deslizou pela segurança e pelo balcão da bilheteria com atípica facilidade. Uma vez na vida, não havia massas de turistas para atravancar seu caminho. Era o único dia da semana em que o museu ficava aberto até mais tarde, mas estava quase vazio.

Mara atravessou o saguão e subiu a vasta escadaria que leva ao segundo andar. Símbolos referentes à exposição de arte holandesa marcavam a rota através do labirinto de salas. Ela entrou na exposição depois de cruzar o pesado tapete persa, evocativo de tantas pinturas holandesas, que delineava seu espaço. Guia em punho, Mara começou pelo conjunto de paisagens, naturezas-mortas, retratos e pinturas de gênero de tirar o fôlego, cedidas por instituições públicas e coleções particulares de toda a Europa e América do Norte. A coleção, sem precedentes em sua abrangência e imensidão, apequenava as ofertas do leilão da Beazley's, e a fez lembrar a importância dos riscos que estava assumindo pela *Crisálida*.

Mara deixou a exposição através de uma escadaria dos fundos, que passava pela Ala Sackler. Ela não podia resistir a uma visita rápida ao Templo de Dendur, na esperança de que sua tranqüilidade pousasse de algum modo em sua mente para limpar a mancha deixada pelo passado sórdido da *Crisálida* e iluminar os passos que ela sabia que tinha de tomar para retificar sua história.

O antigo templo egípcio, instalado numa plataforma de mármore assomando sobre negros lagos refletores, estava abrigado em sua própria ala no museu. Foi criado no século XV a.C., em honra à deusa Ísis. Quando as sempre perigosas águas da represa de Assuã ameaçaram destruí-lo, o enorme templo de arenito foi transportado bloco a bloco das margens do Nilo para Nova York. O Egito presenteou os Estados Unidos com o templo em 1965, em reconhecimento à contribuição norte-americana à campanha da Unesco para salvar monumentos egípcios.

Mara passou pelas duas estátuas de mármore que guardavam a entrada do templo e adentrou a plataforma de tons rosados. Por um momento, ela parou à entrada delimitada por cordames, notando o papiro e as flores de lótus em relevo que se elevavam da base do templo, os dois pilares que se erguiam aos céus como espirais de rolos de papiro e a imagem sobre o portão do templo: um disco solar portando grandes asas, um símbolo do deus-sol Rá e do deus celestial Hórus.

Após um instante, Mara recuou e se instalou num banco de mármore fitando o templo. Deleitou-se na placidez e na fuga momentânea, até que o cenário trouxe uma velha conversa com Michael à memória. Um dia, após sua aula de arte bizantina, eles tiveram uma acalorada discussão sobre onde os artefatos preciosos de um país deveriam residir, com Michael advogando fortemente por sua exibição somente no país de origem, e Mara assumindo a visão mais moderada de que deveriam ser abrigados onde seriam mais estudados e valorizados. Mara balançou a cabeça, pensando em quão distante Michael tinha se afastado de seu idealismo da juventude.

Em seguida, o pensamento do dia seguinte veio a ela num lampejo, e seu estômago se retraiu. Mara pensava em propostas para Michael e discursos para Harlan caso seu apelo a Michael fosse infrutífero. Ela tentou se preparar para cada possível desdobramento, mas nada acalmava seu turbilhão interno.

Foi quase um alívio quando o guarda a interrompeu e anunciou que o museu estava prestes a fechar. Mara seguiu seu caminho através dos corredores vazios das exposições até as portas de saída. Como ansiosos narcisos do começo da primavera, uma fila de táxis amarelos esperava no ponto.

Contudo, Mara não chamou nenhum deles. Em vez disso, ela caminhou pela 84 Street até um pequeno bistrô francês pelo qual passara muitas vezes antes, e que ouvira dizer que tinha magníficos mexilhões e um longo bar espelhado com uma extensa carta de vinhos. Ela abriu a porta para encontrar o bar lotado de casais esperando por mesas, e então agarrou um dos poucos bancos vazios. Mara chamou o barman e perguntou que chardonnay ele recomendaria. Enquanto esperava que seu vinho fosse servido, notou uma écharpe Hermès familiar nos ombros da mulher sentada no banco ao lado; era exatamente igual a uma que Lillian usava freqüentemente.

O vinho chegou. Quando Mara estendeu a mão para recebê-lo, a mulher se voltou em sua direção. À primeira vista, parecia uma senhora abastada do Upper East Side, com sua bolsa Ferragamo e os sapatos combinando, e as duas trocaram sorrisos cordiais. Contudo, enquanto Mara sorvia avidamente de sua taça, notou o balanço ébrio da cabeça da mulher, o borrão assimétrico de batom vermelho aplicado com mão trêmula, os olhos desfocados, e reconheceu a mulher pelo que era: uma alcoólatra, precariamente agarrada aos resquícios de sua fachada. Mara viu um clarão de um possível futuro. O vinho, que começou sua jornada garganta abaixo com um bem-vindo calor, transformou-se num líquido bilioso e subiu de volta à garganta. Mara pôs a taça no balcão, jogou uma nota de dez no bar e disparou para fora. Acenou para o primeiro táxi que viu e rumou para casa.

No momento em que alcançou sua rua, Mara estava exausta. Ela saltou do táxi, entrou no saguão do prédio e cambaleou para dentro de seu apartamento sem sequer acender as luzes. Jogou a bolsa no corredor de entrada e dirigiu-se para o banheiro para lavar os resíduos de seu longo dia — dias, na verdade.

Enquanto enxugava o rosto e as mãos com uma toalha, ela apertou o interruptor em sua sala de estar, e lá estava Michael, quieto como um rato, esperando por ela.

Mara gritou.

Michael sequer se moveu.

— Oh, perdão. Assustei você? — Sua voz era uma curiosa mescla de sarcasmo e árida preocupação.

— É claro que sim. O que está fazendo aqui?

Ele se pôs de pé e caminhou até ela.

— Como assim, "o que estou fazendo aqui"? Não posso surpreender minha namorada com uma visita?

Mara não sabia como interpretá-lo. Ela rapidamente revisou os papéis que poderia assumir, e se decidiu pelo personagem seguro da namorada.

— Oh, é claro que pode. É muito gentil de sua parte me fazer uma surpresa. Só que você me assustou, só isso.

— Assim como você me assustou — respondeu ele, movendo-se na direção dela como que para abraçá-la.

Mara não tinha qualquer razão evidente para temê-lo, mas seu movimento na direção dela parecia calculado. Ela recuou a passos lentos, tentando manter-se a uma distância segura sem alarmá-lo.

— Como assim eu o assustei? — Ela sorriu e rezou para que sua voz soasse leve.

— O que acha que quero dizer?

Mara hesitava diante do desafio dele.

— Não sei — sussurrou. Ela queria ter certeza do que ele sabia antes de revelar qualquer coisa por si mesma.

Ele continuou na direção dela, falando tão docemente que ela não pôde decifrar sua voz.

— Por onde começo, Mara? Vejamos. Fiquei "assustado" por saber de Larry que ele viu você do lado de fora da Beazley's ontem; com Lillian, ainda por cima. Ele achou muito estranho que, embora você dissesse que estava trabalhando na Beazley's há vários dias, ele nunca a tenha visto chegar ou sair. E eu achando que você estava cuidando de depoimentos.

Dando mais um passo para perto dela, ele disse:

— Vejamos, vejamos. Como mais você me "assustou"? Bem, depois de verificar com a secretária de Lillian para descobrir aonde vocês tinham ido, fiquei "assustado" em saber que você e Lillian tinham ido a Londres.

Ele avançou.

— Hmmm. Então, isso me fez pensar, o que vocês pretendiam, afinal? Por que estavam indo a Londres juntas sem me dizer? Então fiz algumas investigações, chequei com alguns dos guardas e registros da segurança. E aí você me "assustou" outra vez, entocando-se com Lillian na biblioteca da Beazley's, dia após dia. Tenho certeza de que você pode imaginar que fiquei confuso com todas essas notícias "assustadoras". Eu me perguntava, o que vocês duas estavam fazendo lá? O que estavam empreendendo que necessitaria de uma viagem a Londres? Assim, continuei a investigar.

Michael deu mais um passo na direção dela e pressionou-a contra a passagem entre a cozinha e a sala de estar, como se fosse beijá-la. Ele continuou:

— E foi então que você me "assustou" ao máximo. Sabe como você fez isso, Mara?

Ela sabia, claro, mas não conseguia responder.

Michael tinha o rosto tão próximo ao dela que Mara pôde sentir o calor de seu hálito.

— Não sabe? Mesmo? — Ele fingiu surpresa. — Bem, vou lhe dizer, afinal. Você me "assustou" ao máximo por arrombar o cofre do meu escritório e roubar dali os documentos de meu tio Edward. Claro, você, ou até onde sei talvez você e Lillian, recolocaram os documentos com cópias muito parecidas com os originais. Mas eu notei a diferença...

Mara estava sem fala. Ele sabia de tudo.

— Portanto, acho que você descobriu o segredo sujo da família Roarke. — Ele aproximou seu rosto ainda mais, quase apoiando-o no arco do pescoço dela. Se vizinhos os vissem através de uma janela, teriam presumido que eram amantes.

Quando ele falou em seguida, sua voz era suave, desarmante.

— Por que você não veio até mim? Para perguntar sobre o que tinha achado? Mara, só posso imaginar que você pensa que eu estive jogando com você, que tudo isso entre nós é apenas uma grande farsa. Mas eu realmente gosto de você. Não vou fingir que minhas motivações eram inteiramente puras no início, mas tudo mudou. Independentemente de como começou, passei a gostar de você, profundamente. Deixemos o passado e seus segredos para trás. Temos algo mais importante em que nos concentrar. — Ele se afastou para observá-la e acariciou a curva de seu maxilar, um lugar que ele sabia que era particularmente vulnerável a seu toque.

Por um momento, ele pareceu o Michael que ela achava que conhecia. No entanto, como ter certeza de que o apelo a suas emoções não era mais uma de suas tramóias? Ela não sabia em que acreditar, e o toque dele ardia sobre sua pele. Chegara o momento de fazer a proposta, e então ela se moveu com ele, como numa dança.

— Michael, perdoe-me por mentir e por não procurá-lo com isso. Mas talvez nós possamos consertar tudo juntos. E se disséssemos que encontramos os documentos de seu tio quando estávamos reunindo as provas para o processo? Assim poderíamos restituir *A Crisálida* para Hilda Baum e as outras pinturas para quem de direito, sem qualquer ônus para você. Poderíamos até restituí-las em segredo, e a corte e o público nunca precisarão saber sobre as fraudes.

Ele balançou a cabeça, baixando os olhos como que arrependido.

— Sinto muito, Mara, não posso fazer isso. Não importa o quanto lutemos para manter os documentos de meu tio em segredo, no fim eles viriam à luz quando passássemos por todo o processo de restituir as pinturas. Alguém se disporia a fazer vazar a história.

— Por favor, Michael! — ela implorou.

Se ele apenas concordasse com a proposta dela, Mara poderia satisfazer a todos os seus mentores — Lillian, Nana, sua própria consciência — com o mínimo de prejuízo a si mesma e à carreira à qual ela se agarrava por uma linha frágil demais.

— Você viu o testamento de meu tio quando abriu meu cofre, não?

— Sim. — Não havia razão em fingir inocência agora.

— Portanto, você viu que sou o único beneficiário de todos os bens dele.

— Sim.

— Bem, de onde você pensa que ele tirou todo aquele dinheiro? Certamente não do salário que ele recebia da Beazley's. Certamente não de dinheiro de família, como o seu.

Finalmente compreendendo, Mara sussurrou.

— Se tudo isso viesse à tona, mesmo que você fosse completamente inocente, a lei não permitiria que você ficasse com os frutos dos crimes dele.

— Exato. E, mesmo que consigamos manter tudo em segredo, de onde você acha que viria o dinheiro para suas restituições secretas? Portanto, eu não tenho a menor intenção de deixar que tudo isso venha a público. Não tenho a mínima intenção de desistir da minha herança. Mara, você não sabe o que é vir do nada. Foi assim que cresci, sem nada: sem poupança, sem segurança, só dívidas. Não voltarei a isso. — Suas mãos moveram-se do rosto à mão de Mara, enlaçando seus dedos nos dela. — Por favor, dê-me os documentos, Mara. Vou destruí-los, e vamos fingir que isso nunca aconteceu. E Lillian fará o mesmo.

— Não estão comigo — respondeu Mara sinceramente; eles estavam num armário do guarda-volumes temporário do aeroporto.

Michael desatou seus dedos dos dela e desta vez apertou seu pulso.

— O que quer dizer com "não estão comigo"? — A súbita rispidez na voz revelou a encenação que havia sido para ele bancar o Michael decente e carinhoso.

— Estão numa caixa-forte. — Ela tentou soltar o braço, mas ele apertou mais.

— Então vamos buscá-los. — Ele a arrastou para a porta. O braço dela começava a ficar roxo sob a pressão dos dedos dele.

— Deixe só eu pegar minha bolsa. A chave está nela.

— Muito bem — cedeu ele.

Quando Mara se abaixou para pegar a bolsa, Michael soltou seu braço por um momento. Agarrando a oportunidade, ela correu porta afora e disparou até o elevador, apertando repetidamente o botão de *Descer* numa tentativa de apressar sua chegada. Uma porta bateu. Sem se virar para confirmar o que já sabia, Mara correu para a escada. Desceu dez andares voando e alcançou o saguão segundos antes de Michael sair do elevador. Ela disparou pelo saguão, quase trombando com vários de seus vizinhos, e ouviu Michael gritar seu nome.

Ela se atirou na frente do primeiro táxi que apareceu, abriu a porta e estava entrando quando Michael a agarrou. Com uma perna dentro do carro, Mara lutava para escapar dele e entrar completamente no táxi.

— Anda! — ela ordenou ao taxista.

Sem sequer virar para trás, ele respondeu com um pesado sotaque:

— Não posso me envolver nisso, senhorita. Sinto muito. Por favor, saia do táxi.

— Por favor! — implorou ela, enquanto lutava para arrancar a mão de Michael de seu braço. — Por favor! Ele é meu ex-marido e está tentando me bater!

O taxista se virou para testemunhar Michael tentando arrastá-la para fora do carro.

— Certo, dona, certo. Vamos lá.

Com a porta aberta e Michael agarrado ao braço de Mara, o táxi arrancou. Michael correu ao lado do táxi, ainda segurando-a, até que o carro ganhou velocidade. Quando ele soltou seu braço, Mara bateu a porta. Ela não ousou sequer olhar para trás.

— Para onde vamos, dona? — perguntou o taxista, depois que Mara lhe agradeceu diversas vezes.

Ela começou a dar o endereço de Sophia, mas logo se reprimiu. Não só Michael pensaria em procurá-la por lá, mas era improvável que Sophia a recebesse. Também não podia correr para Lillian, pois tinha certeza de que era para onde Michael iria agora. Assim, ela direcionou o taxista para o primeiro esconderijo que lhe veio à mente, o anônimo motel em frente à Severin.

Sozinha num minúsculo quarto do motel, Mara caminhava de um lado para o outro. Ela ligou para todos os números de Lillian que tinha, mas não obteve nenhuma resposta. Mara teve medo de deixar qualquer mensagem.

Por fim, na segunda tentativa ao longo da lista de números, Lillian atendeu ao telefone. A esta altura, Mara estava num estado febril.

— Lillian, onde esteve?! Quase enlouqueci de preocupação — exclamou ela.

Lillian estava perplexa.

— Por que motivo? Uma mulher não pode dormir um pouco depois de atravessar o Atlântico ida e volta em 24 horas?

A voz de Mara endureceu.

— Lillian, Michael sabe. Ele estava esperando por mim em meu apartamento quando cheguei.

— O que quer dizer com "ele sabe"? — A voz de Lillian se ergueu em alarme.

— Ele sabe que eu encontrei os documentos de Edward e que eu estive rastreando a verdadeira proveniência da *Crisálida* assim como das outras pinturas. Eu debati nossa proposta com ele, mas ele não tem nenhuma intenção de restituir as pinturas. Na verdade, ele quer destruir os documentos de Edward.

— Muito bem, nosso plano não está indo como esperávamos. — A calma de Lillian impressionou Mara por seu desdém diante das circunstâncias. — Acho que você terá que recorrer à alternativa. Aborde Harlan; veja se ele se mexe e usa seu contato da Beazley's para resolver isso discretamente. Talvez o contato dele possa segurar Michael. Depois, com a Beazley's, use a história que nós elaboramos. Assegure que as pinturas sejam devolvidas, ao menos *A Crisálida*. Acha que ainda consegue fazer isso sem envolver meu nome?

Mara relutou em responder, mas sabia que tinha de dizer tudo a Lillian. Lillian não parecia compreender a gravidade de sua situação — especificamente, a ameaça que Michael representava. Na verdade, ela parecia quase insensível em se preocupar apenas com sua reputação, e talvez com a Beazley's.

— Vou tentar, Lillian, mas Michael sabe que você tem me ajudado.

A linha ficou muda. Quando a voz de Lillian voltou, foi perturbada e estridente.

— Você não disse a ele, disse? Você me prometeu que não diria!

— Não, é claro que não! — Mara sentia-se apunhalada pela acusação. Ela se pôs na linha de fogo de modo que sequer podia acreditar, para retificar erros que não cometera, e Lillian, que, apesar de sua ajuda, arriscara pouco, ousava acusar Mara de traição. Exausta e defensiva, ela explicou os detalhes da furiosa visita de Michael. — Agora você vê por que estou preocupada? Se ele não puder me achar, acho que irá até você, na esperança de que você lhe dê os documentos.

— Eu vou estar bem — Lillian assegurou a Mara. — Meu prédio é como o Forte Knox. Avisarei aos recepcionistas para não deixar ninguém subir. É só isso?

— Sim. Mas eu não quero estar ao alcance de Michael no trabalho amanhã. Talvez você ache que estou exagerando, Lillian, mas, por favor, fique longe dele. Pelo menos até que eu resolva isso.

— Não irei para a Beazley's. Não até que tudo isso esteja resolvido.

Mara se acalmou.

— Obrigada. Jamais me perdoaria se algo acontecesse com você.

Para alívio de Mara, o tom habitualmente altivo de Lillian ressurgiu.

— Mara, não se superestime. Eu escolhi ser parte disso. Você não me arrastou para nada.

Mara sorriu pelo insulto de Lillian.

— Então eu retiro o que disse.

— Por favor, telefone só depois que tiver tomado sua decisão sobre como proceder, e depois de tê-la executado. Aí eu farei minha parte na Beazley's. — As duas concordaram e trocaram breves despedidas.

Mara caiu de volta na cama, relaxando pela primeira vez desde o vôo. Por um momento, ela quase imaginou que tudo não passava de um sonho ruim.

Acordou ao amanhecer, antes do toque de despertar. Ela caminhou pelo quarto, revisando sua estratégia repetidas vezes, praticando seu discurso para Harlan, e até mesmo permitindo-se pensar nas conseqüências para si. Sentiu a ansiedade chegar, circulando e se batendo contra as paredes de seu estômago. Chegara longe demais para voltar atrás, e mesmo que pudesse, pela primeira vez ela sabia que já não queria sacrificar seu senso de justiça, ou seu direito de planejar seus próprios objetivos, no altar do sucesso — ou das expectativas de seu pai. Ela estava pronta.

Vinte e nove

AMSTERDÃ, 1943

O GRUPO CAMINHA POR TODA A EXTENSÃO DO TREM PARA ALcançar o vagão particular, com o comandante à frente e os Baum e o suboficial pesadamente carregados a reboque. A estação de Amsterdã está cheia de viajantes, mas a nervosa multidão se abre à presença do oficial condecorado.

A distância, que Erich cruzava tão freqüentemente, tão facilmente antes da ocupação, parece-lhe interminável agora. Não há nenhuma outra estrela amarela na estação, e ele sabe que os outros viajantes observam o espetáculo dos ocupantes nazistas ajudando judeus a embarcarem num trem. Especialmente uma vez que judeus não viajam mais em trens de passageiros regulares, mas em trens de um tipo muito diferente.

Erich olha para trás para ver a vagarosa Cornelia, que insistira em usar um extravagante vestido de seda e um casaco com detalhes de arminho. Ela quer que sua filha os veja com boa aparência quando desembarcarem em Milão, mas seu traje atrasa seu passo ao longo da estação. Ele decidiu vestir-se mais solenemente — mais prudentemente, em sua opinião — num prático terno cinza, simples casaco negro, e chapéu de feltro. Ele não queria mais atenção além da que atraíam com suas estrelas amarelas.

Erich solta um suspiro de alívio quando os oficiais os conduzem para fora das vistas e para dentro do vagão particular. É realmente tão luxuoso quanto os soldados alardearam. Pesado tecido adamascado cobre os bancos estofados, um banheiro particular de lajotas de mármore está à sua disposição e suntuosas cortinas rubi emolduram a janela.

Após depositar as malas, os pacotes e o baú do casal nos bagageiros do alto e nos assentos ao lado deles, os oficiais lhes desejam uma boa viagem, batem os calcanhares e os saúdam com um "Heil Hitler" antes de deixar o vagão. O apito soa, e o trem começa sua vagarosa partida, estalido a estalido pelos trilhos. Embora seu vagão comece a serpentear e balançar, o casal permanece de pé, ainda paralisado de incredulidade pela própria sorte. Somente quando o trem se afasta da estação de Amsterdã, eles se sentam nos bancos em cada lado do vagão.

Cornelia pergunta com hesitação:

— Deveríamos ficar de casaco?

Erich sabe por que ela pergunta. As regras do *Reichskommissar* ordenam a exibição da estrela-de-davi, e retirar os casacos esconderia as estrelas. Pouco familiarizado com as leis dos países ocupados pelos quais passarão, ele diz:

— Acho que é o procedimento mais sábio, meu amor. — Ele tateia o bolso interno de seu casaco, aquele que contém a preciosa carta de proteção de Seyss-Inquart. — Além disso, eu quero manter isto por perto...

Ela compreende e faz que sim.

O apito anuncia a chegada em Berlim após uma silenciosa jornada, carregada com nervosismo e expectativa. Quando o trem adentra a estação escura e silenciosa, Erich e Cornelia se mantêm imóveis, encarando um ao outro, esperando sem palavras pela saída da temível cidade. Ele ouve o ruído surdo de passageiros embarcando, mas o processo parece levar mais tempo que nas outras paradas. Enquanto tira o envelope do bolso interno do casaco, Erich olha pela janela, tentando entender qual é a razão do atraso entre nuvens de vapor.

Na luz fraca de um poste da estação, Erich percebe um varredor trabalhando na plataforma. O homem está sozinho na agora desolada estação.

Os dois fazem contato visual por um breve instante, antes que o varredor rapidamente recue para as sombras.

Com um repentino estrondo, a porta do compartimento se abre. O casal se ergue para cumprimentar os soldados, enquanto Erich prepara sua carta de proteção.

Trinta

NOVA YORK, PRESENTE

Uma hora mais tarde, Mara deslizou pela porta de entrada da Severin, passando seu cartão de identificação através do painel de funcionários e acenando para os seguranças do turno da noite ainda em serviço. Ela adentra um elevador e aperta o botão do alto do painel, para o andar de Harlan.

Mara acalmou seus nervos agitados e exaustos enquanto o elevador completava seu percurso. Saltou na recepção vazia do andar dos sócios, distinguida por seus painéis de mogno e mobília de couro bege, espalhafatosos buquês de flores exóticas recém-cortadas e pinturas modernas de segunda categoria. Mara passou grande parte da carreira almejando a riqueza daquele andar, mas agora sente repulsa pelo espetáculo de ganância desmesurada.

Mara seguiu seu caminho pelo labirinto de corredores até o escritório de fundos de Harlan. Viu-se à porta dele, sem a presença da secretária.

Mara tomou coragem, bateu e esperou pelo grunhido de resposta, mas nada veio.

Harlan sempre chegava antes dos outros sócios, ele tinha que estar no escritório. Assim, Mara bateu de novo. Desta vez, recebeu um rosnado gutural de surpresa.

— Hein? Quem é?

— Mara Coyne — anunciou, através da porta fechada.

Seguiu-se uma longa pausa, e então, para seu grande espanto, ela ouviu boas-vindas.

— Bem, pode entrar.

Abrindo a porta, Mara encontrou Harlan em sua posição habitual. Ela começou a se desculpar.

— Perdoe-me por perturbá-lo... — Mas ele a interrompeu antes que ela pudesse terminar.

— Mara, você é exatamente a pessoa que eu queria ver.

Ela estava chocada demais para fazer qualquer coisa além de gaguejar.

— M-mesmo?

— Mesmo. Eu tenho ótimas notícias para você! — exclamou Harlan, com a coisa mais próxima a uma voz alegre que ela jamais tinha ouvido dele.

Mara não tinha idéia de como reagir, mas a disposição de Harlan era tão sem precedentes que ela sentiu mais do que só uma pontada de medo.

— O que é? — perguntou ela. A animação dele só podia ser algum tipo de armadilha.

— Acabei de falar com meu homem na Beazley's. Parece que seu caso da *Crisálida* se resolveu sozinho, para satisfação de nosso cliente.

— Quê? — Mara estava atônita. Como a questão poderia ter sido resolvida para satisfação da Beazley's? Se o juiz tinha emitido uma opinião, Harlan teria sabido primeiro, não a Beazley's. Portanto, era impossível que a Beazley's já tivesse vencido por julgamento sumário, pelo que Mara fez uma silenciosa oração de gratidão. Sabendo tudo o que sabia, ela jamais poderia se perdoar se o juiz Weir adotasse a lógica do caso DeClerck no caso Baum, com base na tese dela, e tornasse quase impossível que os sobreviventes do Holocausto recuperassem suas propriedades.

— Sim. *A Crisálida* foi roubada do depósito da Beazley's no começo da noite de ontem. — Ele sorria como um gato gordo, como se essa frase explicasse tudo.

— Roubada?! — Mara estava absolutamente perplexa.

— Sim, roubada! — Harlan fechou os olhos e respirou fundo na tentativa de controlar sua irritação. — Mara, o dinheiro do seguro permitirá que nosso cliente resolva o problema entre as partes em litígio. Previsivelmente, o atual proprietário e Hilda Baum receberam cada qual uma parte. A Beazley's debateu a proposta com o atual proprietário ontem à noite, assim como com Hilda Baum. Ao que parece, vão chegar a algum acordo amigável para encerrar o caso. O cliente não forneceu detalhes, e eu não perguntei. É suficiente saber que eles estão exultantes com o resultado. E conosco.

Ela ainda estava confusa.

— A Beazley's resolveu tudo isso com Hilda Baum ontem à noite?

— Sim, tarde da noite de ontem. Eles podem se comunicar sem nossa intervenção, contanto que nenhum advogado de fora esteja presente.

Mara tentou extrair algum sentido disso, e se perguntava se Lillian soubera das notícias por rumores na Beazley's. O tempo todo, Harlan a fitava, esperando por seu júbilo. Ela gaguejou:

— N-nosso cliente lhe disse isso?

— Não com tantas palavras, mas Philip não precisou delas. Eu compreendi como isso se desenrolaria.

O coração de Mara saltou até a garganta. Ela tinha medo de perguntar, mas sabia que tinha de fazê-lo.

— Philip?

— Sim, Philip Robichaux. Ele é o meu contato na Beazley's, e também um velho amigo. Você o conheceu?

Mara sentiu o tempo parar. Harlan continuava a falar, mas ela já não ouvia uma palavra. Ela considerou os laços de Philip com seu chefe. Harlan sabia a verdade? Sabia que os nazistas tinham roubado *A Crisálida* e que a Beazley's a comprara do capanga deles, Kurt Strasser? Estaria ciente de que Philip e Michael sabiam disso e eram cúmplices em esconder a verdade? E que havia muitas outras pinturas na mesma situação da *Crisálida*? Ela não podia revelar suas descobertas para ele. Sabia que ele não viria em sua ajuda. Mas ela desejava saber ao certo qual era a extensão do envolvimento de Harlan.

Em algum lugar ao longe, ela o ouviu continuar.

— E como eu disse, Mara, eu não tinha 100% de certeza de que você passaria no teste, mas você pegou um vira-lata e fez dele um campeão. Impiedosamente, aliás. — Ele riu, um cacarejo macabro.

Por fim, ele a sagrou com a espada dourada.

— Pois bem, apoiarei você, mês que vem, na avaliação para a sociedade.

Seria isso uma propina em troca de seu silêncio? O rosto dele parecia desprovido de falsidade.

Chegou o momento em que Mara deveria agradecer pela dádiva de Harlan, convencê-lo de sua burrice e lealdade. Deveria sentir-se honrada, mas o máximo que conseguiu reunir foram algumas apáticas palavras de gratidão antes de sair da sala.

Mara desceu para seu escritório. Seria muito fácil entrar de volta nos trilhos, abandonar tudo o que tinha descoberto. Ela poderia vestir o manto de sócia, sentir-se finalmente recompensada e bem-sucedida. Talvez pudesse conseguir um apartamento maior ou tirar umas férias. Haveria outros homens. Mara sabia que poderia entrar em qualquer jogo no qual fosse enredada, e que ninguém jamais questionaria sua integridade ou habilidades legais. Mas algo acontecera durante seu trabalho secreto com Lillian. Um desejo há muito reprimido de força moral finalmente emergira, e Mara não mais ignoraria sua importância.

Quando as portas do elevador estavam para se fechar atrás dela, uma mão deslizou entre a abertura, e as portas tornaram a abrir. Era Sophia. As duas mulheres se encararam, e então, quando as portas começaram a se fechar, Sophia passou para dentro.

Sophia rompeu o silêncio primeiro.

— Como tem andado? — perguntou ela, com genuína preocupação.

Mara olhava para os números dos andares sobre a porta; ela não podia se dar ao luxo de perder tempo com Sophia agora. Então, quando respondeu, seu tom foi mais frio do que ela sentia.

— Já estive melhor.

Sophia examinou o painel do elevador.

— Você está voltando do escritório de Harlan cedo demais. Eu achava que ele não recebesse ninguém antes de Marianne chegar, às nove.

— Ele não recebe. — Mara não via razão para explicar a cena que acabara de ocorrer. Era mais fácil fingir que sua visita não havia acontecido.

— Ah, Mara, por favor, não me diga que você foi até lá em cima para falar com ele em particular sobre o caso Baum.

— Fui.

Sophia estendeu a mão e apertou todos os botões no caminho do andar dos associados.

— Mara, o que está fazendo? Você está jogando anos de trabalho duro no lixo. Eu não entendo o que aconteceu com seu senso de prioridades. Graças a Deus ele não quis vê-la agora. Você ainda tem uma chance de sair ilesa disso tudo e retomar o seu trabalho.

— Sophia, o que você tem a ver com isso? — respondeu Mara, irada. — Você deixou bem claro que não quer se meter com nada disso.

Por sobre o som da porta do elevador se abrindo para um andar vazio, Sophia gritou:

— Mara, eu me importo com você, embora você tenha razão: eu não quero arruinar o trabalho duro e o tempo e o dinheiro que investi em realizar meus sonhos. Nem quero ficar de fora e vê-la prejudicar a si mesma. Mas parece que é o que eu estou testemunhando, de qualquer jeito. — Uma pergunta irreprimível brotou de sua garganta. — Você vai subir novamente mais tarde para contar a ele sobre os documentos que pegou?

Mara respirou fundo. Os objetivos e as paixões que moviam Sophia não tinham perdido seu brilho por completo. Nem quaisquer de seus sentimentos por Sophia e por sua amizade tinham diminuído. Mas ela precisava se desligar da amiga para terminar a tarefa que tinha em mãos. E ela tinha que acreditar que havia uma saída, quando tudo estivesse acabado, para formar uma nova relação.

— Sim, sobre os documentos e todos os outros esquemas que descobri desde que eu e você nos falamos pela última vez.

Sophia cruzou os braços e se moveu para o canto frontal do elevador.

— Acho que não há nada que eu possa fazer para impedi-la.

— Não, não há.

As portas do elevador se abriram novamente, e Sophia desceu.

— Então, vou deixá-la sozinha. — Ela começou a se afastar, em seguida se voltou. — Eu sinto muito, Mara.

Trinta e um

NOVA YORK, PRESENTE

AINDA ERA MUITO CEDO PARA HAVER SINAL DE VIDA NO ESCRITÓRIO, e Mara seguiu seu caminho nas profundezas da toca de coelhos dos associados sem ser vista. Finalmente alcançando sua porta, ela agarrou a maçaneta como se fosse um salva-vidas.

Mara se apoiou contra a porta de madeira fechada por um longo tempo, tentando acalmar sua mente e formar um novo plano. O que devia fazer agora? Ambos os caminhos que tinha discutido com Lillian — oferecer a Michael uma proposta para absolvê-lo ao restituir as pinturas em segredo, ou trazer Harlan para a causa como um negociador seguro com a Beazley's — eram impossíveis. Agora teria de decidir se deveria contatar a repórter ou as autoridades. Ela precisava dos documentos em qualquer das opções. Mara considerou telefonar para Lillian em busca de conselho, mas lembrou-se de sua promessa de fazer contato apenas após executar o plano.

A porta sacudiu com uma batida forte. Ela deu um salto para trás.

— Quem é?

— É Sophia. Posso entrar?

— Entre.

Com um passo hesitante e uma expressão abjeta, Sophia entrou.

— Venho com uma coroa de hera e trago ramos de oliveira.

— O que isso quer dizer? — Mara respondeu rispidamente. Não tinha tempo nem paciência para os ditos sulistas de Sophia.

— Quer dizer que eu vim me desculpar. Perdão por duvidar de suas decisões e causar tanta tristeza a você. Não posso fingir que vou embarcar nessa e ajudar você; ainda protejo muito os nossos sonhos para isso. Mas pelo menos posso consertar um pouco as coisas.

— Se você quer o meu perdão, sinto, mas agora não dá.

— Só quero uma chance de me reaproximar de você. Sinto sua falta.

Embora ainda magoada pela reação anterior de Sophia, Mara sentiu-se amolecer, especialmente se Sophia não estava tentando desviá-la do caminho que escolhera. Ela se sentia mais isolada do que nunca e ansiava por contato.

— Então está certo.

— Podemos ir tomar um café na lanchonete da esquina? — perguntou Sophia.

Talvez uma caminhada e um pouco de ar fresco lhe ajudassem a acalmar a mente agitada e lhe clareassem os pensamentos.

— Tudo bem, se for rápido. E só se você prometer não perguntar sobre *A Crisálida*.

— Essa promessa eu faço com prazer.

Enquanto as duas pegavam o elevador para o saguão e desciam a rua, Sophia tagarelava sobre a sócia indecisa com quem estava trabalhando, uma mulher que prestava consultoria a diretores de grandes corporações sobre os mais intrincados negócios com confiança aparente, mas longe deles deixava Sophia tonta com sua indecisão. Mara gostou do papo descompromissado, mas continuava com reservas. Quando abriram a porta da lanchonete vazia e a recepcionista, Bev, recebeu-as com um familiar olá, Mara se sentiu momentaneamente transportada de volta a tempos mais seguros, antes da *Crisálida* e de todas as feridas que sofrera.

Mara e Sophia sentaram diante do balcão por um momento para pedir seus cafés — preto para Sophia, com muito leite e açúcar para Mara — e papearam enquanto o garçom ia prepará-los na cozinha. Enquanto Sophia comentava fofocas do escritório, Mara ouviu o sininho sobre a porta da lanchonete tilintar. Ela se voltou, e viu Michael.

Mara levantou-se, alertando Sophia:

— Precisamos dar o fora daqui. Rápido!

Sophia pegou no braço de Mara, puxando-a de volta a seu banco, enquanto Michael tomava uma posição que bloqueava a porta.

— Mara, você tem todo o direito de estar furiosa comigo, mas por favor, escute. Eu sei que você acha difícil acreditar, mas eu quero ajudá-la a voltar aos trilhos. Sei que nada do que eu diga vai impedi-la de se auto-sabotar na sala de Harlan ou de qualquer outro jeito que você invente depois. Quando Michael ligou hoje cedo procurando por você, bom, achei que talvez ele pudesse convencê-la a manter em segredo o que descobriu. É do interesse dos dois, afinal. Aí eu concordei em nos encontrarmos aqui.

Mara gelou por um momento, chocada com o que Sophia fizera. Com sua traição.

— Sophia, como pôde fazer isso comigo?! Você não tem idéia do que está acontecendo! — Ela apontou para Michael, que permanecia imóvel na sombra da entrada. — Nenhuma idéia do que ele pretende...

— Você tem razão, não conheço os detalhes. Mas Michael me disse que sabe que você pegou aqueles documentos no cofre dele, e não está com raiva. Ele tem boas razões para mantê-los lá. Quando você as ouvir, tenho certeza de que ficará feliz por termos impedido que você atirasse sua carreira no ralo. — Ela fez um sinal de cabeça para Michael. — Vou deixar vocês dois sozinhos para resolver isso. — Michael moveu-se de lado para deixar Sophia sair. A porta da lanchonete bateu atrás dela.

Mara correu para a porta, a única saída à vista. Ela driblou Michael, dando um bote na maçaneta. Mas ele foi rápido.

— Você não vai a lugar nenhum sem mim. — Um sorrisinho aparecia em seu rosto, até mesmo enquanto suas unhas se enterravam na carne dela.

— Já não é o bastante que você tenha tramado para fazer sumir *A Crisálida*, para que o caso Baum acabasse num passe de mágica? — perguntou ela, enquanto lutava para libertar seu braço.

— Como você sabe disso? — Os olhos e os dedos dele afundaram ainda mais nela.

— Harlan me disse.

— Você mentiu para Sophia, dizendo que não tinha conseguido falar com ele? — Ele parecia abismado.

— Sim, eu menti para ela. Como é que *você* ainda fica surpreso com isso?

— O que você disse a Harlan? Entregou os documentos a ele?

— Não dei nada a ele, não disse nada. — Pelo medo no rosto de Michael, Mara percebeu que Harlan não estava envolvido na fraude da proveniência. Por que outro motivo Michael temeria que Mara tivesse divulgado seu segredo sujo de família para Harlan?

— Não acredito em você.

— Acredite no que você quiser. O anúncio de Harlan sobre o desaparecimento da *Crisálida* me fez mudar de idéia. Pensei que ele talvez estivesse metido em tudo isso com você e Philip. Então, eu dificilmente iria alardear minhas descobertas para ele.

— Bom, ele não está envolvido. Vamos embora. — Ele a empurrou para a porta.

Ela resistiu.

— Por favor, Michael. Por que o desaparecimento da pintura não põe um fim nisso tudo?

O estranho sorriso de Michael voltou.

— É claro que o desaparecimento da *Crisálida* não põe um fim nisso, Mara. O "roubo" pode ser um torniquete no sangramento público que você esperava causar, mas tenho certeza de que, querendo, você ainda causaria muito estrago com os documentos. Em todo caso, há muito mais em jogo do que só *A Crisálida*, e você sabe disso. Certamente você não esqueceu todas as outras pinturas, não? Mara, eu quero os documentos de volta.

A respiração de Mara era curta e rápida. Sentia-se como se fosse desmaiar.

— Não posso fazer isso, Michael.

Ele se aproximou do rosto dela, o sorriso agora mais perverso.

— É? Engraçado. Lillian disse a mesma coisa. Mas eu acho que você não quer ter o mesmo destino que ela.

A respiração de Mara se interrompeu por completo.

— O que quer dizer?

— Você falou com ela hoje?

— Não.

Michael pegou seu celular e ligou. Ele falou em tom baixo, e depois lhe entregou o telefone.

— Por que não dá uma palavrinha com ela?

Mara agarrou o telefone.

— Lillian? Lillian, está aí?

O telefone permaneceu mudo.

— Lillian!

— Estou aqui. — Sua voz era fraca.

— Você está bem?

— Bom, estou aqui com Philip, se isso lhe diz alguma coisa.

— Machucaram você?

— Não. Não ainda, em todo caso. Mara, Michael está lhe pedindo os documentos?

— Sim.

A voz de Lillian tremia.

— Lembra-se do que prometeu? Sobre as pinturas?

— Sim. — Mara compreendeu que Lillian se referia à promessa de restituí-las.

— Então você sabe o que fazer. Garanta que... — Mara ouviu a voz de um homem e a ligação caiu.

Mara devolveu o telefone a Michael.

— Canalha! Nem pense em machucá-la.

— Nós não faremos isso, Mara. Contanto que você me dê os documentos.

— Como vocês entraram no apartamento dela?

— Ah, isso foi muito fácil. Ela mandou abrir para nós imediatamente quando descrevi o que faria com você se ela não abrisse.

— Como pôde fazer isso, Michael?! — Ela se livrou do aperto com uma sacudida, e saltou para a porta, mas a entrada era muito pequena, e ele foi muito rápido. Prendendo os braços dela às costas, ele a encurralou num canto. Mas foi cuidadoso; a distância, seu movimento parecia um abraço. O hálito quente queimava o rosto dela.

— Não lute comigo, Mara. Não esqueça que você arrombou meu cofre. Você invadiu a Beazley's. Você roubou nossos documentos. Posso facilmente fazer deste um caso sobre os seus atos ilegais. Não os meus. — Ele torceu o braço dela a uma posição que ela não pensou ser possível. — Mara, não quero machucá-la. E sei que você não quer que eu machuque Lillian, Sophia ou sua família.

— Minha família?

— Não se lembra de todas as nossas confidências na cama? Quanto você me contou sobre as negociatas políticas de seu pai, seus comparsas sórdidos?

As palavras dele se enredaram como uma forca no pescoço dela, estrangulando qualquer resposta.

— Deixo isso a cargo de sua imaginação — disse Michael. Seu sorriso retornou. — Pois bem, vamos.

Mara começou a resistir, mas uma imagem da fragilizada Lillian lampejou em sua mente, e ela pensou melhor em suas ações. Mara voltou-se na direção da saída, com a mão de Michael pressionando duramente a curva de suas costas.

Exatamente quando estavam prestes a sair à rua, Mara ouviu Bev chamar seu nome.

— Mara. Mara, querida. — Por um momento, Mara pensou que Bev suspeitara. Mas ao se voltar, ela viu Bev balançando uma sacola branca no ar. — Esqueceu uma coisa.

Eram os cafés. Mara pegou-os com um gracioso agradecimento.

Michael correu para a limusine à espera, e empurrou-a para o banco. No interior, por trás das janelas escuras, ele esbofeteou Mara com toda a força. Ela caiu no chão, chocada demais para sequer gritar de dor. Ela esperava retaliações, mas não assim.

Empurrando-a mais para baixo contra o piso com ambas as mãos, ele grunhia em seu ouvido, enunciando cada palavra com aterrorizante clareza.

— Para onde vamos?

Sangue escorria do nariz dela. Mara inclinou a cabeça para interromper o fluxo, mas recusou-se a olhar na direção dele. Ela hesitou, incerta do que responder. Ele puxou seu pescoço para trás, pelos cabelos.

— Eu fiz uma pergunta, Mara. É melhor você responder.

Ocorreu-lhe uma idéia, quando pensou em sua visita ao museu.

— Para o Met.

— O Metropolitan Museum? Pensei que você tinha guardado numa caixa-forte.

— Quando chegamos à cidade ontem, os bancos estavam fechados. Escolhi um lugar com armários trancados.

— Você realmente espera que eu acredite que você os deixou no museu?

Ela zombou dele.

— Eu os deixei num lugar onde pensei que você jamais procuraria.

— É bom que você não esteja me enrolando, Mara. Pelo seu bem, e pelo de Lillian.

Ela se ergueu do chão e deslizou de volta ao couro negro do banco, no canto o mais distante possível dele. Mara olhou pela janela, para as docerias coreanas desenrolando seus toldos e investidores acotovelando-se através de massas de entregadores. Enquanto a cidade acordava na manhã tão pura e adorável, ela enxugava o sangue que descia de seu nariz e sentia a desesperança se abater sobre si.

Mas Mara era uma lutadora, e assim, apesar das perspectivas desoladoras, ela usou os poucos quarteirões da viagem para tramar. Quando a limusine estacionou diante da longa fileira de táxis em frente ao Met, Michael empurrou-a porta afora.

— Vamos. Saia.

Mara cambaleou para fora do carro, sob o intenso sol da manhã, fortalecido por seu reflexo nos degraus de granito do Met. Por um instante, ela ficou cega. Quando sua visão retornou, as hordas de turistas bombardearam-na. Ela deu graças a Deus pela presença deles; providenciariam uma proteção muito necessária.

De braços dados, como qualquer casal, Michael e Mara galgaram os imensos degraus do museu. Atravessaram as portas giratórias juntos, é claro, já que ele não a deixaria afastar-se de sua vista ou de seu alcance, e entraram no saguão. Mesmo agora, ameaçada e apavorada, Mara se emocionava com o teto altivo e a cúpula etérea. Em algum lugar, para além de seu pesadelo, havia um mundo sólido, eterno.

O museu estava cheio de seguranças. Com Michael a seu lado, Mara passou pela inspeção deles sem incidentes. Ela se dirigiu para a longa fila da bilheteria.

— Temos que comprar entradas — disse ela.

Michael viu as enormes chapelarias que flanqueavam a entrada do saguão, e apertou-lhe o braço mais duramente.

— Que tipo de tramóia você está tentando executar? — sussurrou ele, e apontou. — O guarda-volumes fica ali.

Ela murmurou.

— Os papéis que você quer não estão ali. Eles estão na área de guarda-volumes do primeiro andar, dentro do museu.

Michael parecia incrédulo. Ela explicou.

— Precisamos de ingresso para entrar no museu, para chegar ao local desse guarda-volumes.

Ele a arrastou para o balcão de informações e enfiou um mapa do museu em suas mãos.

— Não vou a lugar nenhum enquanto você não me mostrar neste mapa o local exato desse guarda-volumes.

Com mãos trêmulas, Mara desdobrou o mapa. Ela apontou para o primeiro andar do museu, e achou o símbolo designando guarda-volumes — passando pelas galerias da Grécia e de Roma —, indicando-o no mapa. O que o mapa não revelava era que, na verdade, o museu não tinha qualquer guarda-volumes que permitisse aos visitantes deixar seus pertences ao longo da noite. Ou que esse guarda-volumes específico não continha os documentos de Strasser em absoluto.

Convencido, Michael foi para a longa fila por ingressos, sua mão em torno do pulso de Mara. Ele suava por ser forçado a esperar na fila com paciência e uma expressão gentil, e Mara quase sorriu. Mas o semi-sorriso sumiu de seu rosto assim que os ingressos chegaram às suas mãos. Agora ela necessitaria de infalível precisão, e uma boa dose de sorte.

Michael permitiu que Mara o conduzisse pelas galerias da Grécia e de Roma. Mas os dois não se demoraram. Eles passavam pelos grupos de excursão que circundavam seus guias como pétalas de flores. Um grupo particularmente denso se amontoava em torno da lendária estátua romana da *Velha Mercadora*, do século I d.C., atrasando o tráfego. Mara e Michael negociaram sua passagem através da massa imóvel. Apesar das multidões, os corredores eram silenciosos, e Mara temia por seu plano.

O celular de Michael soou, quebrando o silêncio. Ele verificou o número e atendeu. Enquanto murmurava no bocal, sua expressão tornou-se perturbada. Ele diminuiu o passo, e Mara lutou para discernir suas palavras. Dos fragmentos que ela pescou, concluiu que ele estava falando com Philip e que algo sério acontecera a Lillian. Michael parecia chocado pelas notícias.

Um guarda da segurança se aproximou.

— Senhor, não é permitido usar o telefone celular aqui.

Michael ignorou o aviso.

O guarda chegou mais perto.

— Senhor, terei que confiscar seu telefone se o senhor não desligá-lo imediatamente. — Michael o enxotou com sua mão livre, dizendo: — Só um minuto. — Por um instante, ele soltou o braço de Mara, e ela mergulhou entre as massas, permitindo que a envolvessem enquanto Michael e o homem trocavam palavras. Movendo-se no interior de sua camuflagem protetora, Mara virou à direita, para dentro de uma das pequenas galerias transversais ao corredor central. Ela sabia que essas galerias se interligavam, por fim desembocando num saguão com um elevador pouco usado.

Cada músculo de seu corpo ansiava por disparar pelo corredor ligando as galerias na direção do sinal de saída brilhando em vermelho. Mas ela sabia que a velocidade atrairia atenção para si. Passo a passo, ela repetia uma velha frase de Nana: "Devagar e firme é que se vence a corrida, menina." Ela quase sentia a mão de sua avó controlando-a, moderando seu caminhar.

Mara avistou o elevador que levava à garagem subterrânea. Ela apertou o botão de descer. A porta se abriu, e antes que ela entrasse, olhou para trás. Viu Michael virando no corredor na direção contrária, rumo ao guarda-volumes que ela indicara. Enquanto ele fazia a curva, ela o viu de perfil, os olhos estreitados, o passo rápido, como um cão em caça à raposa.

Assim que ela alcançou a garagem, lágrimas corriam por seu rosto. Tudo o que queria era desabar num canto e ceder ao medo, mas era um luxo emocional a que ela não podia se dar. Mara avançou através da garagem e saiu na Quinta Avenida, e dali seguiu na direção do Central Park.

Quando um táxi vago passou por ela, Mara saltou na frente. Ela agarrou a maçaneta e entrou no banco de trás. O taxista lhe atirou incompreensíveis epítetos, mas ela empurrou diversas notas de US$ 20 amassadas pela divisória.

— Aeroporto JFK, por favor. Tenho que pegar um vôo. Há mais dinheiro para você se me levar rápido. — Mara estava preocupada com Lillian, mas sabia que tinha que pegar os documentos primeiro, para sua mútua proteção.

— Certo, senhorita. — A fúria do taxista desapareceu, e ele acelerou.

Quando ela chegou ao terminal da British Airways no JFK, Mara escolheu o próximo vôo marcado para sair e se dirigiu ao balcão de primeira classe da companhia. Ela tinha que passar rápido pela segurança e pelo portão de embarque; o guarda-volumes era previsto para uso de curto prazo. Exibindo um pretenso ar esnobe, ela comprou a última passagem de primeira classe para Bruxelas, e pediu que um assistente acelerasse sua passagem pela segurança. Uma vez fora da fila, ela se separou do assistente e passou a correr, desta vez na direção de um corredor esquecido que continha o guarda-volumes.

O instinto, e não a memória, a impulsionava na direção do guarda-volumes, uma reminiscência do tempo das viagens despreocupadas e elegantes. A toda velocidade, ela agradeceu à sua boa estrela que um atendente estivesse encarregado da área. Da primeira vez, ela teve que procurar de um lado para o outro por um funcionário do aeroporto para destrancar os empoeirados portões. Ela não tinha esse tempo para perder agora. Mara diminuiu o ritmo e revirou a bolsa em busca do canhoto da passagem. Ela viu a passagem, mas suas mãos tremiam tão violentamente que ela não podia pegá-la.

— Eu tenho a passagem! — Finalmente, ela sacudiu o bilhete na direção dele. Mara precisava dos documentos: para as autoridades, pelas vítimas, por si mesma, por Lillian.

Ele pegou a passagem.

— Certo, senhorita. Certo. Devagar com o andor. Deixe-me ver o que posso fazer. — O homem idoso largou seu jornal e arrastou-se na direção dos lúgubres cantos da área de guarda-volumes.

— Depressa, vamos! Por favor, depressa.

— Tem que pegar um avião, senhorita?

Lágrimas de derrota brotaram em seus olhos enquanto ela o ouvia continuar seu gingado.

— Sim.

— Deixe-me ver, deixe-me ver... Deve ser esta aqui. É preta, com uma alça de couro?

— Sim, sim. É ela! — Ele entregou a bolsa. Ela jogou outra nota de US$ 20, muito mais do que a taxa de armazenamento, e desapareceu.

Subindo as escadas para o terminal, avançando pelo interminável corredor, passando pelos portões, descendo as escadas mais uma vez na direção do letreiro de devolução de bagagens, Mara corria. Ela virou na primeira placa de saída e misturou-se ao fluxo de passageiros que chegavam, na esperança de encontrar a área de entrada e um taxista que, por algum dinheiro, topasse quebrar a regra de não receber passageiros. Foi preciso um outro punhado de notas, mas o primeiro táxi rapidamente disparou quando ela gritou:

— Corra o mais rápido que puder para Manhattan!

Com os documentos à mão, Mara não podia mais se impedir de contatar Lillian, e então ela barganhou o uso do celular do taxista com mais dinheiro. Ela digitou o número da casa de Lillian primeiro, temendo que Philip atendesse, embora confiante de que o celular do taxista a tornava irrastreável. Ninguém atendeu nem na casa nem no celular de Lillian, e assim Mara chamou o serviço de informações e fez contato com o porteiro do prédio de Lillian. Depois de explicar sua preocupação da forma mais inofensiva possível, Mara perguntou se o porteiro poderia verificar como estava Lillian.

Mara esperou 15 minutos, passando uma gorjeta adicional ao ansioso taxista, antes que o porteiro voltasse à linha.

— Senhorita, ainda está aí?

— Sim. — Seu coração batia tão alto que ela tinha certeza de que o homem podia ouvi-lo.

— Temo que terei de chamá-la mais tarde. Encontrei a srta. Joyce caída no chão de seu apartamento e acabei de chamar uma ambulância. Preciso escoltá-los até ela.

— Vá, vá! Eu ligo depois.

Mara ficou paralisada, celular em punho, olhando o relógio. Após mais vinte minutos, tempo bastante para que o porteiro conduzisse a equipe de salvamento a Lillian, ela o contatou novamente.

— Senhor, é Mara Coyne outra vez. Como está a srta. Joyce?

— Bem, a ambulância a levou para o Monte Sinai, mas sinto dizer que o quadro não parece bom. Eles disseram que, pelo visto, o coração dela parou.

— O coração?! — Mara estava confusa; Lillian jamais mencionara um problema no coração. Mas não seria de seu feitio. De repente, Mara se lembrou de Lillian tomando o comprimido no avião. Philip teria feito algo para precipitar o ataque?

— Sim, ela já nos deu alguns sustos no passado. Mas nenhum como este.

Mara agradeceu e desligou o telefone. Chocada demais até para chorar, ela tentava registrar as informações do porteiro quando o motorista perguntou.

— Para onde, senhorita? Estamos chegando perto do centro.

Mara não sabia como responder à pergunta. Ela se sentia à deriva com a possibilidade da morte de Lillian, incerta de que rumo tomar, onde aterrissar. Mara pensou em sua conversa com Lillian na viagem de volta de Londres, uma de suas últimas conversas, e subitamente o caminho certo se abriu para ela. Procurando na bolsa, ela puxou o cartão que Lillian lhe dera.

Ela leu o endereço inscrito no cartão em voz alta para o taxista, e eles rumaram na direção da redação do *New York Times*.

Trinta e dois

HAARLEM, 1662

Sozinhos, Johannes e Amalia discutem o poder da pintura e a força da imagem. Negar a potência dos símbolos, concordar com a crença calvinista da fé baseada no mundo apenas, e não no ícone como um intermediário, seria negar o que os dois abraçavam, renunciar ao próprio espírito que os aproximou um do outro. Eles se decidem por uma união com a Igreja Católica como o último passo no caminho de sua própria união.

Johannes avança pela nave primeiro, com um castiçal em punho para iluminar o caminho. Encontrando o padre no altar de sua pequena igreja secreta, ele espera por Amalia. O diácono abre a porta e ela entra, enquanto o homem fecha a porta atrás dela. Uma névoa de luz lhe delineia as formas e a intrincada renda da grinalda sobre seus cabelos soltos; enquanto ela avança pela nave, seus passos são um tanto inseguros.

Johannes anseia por correr para junto dela, para ajudá-la a fortalecer seu passo; mas sabe que ela deve completar sua jornada pela nave sozinha. Quando Johannes e Amalia se dão as mãos no altar, ela tem as mãos firmes, e o casal sorri um para o outro.

Enquanto o padre prepara a água, uma porta se bate nos fundos da igreja. O casal se alarma. O padre os apazigua.

— É apenas o irmão Witte, ajudando a preparar a missa desta noite.

Eles dão um nervoso sorriso ao padre, que pergunta:

— Podemos prosseguir?

— Sim, padre — responde Johannes por ambos.

— Vós completastes um curso de estudos sobre a fé católica?

— Sim.

— Chegastes à conclusão de que a Igreja Católica é a verdadeira igreja?

— Chegamos.

— Acreditais nos ensinamentos da Igreja Católica porque Deus vos revelou a verdade contida neles?

— Acreditamos.

— Sereis batizados?

— Seremos.

O padre primeiramente estende os braços para Johannes e Amalia em boas-vindas e, em seguida, abre as mãos aos céus em gratidão. Ele sorri ao casal e gesticula na direção da fonte batismal:

— Vinde e sede batizados sob o nome da única e verdadeira Igreja.

Amalia se inclina para trás primeiro, e depois Johannes. O padre derrama a água sobre os dois.

Trinta e três

NOVA YORK, PRESENTE

ÁGUA DA CHUVA ESCORRIA DOS CABELOS, DO CASACO E DA PELE de Mara. Empoçava em seus pés, enquanto ela aguardava. A umidade lavava o impregnante cheiro do cigarro da repórter, e lágrimas brotaram nos olhos de Mara novamente ao pensar em sua conversa com Elizabeth Kelly.

Ela encontrara a repórter numa cafeteria bem em frente ao prédio do *Times*. Enquanto Mara compartilhava com Elizabeth a torturada história da *Crisálida*, destacando o envolvimento da Beazley's em sua farsa, e lhe entregava um conjunto de documentos sobre a pintura, a magnitude da sina de Lillian começou a impactá-la. Mara começou a experimentar intensa culpa — independentemente das negativas anteriores de Lillian de que Mara não a havia "arrastado" a fazer nada — e sentiu que suas forças começavam a ruir. Mas ela sabia que tinha que reprimir esses sentimentos até que completasse sua última missão: encontrar-se com Hilda Baum.

Mara tocou a campainha novamente, e depois usou a pesada aldraba.

Uma familiar nuvem de cabelos brancos e um par de olhos azuis leitosos apareceu do outro lado da corrente da porta.

— Sra. Baum, não sei se você se lembra de mim, mas eu sou...

— Sei exatamente quem você é. Você é a advogada da Beazley's. — Os olhos suaves se enrijeceram como aço.

— Sim, sou Mara Coyne. Há algo que preciso lhe dizer. Posso falar com a senhora por um momento?

— Você quer falar comigo? Ah, essa é boa. Todas aquelas horas que levou me interrogando no depoimento, passando sermões e me calando a cada hora em que eu abria minha boca para falar. Espremendo as palavras que queria de mim. E você vem aqui esperando que eu me sente em silêncio novamente quando você quer falar? Não mesmo. — Ela bateu a porta e fechou a tranca.

Mara encostou a testa contra a porta.

— Por favor, sra. Baum. Só me escute. É importante.

Após um longo momento, a tranca se abriu novamente. O rosto reapareceu por sobre a corrente.

— O que é, afinal? Conte-me suas importantes notícias. Mas se está aqui para me dizer que *A Crisálida* foi roubada, eu já sei.

— Não, sra. Baum, não é sobre isso. Eu sei que a senhora foi informada sobre o roubo e que chegou a um acordo com a Beazley's. Estou aqui para conversar sobre algo diferente, e temo que levará mais do que um instante. Posso lhe pagar um café?

Hilda olhou Mara de cima a baixo, e então hesitantemente desatou a corrente e abriu a porta.

— Então entre. Mas antes que eu fique muda outra vez, ouvindo-a tagarelar, srta. Coyne, você vai me deixar terminar minha história.

Mara esperou no hall por um sinal indicando para onde devia seguir. O apartamento tinha sinais de riqueza, estrutura sólida e boa localização no Upper East Side, mas estava evidentemente bagunçado. Havia caixas e bagagem por todo lado. Hilda acenou para que Mara fosse até a cozinha, para uma cadeira diante de uma fumegante xícara de chá e uma cópia do *La Stampa*, um diário italiano. Ela jogou uma toalha de rosto para que a outra se secasse.

Instalando-se na cadeira diante de Mara, Hilda começou.

— Você sabe, é claro, que meu pai era dono e administrador de uma seguradora. Mas o que você não sabe é que o negócio era apenas o trabalho dele, não sua paixão. Arte era sua paixão.

"Minha lembrança mais antiga é de estar caminhando com meu pai pelos longos corredores de nossa antiqüíssima casa do século XVII, nos arredores de Amsterdã. Cada parede, cada canto, cada tampo de mesa, cada esconderijo e cubículo de nosso lar, cada um dos três andares, respirava arte. Eu não devia ter mais do que 3 anos, mas me lembro vividamente de ser carregada nos braços de meu pai enquanto ele apontava para as pinturas nas paredes. Eu o ouvia contar as histórias delas com tanto amor, tanto respeito, que me lembro de sentir ciúmes. Eu tinha especial inveja de uma pequena escultura de bailarina de Degas. Eu tinha certeza de que ela poderia roubar o amor de meu pai por mim... Fantasias de criança.

"É claro, naquela época, muitas das pinturas nas paredes, velhos mestres holandeses e antigos retratos alemães de Cranach e Holbein, eram muito sombrias, muito sérias, até um pouco assustadoras para uma criança. Entretanto, com o tempo elas foram entremeadas com cor, à medida que meu pai se tornava um conhecedor de pinturas impressionistas. Eu adorava a vibração desses trabalhos mais modernos, as fortes cadeias de pinceladas, as imagens de famílias.

"Mas o item mais adorado na coleção de meu pai não eram as deslumbrantes pinturas impressionistas ou os velhos mestres, nem mesmo a bailarina de Degas. Era uma pintura particular, íntima, que pendia sozinha em seu escritório. Ela irradiava uma luz que iluminava o escritório de meu pai mais do que qualquer janela jamais teria podido. Era como uma espécie de altar para ele, um lugar de meditação. Estou me referindo à *Crisálida*, é claro. Lembro-me dessa pintura acima de todas as outras, não por seu valor ou sua estética, mas pelo lugar que ocupava no coração de meu pai.

"Quando cresci, a guerra se abateu novamente sobre a Europa. Hitler pairava na periferia de meus anos de adolescência, sempre aparecendo nas conversas de meus pais e em fitas de cinejornal, mas ele nunca tinha chegado a ameaçar meu mundinho. Aulas no colégio de freiras, aulas de música, lições de idiomas — essa era minha rotina diária. Tive toda a educação necessária para ser apresentada como a filha adequada a uma das famílias mais tradicionais da Europa. Todos nos comportávamos como se o mundo em torno de nós estivesse perfeitamente normal.

"Você sabe pelo meu depoimento que eu era filha única, mas o que você não sabe é que a minha infância não foi solitária. Meu pai era um de quatro filhos, e minha mãe era uma de cinco. Então meu mundo transbordava de primos de todas as idades. Eles eram os irmãos e as irmãs que nunca tive. Madeline, em especial."

A voz de Hilda falhou, revelando uma fenda em sua lembrança cuidadosamente estruturada.

— Eu e ela nascemos com exatos nove dias de diferença. Ela nunca me deixava esquecer que nasceu primeiro. Maddie era minha companheira constante. Éramos colegas de brincadeiras, arteiras balançando nos galhos das árvores, cúmplices na puberdade, e inseparáveis e sonhadoras adolescentes apaixonadas pelos mesmos ídolos do cinema. Tenho pouquíssimas lembranças de minha infância sem Maddie.

Enquanto Hilda falava, ocorreu a Mara que ela não estava contando tais recordações íntimas para seu benefício. Hilda parecia estar revivendo sua história para um público maior, que Mara não podia discernir — ou para si mesma.

— Mas então meu mundo começou a se mover muito rápido, de forma bem diferente. Foi como se eu deixasse os dias protegidos e inocentes de minha infância para trás num instante: na noite em que conheci meu marido. Lembro-me tão bem da chuva naquela noite... As tempestades de fim de outono, que trazem um tipo de umidade do qual você não consegue se livrar. Uma umidade que se cola em você. Não acho que aqui vocês tenham os muitos tipos de chuva que nós holandeses temos. A enxurrada da chegada da primavera, a leve garoa do começo do inverno que quer tanto virar neve, o ar úmido da noite que está sempre presente.

Ela parou, imersa em suas memórias. Sua história se tornava longa, como tantas que Mara ouvira de sua própria avó, e então Mara tossiu, esperando trazê-la de volta ao objetivo de sua narrativa.

— Os guarda-chuvas formavam um estampado tão colorido nas ruas estreitas naquela noite. Maddie e eu fazíamos o que podíamos para nos manter secas, abaixando e serpenteando entre eles. Chegamos tarde à festa. Ah, e o clube tinha luzes tão fracas que quase não conseguimos vê-los. — Ela riu. — Imagine, não tê-los visto... — Ela suspirou.

"Minha querida amiga Katya organizou uma festinha num clube de jazz em Amsterdã. Maddie e eu, claro, jamais tínhamos recebido permissão para ir a um lugar daqueles. Então nós saímos de casa em segredo, cada uma dizendo aos pais que estaria na casa da outra. E nós fugimos para encontrar Katya. Você conhece a palavra *rendez-vous*?"

— É claro.

— Bem, foi o que fizemos. Tivemos um *rendez-vous*. — O divertimento transbordava na voz dela. — Éramos tão medrosas, tão inocentes. Nenhuma de nós tinha desobedecido nossos pais antes... Mas que aventura! Da rua, pudemos ouvir a cantora. A voz dela trazia uma promessa de exotismo, e nós nos esgueiramos para dentro, finalmente encontrando a mesa de Katya. Demos nossas desculpas e nos sentamos. E lá estava ele, com seus cabelos e olhos negros como carvão e sorriso fácil, tão diferente dos homens que eu conhecia.

— Quem?

— Giuseppe Benedetti, meu marido. Não que ele fosse meu marido na época. Ah, mas no momento em que olhei para ele, eu soube que ele seria. Mais tarde, ele me disse que soube naquele instante também.

"As coisas andavam rápido naquela época. As moças não namoravam durante anos, vivendo juntos como marido e mulher, como vocês meninas fazem hoje, só para descobrir que o homem não serve para marido. Não, não. Depois de alguns encontros, a maioria com presença de Maddie e mantidos em segredo, nós orquestramos um encontro com minha mãe e meu pai, e Giuseppe pediu minha mão. Sabe, ele era um oficial do exército italiano, o exército de Mussolini, e tinha que voltar. Eu estava determinada a ir com ele, mas meus pais não queriam ouvir uma única palavra. Minha mãe choramingava que eu tinha apenas 19 anos, e o que eu sabia do mundo? Meu pai ficou arrasado, até onde eu pude ver, mas ele sabia que era meu desejo. Assim, ele fez o possível para certificar a si mesmo e a minha mãe sobre esse homem, o estranho italiano com quem eu queria me casar. Meu pai mandou um telegrama para a irmã em Roma, que se casara com um italiano anos antes. Felizmente, por um pouco de bisbilhotice, minha tia conseguiu boas referências de Giuseppe e sua família. Giuseppe e eu trocamos nossos votos sob a arcada no jardim da casa de minha família. Eu tive toda a minha família a meu redor, e Maddie foi minha dama de honra.

"Como amei a Itália! Tudo era dourado pelo sol, um sol que brilhava forte, mesmo com meus olhos fechados. Eu amava o cheiro dos tomates e ciprestes aquecidos pelo sol, e o calor impossível depois de toda aquela chuva holandesa. Nossos primeiros dias na Itália foram um sonho."

Os olhos de Hilda se fecharam, como se experimentando os raios mornos uma última vez. Mara ansiava por ouvir mais, querendo saber que seus sacrifícios, sem falar nos de Lillian, não tinham sido em vão.

A voz de Hilda tornou-se grave e baixa.

— Mas eu acordei. Com o retorno de Giuseppe ao serviço, veio a consciência da desastrosa situação econômica da Europa, da crise mundial, da marcha tirânica do nazismo por todo o continente e da Solução Final.

— Nessa época, a seguradora da família estava na corda bamba. Meu pai pôde manter o lar somente contraindo terríveis dívidas e vendendo bens. A casa foi hipotecada, os fundos da família, pesadamente corroídos, certas pinturas preciosas, enviadas para negociantes em consignação, tudo como forma de gerar algum dinheiro.

"Mas eu não soube disso até muito depois. Meu pai era do tipo conservador. Ele achava que sua filha, sua única filha, não precisava saber de nada relacionado a dinheiro. Então as cartas de meu pai eram cheias de conversa fiada sobre o primo tal, a festa tal. Mesmo quando viajei de volta para casa no Natal de 1939, meu pai me apresentou uma imagem de perfeita normalidade. Eu me lembro de que algumas pinturas tinham mudado. Por exemplo, um Degas foi colocado numa posição de destaque, onde antes reinara um Holbein, e o Holbein não se via mais. Certas peças de prataria que sempre usávamos em refeições foram substituídas por porcelana. Perguntei a meu pai sobre essas peças ausentes. Ele riu e disse que tinha se cansado de certos quadros, e então os tinha rearranjado. Quanto à prataria, bem, tinha sido enviada para polimento. Eu queria acreditar na ilusão de que nada estava mudando, por isso não perguntei mais.

"Mas o luxo da negação não me seria permitido por muito mais tempo. Em maio de 1940, a Alemanha invadiu a Holanda. Tínhamos ouvido rumores, mas ficamos atônitos. Afinal, a Holanda permaneceu neutra durante toda a Primeira Guerra, e o mundo supunha que lhe seria permitido manter-se assim novamente.

"Fiquei preocupadíssima com meu pai e minha mãe, com o resto da família e, claro, com Maddie. Por meu marido, fiquei sabendo muito bem o que acontecia com os cidadãos dos países conquistados por Hitler. Também soube o que acontecia com os judeus. A princípio, pensei que isso não tinha nada a ver com minha família e com a família de meu pai: afinal, nós éramos católicos. Então soubemos que meus pais foram classificados como judeus por causa do avô de meu pai. Minha mãe poderia ter contestado o rótulo, mas ela sabia que isso a separaria de meu pai, coisa que ela jamais poderia fazer. Assim, eu soube que meus pais estavam em grande perigo, independentemente de quão tranqüilas eram as cartas de meu pai. Eu sabia que o governo da Holanda ocupada substituiria meu pai na direção de seu próprio negócio por um administrador alemão. Eu sabia que, como judeu, meu pai não teria permissão para conduzir nem mesmo a mais rudimentar forma de negócio, incluindo sacar dinheiro de suas próprias contas bancárias. Eu sabia que meu pai e minha mãe seriam obrigados a usar estrelas amarelas fora de casa. Eu sabia que, sem as estrelas amarelas, eles seriam mais ou menos prisioneiros em sua própria casa em Amsterdã. E eu sabia que eles poderiam ter que enfrentar os campos de concentração.

"Você está a par, é claro, da carta de proteção do *Reichskommissar* Seyss-Inquart que Giuseppe e eu conseguimos para meus pais. E você também está a par de que, uma vez que a situação piorava e sabíamos que a carta não os manteria a salvo, Giuseppe e eu tentamos conseguir para meus pais passagens para a Itália. É certo que a Itália estava devastada pela guerra, mas achávamos que era mais segura para eles, com os contatos de meu marido e os contatos de minha tia. Pleiteei incansavelmente junto ao governo italiano por tal permissão, sem sucesso. Então, curiosamente, gloriosas notícias sobre meus pais chegaram através da embaixada italiana um dia. Eles tinham recebido permissão para viajar para a Itália. Conseguiram vistos de viagem, embora eu não conseguisse imaginar como puderam fazê-lo sem a nossa ajuda."

A voz de Hilda baixou a um sussurro. Mara tentava captar cada palavra.

— Assim, eu corri a Milão. Naqueles dias, todos os trens internacionais chegavam a Milão via Berlim, e eu fui à estação imediatamente. Lembro-me tão bem daquele dia frio de inverno. Vesti meu melhor traje de época de guerra, meus melhores saltos altos com uma bolsa combinando, uma estola de pele em torno de meus ombros magros, e um batom do mercado negro para aquecer meu rosto abatido. Eu desejava estar em minha melhor aparência para recebê-los. Não queria que vissem as provações que eu vinha enfrentando, tão pequenas comparadas às deles. Eu me coloquei no exato local onde o trem deles pararia, sob o tique-taque do enorme relógio da estação. O trem de Berlim anunciou sua chegada com o ensurdecedor barulho de seu apito e um jato de vapor. Eu mal podia esperar para vê-los, tocá-los e abraçá-los; para torná-los reais novamente. Uma fileira de soldados e funcionários aparentemente importantes passou por mim. Mas não meus pais.

"Certamente estarão no próximo trem, pensei comigo. Assim, no dia seguinte, repeti minha vigília. E no dia seguinte. E no seguinte. E no seguinte. E no seguinte. Uma semana inteira de espera e vigilância. Tornei-me profundamente íntima do altíssimo esqueleto de metal da estação; das rotinas dos trabalhadores de lá, que se tornaram tão pouco italianos em sua meticulosa atenção aos horários; das infindáveis levas de refugiados procurando por um lugar seguro para pousar. No fim da semana, eu tive que admitir que algo acontecera a eles, e que não estariam no próximo trem.

"Eu recorri a meu marido, louca de preocupação. Nós tentamos descobrir onde eles estavam. Por fim, após intermináveis 15 dias, recebemos a informação de que meus pais foram levados para um campo de concentração, em Dachau. Nós sabíamos o que isso significava. Não posso sequer explicar a você o tamanho da minha dor, mas fui forçada a negá-la naquele momento. Meu marido e eu viajamos a Roma e fomos recebidos por um dos próprios ministros de Mussolini. Nós lhe contamos sobre o terrível engano, da carta de Seyss-Inquart, da prometida passagem segura. Ele prometeu que tentaria ajudar a salvar meus pais. Mas a guerra se voltava contra a Alemanha. Em 1943, o exército italiano estava perdendo para os invasores aliados, o que significava o fim de qualquer influência sobre os nazistas através de meus contatos italianos. Então Mussolini caiu, e a escuridão tomou conta de mim."

Hilda parou. Sem querer interromper, Mara esperou sem fazer um ruído.

Hilda se arrancou de seu profundo devaneio. Sua voz se tornou forte e decidida.

— Como sabe, naquele primeiro dia de paz, eu iniciei a busca por meus pais e descobri o que aconteceu a eles na estação de Berlim e em Dachau. — A máscara não resistiu; Hilda começou a chorar. Ela se ergueu de sua cadeira e se ocupou em fazer mais chá. Mara sentiu lágrimas escorrendo por seu próprio rosto, arrasada pelo horror de tudo aquilo e pelo papel que tinha desempenhado, por mais inconsciente que fosse.

"Tive que esperar até 1946 para voltar a Amsterdã. Por estar viajando com um passaporte italiano naquela época, eu era vista como inimiga da Holanda. Imagine só."

Mara viu Hilda balançar a cabeça, de costas.

— Lembro-me bem de quando me aproximei da casa de meus pais. De fora, ela parecia exatamente a mesma. Os jardins estavam brotando completamente, e as tulipas premiadas de minha mãe floresciam. Eu continuava esperando que minha mãe e meu pai viessem para fora para me receber. Contudo, no interior, a devastação dos nazistas era evidente. As paredes despidas de pinturas, tapeçarias e espelhos; o chão, privado dos tapetes; quartos totalmente nus, sem sequer uma peça de mobília para cobri-los. Os nazistas deixaram apenas o esqueleto exposto de uma casa.

"Eu vasculhei a vizinhança, procurando por qualquer um que tivesse estado com meus pais em seus últimos dias. Buscando uma lembrança, qualquer tipo de recordação deles. Encontrei Maria, a governanta de minha mãe, bêbada num bar próximo. Ela estivera com minha mãe nos últimos dias, e embriagada desde então.

"Maria me contou o que aconteceu. Naquela última manhã, um oficial da SS chegou à casa, descendo de um Daimler-Benz negro. Meus pais ficaram aterrorizados a princípio, mas o oficial os cumprimentou com um enorme sorriso e passagens de primeira classe para a Itália.

Meus pais vibraram, pensando que eu as havia arranjado. Enquanto meus pais perambulavam em torno, embalando seus bens materiais como ratos numa armadilha, o oficial e sua equipe passaram de cômodo em cômodo, contemplando as poucas pinturas restantes, tocando a mobília. Os sorrisos retornaram quando os soldados ajudaram a carregar o Daimler-Benz para escoltar meus pais pessoalmente à estação, a seu próprio compartimento privado na primeira classe, uma raridade naqueles dias. Maria disse adeus a minha mãe enquanto o carro se afastava da casa de meus pais. Junto com Willem, o criado de meu pai, ela viu meus envelhecidos pais, minha mãe trajada em suas melhores roupas, ambos apertados por malas e baús, diminuindo na distância."

Hilda afastou-se do fogão, aproximando-se de Mara.

— Eu queria algo de meus pais, srta. Coyne. Algo tangível que eu pudesse tocar, sentir, acariciar naqueles momentos sombrios em que eu os ouvia gritando de Dachau. Eu queria *A Crisálida* mais que tudo.

"Se ao menos eu a tivesse encontrado na Europa depois da guerra. Qualquer país civilizado teria devolvido a pintura a mim. Mas *A Crisálida* se fora havia muito. Veio para os Estados Unidos, onde suas leis são tão diferentes e tão injustas."

Mara falou, sua voz áspera e seca por permanecer tanto tempo em silêncio.

— É por isso que estou aqui, sra. Baum, embora possa parecer um gesto vazio agora que *A Crisálida* desapareceu. Eu espero talvez reparar, de alguma forma modesta, a injustiça que foi feita a você e a sua família.

Os olhos de Hilda se estreitaram.

— O que quer dizer?

Mara limpou a garganta, mais nervosa do que diante de qualquer juiz ou tribunal.

— Vim aqui para lhe contar sobre uma fraude perpetrada pela Beazley's contra mim, contra você, e contra incontáveis outros como você.

Mara ansiava por absolvição, mas resquícios de sua velha personalidade defensiva tomaram a frente com justificativas.

— A senhora precisa entender que, desde o começo, a Beazley's me assegurou que obtivera *A Crisálida* legitimamente, que a tinha comprado de Albert Boettcher & Co., um negociante impecável. Eles até me mostraram os documentos para prová-lo.

"Sra. Baum, era uma mentira. Após a moção de julgamento sumário, descobri que a Beazley's comprou *A Crisálida* de Kurt Strasser, um homem que foi descrito como ávido negociante de arte saqueada pelo nazismo. Assim, fiz algumas investigações. A Beazley's — isto é, Edward Roarke, tio-avô de meu cliente, Michael Roarke, e ex-diretor da Beazley's — forjou uma nota de compra que em vez disso mostrava que a obra tinha sido comprada do insuspeito Boettcher. Eles esperavam enterrar para sempre o fato de que os nazistas provavelmente roubaram a pintura da tia de seu pai em Nice, para onde seu pai a mandara para salvaguarda, e que a lavaram por intermédio de Strasser, como muitas outras. Ainda pior, a pessoa por quem Strasser fazia a lavagem era um soldado americano trabalhando em equipe com Edward Roarke."

O rosto de Hilda estava imóvel; ela não disse nada.

— Sra. Baum, eu sinto muitíssimo. Eu queria lhe dizer isso antes que a senhora lesse a história nos jornais. Para nos proteger a todas, para nos escudar do que Michael Roarke e Philip Robichaux podem fazer para impedir que tudo isso venha à tona, eu contei a história a uma repórter do *New York Times*, e dei a ela cópias dos documentos sobre *A Crisálida*. A verdade sobre o quadro se tornará pública amanhã. Sei que não é grande consolo para a senhora agora que *A Crisálida* foi roubada, embora eu tenha esperanças de que o dinheiro do acordo sirva como alguma reparação. Apesar do destino da pintura, eu queria que a verdade fosse conhecida. Eu sinto muito.

A voz de Hilda subiu em fúria.

— Você sente muito? Você acha que sua ridícula investigação da verdade oferece justiça? Antes que você descobrisse que a Beazley's tinha forjado a nota de compra, estava pronta para entregar *A Crisálida* a eles. Srta. Coyne, não importa que meu pai tenha enviado *A Crisálida* para protegê-la dos roubos do nazismo ou que ele mesmo a tenha vendido. De qualquer maneira, os nazistas roubaram *A Crisálida* dele. Eles forçaram meu pai a usar a estrela judia. Forçaram-no a deixar seu negócio. Forçaram-no a contrair dívidas. Tão altas que talvez ele tenha tentado vender parte de suas preciosas obras de arte para comprar liberdade para ele e para minha mãe, ou talvez apenas para comprar comida para sobreviver. Se eu tivesse podido levar a questão a tribunais europeus, eu poderia ter argumentado que uma venda voluntária em tais circunstâncias é na verdade forçada e equivalente ao roubo nazista na época da guerra. As cortes européias poderiam ter devolvido *A Crisálida* a sua dona por direito: eu. Mas não. A batalha pela *Crisálida* aconteceu aqui nas insensíveis cortes americanas, com você e todos os seus pequenos e astutos argumentos.

— Sra. Baum...

— Você ouviu minha história. Agora saia e leve suas desculpas com você.

Nauseada, a cabeça girando com a possível futilidade de seus esforços, Mara cambaleou até a porta. Ela se voltou brevemente, e quando o fez, uma caixa de madeira colocada num canto afastado da sala abarrotada de bagagens entrou em seu campo de visão. Mara a localizou em sua memória: o depósito da Beazley's. Era a caixa que tinha abrigado *A Crisálida*.

Então foi assim que Michael e Philip encerraram o caso Baum, como planejaram evitar a detonação pública da bomba *Crisálida*. Eles arranjaram para que a pintura fosse convenientemente "roubada". O dinheiro do seguro iria para os cofres vazios dos atuais proprietários, os jesuítas, e a pintura pousou nas mãos ansiosas de Hilda Baum. Com a polêmica silenciada e um acordo atingido, o caso Baum *versus* Beazley's seria encerrado, com prejuízo, claro. Todos estavam felizes, exceto talvez a companhia de seguros, mas ela receberia recompensas para tranqüilizar-se. O esquema teria funcionado se Michael tivesse calado a verdade e retomado os documentos de Mara — no que ele falhou.

Mara fitou Hilda, que se manteve ereta e firme, desafiando o olhar acusatório.

— Srta. Coyne, tenho certeza de que você agora compreende que eu não podia deixar o caso ser resolvido no tribunal. Seus argumentos, sobre a possibilidade de meu pai ter vendido *A Crisálida* aos nazistas por vontade própria, sobre o atraso em abrir um processo, sobre minha busca, sobre aquele maldito comunicado, eram por demais inteligentes para arriscar. Você e as suas cortes estavam prontíssimas para entregar a pintura à Beazley's. Assim, quando *A Crisálida* me foi oferecida ontem à noite, bem, você não me deixou escolha a não ser aceitar.

— É claro que a senhora tinha escolha.

— Srta. Coyne, eu faria um acordo com o próprio diabo para recuperar *A Crisálida*.

As palavras certas vieram a Mara.

— Sra. Baum, eu acho que foi o que fez.

Trinta e quatro

NORTE DE MUNIQUE, 1943

Os soldados arrastam Erich para fora da escura cela de interrogatórios, sob a luz da manhã. Embora nuvens cinza-ardósia cubram o céu, de algum modo o sol penetra a cobertura de nuvens e o cega.

Seus olhos lacrimejam através das pálpebras inchadas; o mundo exterior parece inimaginavelmente vívido após tantos dias de escuridão. Ele não quer que os soldados tomem aquilo por choro, então ergue a mão para enxugá-lo. Sua manga azul-pálida e esfarrapada retorna vermelha, manchada por sangue fresco. A umidade não são lágrimas.

Depois que seus olhos supliciados se ajustam, Erich percebe que os soldados o colocaram no meio do pátio do campo. À direita, ele reconhece o portão que atravessou quando os soldados o trouxeram com

Cornelia para cá. Ali, o lema incongruente de Dachau se lê em ferro lavrado: *Arbeit Macht Frei*, ou "O Trabalho os Libertará".

Quando ele olha em torno no pátio, começa a compreender que está sozinho no centro de um grande círculo de internos. Ele examina a multidão, desesperado para captar um vislumbre de sua esposa, de quem foi separado desde sua chegada, há muitos dias torturantes para contar. As mulheres, cabeças raspadas, esqueléticas, distinguíveis dos homens apenas pelas diferenças em seus uniformes do campo, não trazem qualquer semelhança com Cornelia. Sua ausência o aterroriza.

Os prisioneiros o circundam, e, por sua vez, soldados fortemente armados os cercam. Ele nota que os olhos dos prisioneiros se desviam dele, embora seus corpos o encarem. É como se tivessem recebido ordens de olhar para ele, mas não pudessem suportar.

Um comandante atravessa a massa em torno dele. O comandante, a quem reconhece da câmara de interrogatório, grita em alemão.

— Prisioneiro Baum, eu lhe pergunto pela última vez. Você revelará a localização de sua coleção de arte e assinará sua renúncia em favor de seu dono por direito, o Terceiro Reich?

Erich sabe o que está prestes a acontecer, o que sobrevirá independentemente de sua assinatura. Os nazistas a querem apenas por respeito escravo a suas próprias e complicadas leis de confisco de propriedade, e talvez para tranquilizar Seyss-Inquart. Ele tem medo, mas não permitirá que suas últimas palavras sejam as palavras de uma vítima; ele não sancionará os pecados do nazismo.

— Não, não o farei.

— Então você sabe o que devo fazer. — Um pelotão de fuzilamento se materializa da multidão, e o comandante dá o sinal.

Enquanto eles preparam suas armas, Erich fecha os olhos e vê diante de si os olhos turquesa da dama da *Crisálida*; ele a sente estendendo os braços e envolvendo-o, como se o recebesse no lar. Em sua mente, um epitáfio se forma, em desafio ao próprio lema de Dachau: "A Fé os Libertará."

Ele sorri.

Os fuzis disparam.

Trinta e cinco

NOVA YORK, PRESENTE

MARA SENTIA O FRIO DO BANCO DE MÁRMORE CONTRA SUA pele. O ar ao redor estava parado e gélido, embora o dia lá fora ardesse em brilho e calor. A longa sala era um nevoeiro de granito cinza e branco honrando os ancestrais de Lillian, indistinto através do véu das lágrimas de Mara. Somente a placa memorial de Lillian parecia clara.

O silêncio engolfava o mausoléu agora que os parentes e amigos se haviam ido. Mara estava aliviada. Ela queria ficar só com sua dor, sua perda, sua culpa, e não sentir o velho impulso de exibir uma bela fachada aos outros.

O baque ruidoso de passos se aproximando ecoou através da câmara. A princípio, Mara se preparou para sair. Enquanto se apressava, procurando por uma saída, ela se perguntava como o intruso passou pela guarda que ela tinha convocado para protegê-la contra Michael,

Philip, contra aqueles que os dois poderiam contratar para impedi-la de revelar os outros documentos de Strasser que surrupiara. Eles não sabiam que ela planejava manter aqueles documentos em segredo, para restituição adequada e reparações discretas; ela já não contava com os tribunais como um recurso justo.

Mara estava quase nos pesados portões de ferro lavrado quando colidiu com o intruso: Sophia.

Sophia estendeu os braços para impedir sua velha amiga de fugir, apressou seu discurso e tropeçou nas palavras.

— Mara, eu vim me desculpar. Sei que não há nada que eu possa fazer ou dizer... Não sei como posso me redimir... — Os olhos transbordando de arrependimento, ela começou a chorar. — Não posso acreditar que não a ajudei. Pior, não posso acreditar que eu levei você até Michael na lanchonete, depois de tudo o que li sobre ele nos jornais. Eu devia ter confiado em você.

— Sim, devia. Sophia, eu não achava que você fosse me ajudar, mas não esperava que fosse me trair.

— Mara, por favor, acredite em mim, eu não pensava que estava traindo você. Pensava que estava resgatando você, impedindo-a de destruir sua carreira. — As palavras mal eram inteligíveis através dos soluços. — É só que meu senso moral estava tão desviado... Eu estava defendendo todas as coisas erradas.

Era a primeira vez que Mara via Sophia chorar, e isso enfraqueceu sua determinação. Ela estava ciente de que Sophia não tinha agido por malícia, mas o perdão total ainda lhe escapava.

— Acredito em você, Sophia. Mas talvez eu jamais consiga perdoar.

— Ah, Mara, não espero perdão. Como eu poderia, depois de tê-la jogado na cova dos leões? Ou eu deveria dizer, depois de ter levado você ao leão? Estou grata apenas por você estar disposta a falar comigo. — Ela enxugou as lágrimas do rosto e, por um hábito de longa data, colocou seu cabelo no lugar. — Bem, acho que vou deixá-la sozinha agora. Mara, se há algo que eu possa fazer...

Mara pensou.

— Você poderia me contar sobre a repercussão do artigo do *New York Times* de três dias atrás.

— Você realmente não está sabendo?

— Não, eu estive escondida, ignorando mensagens de repórteres e os incontáveis telefonemas de meu pai. Hoje é o primeiro dia em que eu saio em público desde que o artigo foi divulgado.

— As autoridades caíram em cima imediatamente; na verdade, as agências federal e estadual realizaram uma pequena batalha campal para decidir quem deveria prestar a queixa. Eles contataram a repórter com quem você falou e tomaram os documentos dela. Então fizeram de Michael e Philip os acusados de sua investigação. Eles não apresentaram quaisquer denúncias até agora, mas os rumores dizem que levarão Michael e Philip a um grande júri por fraude criminosa pelo esquema da *Crisálida*.

— Estão sendo acusados igualmente por isso?

— Philip tentou se distanciar e jogar tudo sobre Michael, mas Michael o arrastou de volta. Agora já não se pode dizer que sejam uma equipe unida.

— E quanto à morte de Lillian? Foi associada a algo disso?

— E deveria?! — Sophia deixou cair o queixo.

Mara se deteve por um momento, pesando qual resposta deveria dar à pergunta. Ela fizera a promessa de esconder o envolvimento de Lillian, e sabia que se revelasse a ligação entre a morte de Lillian e as ações de Michael e Philip, estaria expondo a ligação de Lillian com a proveniência falsa da *Crisálida*. Ainda assim, Mara não acreditava que Lillian quisesse que Michael e Philip escapassem da punição pelo envolvimento em sua morte.

— Sim, deveria.

A boca de Sophia se arregalou.

— Oh meu Deus!

— Eu sei — Mara murmurou baixo. — Eu tenho que ir à polícia. É só que estou um pouco estupefata com a perspectiva de reviver os últimos dias para contar a eles.

As duas permaneceram no opressivo silêncio do mausoléu, cada uma perdida em seus próprios pensamentos.

Sophia rompeu o silêncio.

— Deixe que eu vá à polícia para você, Mara.

— Você? E por que você deveria ir?

— Você já enfrentou muita coisa, e isso vai lhe dar um pouco de tempo. É o mínimo que posso fazer... depois de tê-la traído com Michael. — Sophia voltou-se para Mara, seus olhos vermelhos pelo choro. — Por favor.

Comovida pelo pedido de Sophia, Mara abrandou e decidiu deixá-la pagar sua estranha penitência. Ela compartilhou com Sophia as informações que teria que repassar à polícia e, em seguida, emocionalmente esgotada, mudou de assunto para questões menos carregadas.

— Algo dessa história afetou Harlan?

— Nada. Houve alguma fofoca sobre os laços suspeitos entre ele e Philip; talvez aquele bunda-mole fique mais humilde um dia. Por ora, ainda é grande como sempre, em sentido figurado e literalmente.

— E quanto a mim?

— O que quer dizer?

— Como a firma julgou minhas ações?

— Ah. — Sophia interrompeu o contato visual que estivera tão desesperada para fazer havia alguns minutos. — Alguns sócios simpatizam com suas ações, mas são minoria. A maioria não apóia seu comportamento, embora as autoridades pareçam dispostas a isso. Os que criticam você se preocupam com o impacto na confiança dos clientes.

— Foi o que imaginei. Eu não achava que haveria um emprego esperando por mim. Aceitei isso no minuto em que contatei o *Times*. — Enquanto as duas ficavam em silêncio, Mara pensou no que manteve em segredo, além dos outros documentos de Strasser: o novo domicílio da *Crisálida* "roubada". Teria tomado a atitude correta em não contatar a repórter novamente? Mara achava que sim. Hilda já havia suportado perdas demais; se *A Crisálida* ajudava a aliviar seu sofrimento, então que ficasse com ela, por mais inescrupulosamente que a tivesse obtido. Os jesuítas receberiam o dinheiro que buscavam de qualquer maneira. E Mara ainda queria ver Michael punido e ter um caminho limpo para uma restituição discreta do resto das pinturas de Strasser.

Neste momento, um dedo tocou seu ombro. Mara se alarmou. Um rosto gentil, inofensivo, com cabelos castanhos tornando-se grisalhos e olhos suaves aumentados por espessos óculos, fitava-a. Ombros enviesados e um indefinível terno cinza de riscas completavam a inesperada aparição do homem.

Sua voz combinava com sua expressão facial e acalmou-a.

— Srta. Coyne, por favor me perdoe por incomodá-la neste momento difícil, especialmente hoje, mas há dias venho tentando encontrá-la. Soube por conhecidos em comum que você estava afastada, após todos os novos artigos sobre *A Crisálida* e a investigação sobre a Beazley's. Pensei que esta poderia ser nossa única chance de conversar.

Em guarda, Mara interrogou:

— Quem é você?

— Novamente, peço desculpas. Meu nome é Timothy Edwards. Sou o advogado da falecida srta. Joyce.

— Oh... Acho que é a minha vez de pedir desculpas.

— De modo algum, srta. Coyne. De modo algum. — Ele fitou Sophia, desconfortável com sua presença.

Sophia percebeu sua inquietação e se pôs de pé.

— Acho que vou me retirar. Mara, se precisar de alguma coisa, qualquer coisa no mundo, por favor, ligue para mim. — Os olhos de Sophia se umedeceram novamente. — Mais uma vez, eu sinto muito.

Timothy, como insistia em ser chamado, perguntou se poderia se sentar junto dela.

— É claro. — Mara ouviu enquanto Timothy contava a representação de longa data de sua firma para Lillian. O relacionamento datava da época do pai dele e do pai de Lillian, e incluía o cumprimento do testamento do pai de Lillian, assim como o dela própria.

Mara ficou mais confusa.

— Timothy, embora eu seja grata por toda essa história, não entendo realmente o que tem a ver comigo.

— Srta. Coyne, tem tudo a ver com você. Você é uma beneficiária do patrimônio da srta. Joyce. Ela deixou para você uma pintura de particular importância para ela e a tornou beneficiária de uma quantia substancial.

Mara, que acreditava possuir agora certa imunidade ao choque, estava atônita. Ela explicou ao triste Timothy seus profundos sentimentos por Lillian e sua enorme gratidão, mas não haveria outros que poderiam ser beneficiários mais dignos?

Timothy colocou sua mão sobre a dela.

— Srta. Coyne, não cabe a mim entender, ou julgar, os desejos de meus clientes. Meu trabalho é cumprir esses desejos. A srta. Joyce veio a mim há dez dias e me pediu para mudar o testamento dela, de acordo com suas novas diretrizes. Ela explicou a forte afeição que tinha por você e o fato de que ela queria lhe deixar a quantia e a pintura, deduzindo que você terminaria certo trabalho que começaram juntas. — Ele baixou os olhos.

— Que tipo de trabalho? — Mara achava que sabia, mas precisava ouvi-lo dizer em voz alta.

— Eu prefiro deixar que ela explique a você. Ela lhe deixou uma carta, que está em meu escritório.

— Você pode me dar uma dica, pelo menos?

Ele tossiu, um tique nervoso. Era óbvio que ele sabia, mas estava relutante em dizer.

— Creio que tem a ver com a restituição das pinturas de Strasser. É tudo altamente confidencial, claro.

Enquanto eles se dirigiam de volta ao centro no carro de Timothy, ele explicou que, na verdade, Lillian não tinha nenhuma família por assim dizer. Filha única de pais que eram eles próprios filhos únicos, o legado da família era exclusivamente dela, para passar adiante como desejasse. Lillian tinha destinado sua herança — não imensa, embora não insignificante, Timothy garantiu a Mara — para várias instituições de caridade. Mas, com a entrada de Mara na vida de Lillian, isso mudou em parte.

Chegando em seu escritório, Timothy rechaçou as incansáveis perguntas de Mara.

— Sinceramente, srta. Coyne, eu prefiro que a srta. Joyce explique isso por si mesma. Aqui está a carta dela.

Timothy deu-lhe privacidade. Ela se instalou em uma das poltronas de couro e espaldar alto e abriu o envelope. Lágrimas banharam seu rosto à visão da perfeita caligrafia de Lillian. Enxugando-as, ela saboreou as palavras de despedida.

Querida Mara,
    Parece incrivelmente sentimental e batido dizer — como se nós estivéssemos em algum retumbante livro de suspense — que

se você está lendo esta carta, então meu tempo se esgotou. Mas assim deve ser, e em vez de me atolar no inevitável, prefiro discutir os termos de minha herança, que eu espero que meu leal Timothy já tenha compartilhado com você.

Estou certa de que minha herança lhe virá como um choque. Ah, eu sei, você pensa que eu no máximo a tolerava, mas a verdade é que a admiro. Você se levantou sozinha para defender a justiça quando ninguém mais o faria — incluindo eu mesma, quase. Assim, tenho toda confiança de que você abraçará as condições para a quantia da qual agora é a beneficiária: a restituição das pinturas de Strasser — como sou forçada a chamá-las apesar de minha relutância — a seus donos por direito. Não posso permitir que meu legado seja manchado pelos maus-tratos de Edward a mim, mesmo que ninguém além de nós duas saiba disso. A devolução das pinturas de Strasser é um tônico necessário para o alívio de minha atormentada consciência, e, muito possivelmente, minha alma vagante.

O legado da pintura de Miereveld que está sobre minha lareira, contudo, não tem tais ressalvas, nenhuma condição de qualquer espécie. De todas as minhas posses, é a mais querida. Adquiri a pintura há alguns anos, em comemoração não apenas à primeira proveniência que completei, a agora maculada proveniência da *Crisálida* que lançou minha carreira, mas também em honra de minha ancestral descendência de seu criador, Johannes Miereveld. Sim, eu sei, eu deveria ter-lhe contado sobre esse laço genealógico, mas, até muito recentemente, após algumas pesquisas particulares que empreendi como parte de nossa cruzada pela *Crisálida*, a ligação era apenas uma lenda, e me senti um pouco ridícula em alardeá-la. Em todo caso, a pintura é para você e para você apenas, e acredito que você a apreciará como ninguém mais.

=

ENQUANTO O TÁXI AVANÇAVA PELA QUINTA AVENIDA, MARA passava os dedos sobre as ondulações da chave do apartamento de Lillian. Ela saiu do carro, e os porteiros a receberam com solene amabilidade, que refletia sua duradoura tristeza. Lillian tinha sido uma moradora de longa data, e muito querida, uma das primeiras do prédio. Mara se consolou com a imagem dos carros de polícia estacionados diante do luxuoso prédio de Michael, com o pensamento de que a punição que ela assegurara era justa.

Quando Mara cruzou a entrada do apartamento, uma onda de perda a envolveu, um agudo senso de que ela jamais conhecera todos os lados de Lillian. Ainda assim, no espaço íntimo de Lillian, Mara esperava capturar mais de sua amiga perdida, mais do que a pequena porção que ela revelara; esperava torná-la mais próxima, mesmo agora. Entrando no hall, viu-se cercada por paredes alvíssimas e nuas, e um formal e austero piso parquê de mármore branco e negro, arranjado no familiar padrão diagonal visto em ancestrais pinturas holandesas. A única decoração era uma lustrosa mesa redonda no meio da pequena entrada, com flores secas num vaso em seu centro. Mara reconheceu Lillian ali imediatamente: a severa Lillian de seu primeiro encontro, sempre formal, até espinhosa, no exterior.

Movendo-se para o próximo cômodo, Mara sentiu um serenar, uma pista de uma Lillian diferente, calorosa, uma Lillian que ela apenas começara a conhecer. A sala era em tons de marfim, de várias texturas e matizes. Mara tocou o sofá adamascado, as estantes de mármore com suas variadas lombadas de couro gasto, incluindo muitas primeiras edições das obras de Emily Dickinson, as cortinas de seda texturizada que emolduravam a vista panorâmica para o parque em flor. Aqui também, a ornamentação era esparsa. O único adorno da sala era um retrato sobre a cornija de granito da lareira, um retrato de Miereveld datado do século XVII. Em minuciosos detalhes, ele representou uma mulher de meia-idade, com trajes de gala da época e pérolas magníficas, desafiando o observador de seu ponto de visão sobre o piso parquê branco e negro. O mapa levemente curvado sobre a mesa atrás dela significava sua esfera de influência e autoridade, seu poder incomum para uma mulher de seus dias. Olhando mais de perto, Mara divisou a distinta assinatura angulosa de Miereveld. Balançou a cabeça, assombrada e fascinada por ser esse o incondicional legado de Lillian a ela.

Erguendo o véu final, Mara adentrou o santuário interior de Lillian, seu quarto. Aqui estava a Lillian jovial e quase amenizada que

Mara vislumbrou com Julian, que jamais conheceria diretamente. As paredes eram maçã-verde; potes de cosméticos salpicavam o tampo de uma penteadeira; querubins de faces rosadas dançavam em torno de uma cabeceira em estilo francês; e fotografias em preto-e-branco emolduradas em prata pontilhavam o quarto. Era clara e distintamente um quarto de mulher.

Mara voltou à sala de estar. Ela demorou o olhar no divã.

Com uma antiga prancheta portátil colocada sobre o móvel e uma xícara de chá vazia por perto, parecia ser este o espaço que Lillian mais habitava, o espaço que ela habitou pela última vez. Querendo entrar na pele de Lillian, mesmo que por um momento, Mara sentou-se no divã, colocando a prancheta em seu colo, como Lillian devia ter feito.

Correndo as mãos sobre as bordas gastas da prancheta, Mara sentiu o contorno de uma gavetinha surpreendentemente profunda. Ela a abriu, encontrando um conjunto de documentos. Pelas datas nos faxes e memorandos lá dentro, pareceu que Lillian se manteve ocupada trabalhando durante noites sobre o projeto secreto ao qual se referia na carta; Mara presumiu que Lillian provavelmente desejara investigar tudo o que pudesse sobre *A Crisálida* uma vez que descobriu como sua primeiríssima proveniência — que deu à luz o trabalho de toda a sua vida — emanara de tanta falsidade.

Duas radiografias apareceram, fotografias especiais revelando as versões diferentes e anteriores das pinturas que jaziam sob a superfície final das telas. A primeira era da *Crisálida*. Olhando mais de perto com o monóculo de Lillian, ela viu o trabalho original de Miereveld: a coroa de heras símbolo da Virgem sob a coroa de murta de noivado; a adição de um ventre avolumado onde um estômago plano fora previamente retratado; a inserção posterior do espelho de prata capturando Miereveld e sua modelo, e a transformação do pintassilgo abrigada na mão da Virgem em uma crisálida. E, no canto direito superior, uma dedicatória aos jesuítas apareceu. Mara se perguntava o que significavam as alterações de Miereveld. A segunda radiografia ilustrava a última pintura atribuída a Miereveld, o *Retrato da Família Brecht*. Perscrutando o retrato dos pais e seus dois filhos, Mara divisou uma figura que foi grosseiramente coberta no retrato final, uma personagem convertida em um pano de fundo por uma mão inábil. Ela reconheceu o rosto; era a mesma mulher representada na *Crisálida*.

Mara examinou o resto dos papéis, na esperança de extrair algum sentido das fotografias. Em meio a um maço, ela encontrou uma cópia de um documento da Guilda de São Lucas listando os membros do estúdio Van Maes & Miereveld, incluindo o nome Pieter Steenwyck. Atrás desse documento estavam dois formulários oficiais com os nomes de Johannes Miereveld e Amalia Brecht; a tradução identificava os documentos como um registro de batismo e votos matrimoniais. Sob esses documentos havia um conjunto de registros de nascimento, incluindo um datado de 1662 para um bebê filho de Amalia, também chamado Johannes, e uma árvore genealógica rusticamente delineada terminando com Lillian e retrocedendo por séculos até Amalia Brecht e Johannes Miereveld.

Mas o que tudo aquilo significava? Sinos tocavam na mente de Mara, e a possível história da *Crisálida*, como tinha sido desenterrada por Lillian, começou a tomar forma em sua imaginação.

Pareceu a Mara que Lillian descobrira a verdadeira história por trás da criação da *Crisálida*. Ela desvendara o amor de um casal improvável — um pintor comerciante e católico, Johannes Miereveld, e sua modelo inacessivelmente aristocrática, Amalia Brecht — e as esperanças de viver um futuro conjunto que os dois compartilhavam. E ela descobriu o fruto duradouro dessa união: uma criança, Johannes, ancestral distante de Lillian.

Mara especulou que a descoberta de Lillian sobre a iconografia dúbia da *Crisálida* — o simbolismo aberto de redenção católica e o registro oculto dos amantes — desnudava muito mais do que a verdade por trás da formação da pintura. Ela adivinhou que Lillian expusera a natureza entrelaçada do simbolismo da pintura e a história de sua propriedade. Mara imaginou que o pai de Amalia, o burgomestre Brecht, de algum modo descobriu sobre *A Crisálida* e sua dupla mensagem, e baniu a pintura para o lar de seu concidadão e colega calvinista Jacob Van Dinter, por séculos roubando dos jesuítas, os clientes iniciais do quadro, a obra-prima que encomendaram. E possivelmente banindo Johannes Miereveld para o ostracismo junto com a obra. Ela levantou a hipótese de que Miereveld — e *A Crisálida* — ressurgiu na consciência do público apenas no leilão Steenwyck, quando vieram à luz as pinturas de Miereveld, tão custosamente reunidas e guardadas por Pieter

Steenwyck após a morte de Johannes, talvez como homenagem a seu mestre. E ela conjeturou que o destino final da *Crisálida* foi ditado por sua iconografia religiosa — foi comprada por Erich Baum como fonte de veneração privada; foi rejeitada pelo nazismo por sua teologia católica; foi abraçada pelos jesuítas como um tesouro perdido e novamente descoberto; e, por fim, foi exigido por Hilda Baum como lembrança de seu falecido pai.

Mara permaneceu deitada no divã por longo tempo, revirando as supostas histórias daqueles personagens repetidamente em seus pensamentos. Ela mal podia delinear em sua mente o impacto que as descobertas de Lillian tinham no título de posse legal da pintura, mas decidiu que não tinha importância. Lillian, a descendente dos amantes malfadados — e, de certa forma, a proprietária por direito da pintura —, teria aprovado o destino final da *Crisálida*. Arrancando-se de sua ruminação, Mara retirou a carta de Lillian de sua bolsa. Seus olhos correram pelas últimas linhas da carta, que ela leu e releu:

> Mara, eu a deixo não com minhas palavras, mas com as palavras de Emily Dickinson, minha mais adorada poeta. Não posso pensar em melhor forma de instá-la a erguer-se ao legado que lhe dedico.
>
> *Quão alto estamos, jamais sabemos*
> *Até que a nos erguer chamados somos;*
> *E logo, se ao plano somos fiéis,*
> *Nossas alturas tocam os céus.*
>
> *O heroísmo que cantamos*
> *Seria coisa costumeira,*
> *Se sob cúbitos não nos vergássemos*
> *Por medo de sermos reis*[1]

---

[1] We never know how high we are / Till we are called to rise;
And then, if we are true to plan, / Our statures touch the skies.
The heroism we recite / Would be a daily thing,
Did not ourselves the cubits warp / For fear to be a king.

Mara sabia agora o que fazer. Ela se ergueria. Ela deixaria que *A Crisálida* voasse de asas abertas rumo a seu incerto destino, mas não permitiria que os outros quadros de Strasser se fossem. Cada pintura contava uma história mais profunda e complexa do que apenas sua proveniência seria capaz de revelar — uma história das paixões, esperanças e sonhos do artista, do modelo, do cliente e dos donos. Mara se disporia a descobrir as mais profundas linhagens e uniria as pinturas a seus passados para que pudessem alcançar os destinos que lhes tinham sido roubados. Como o São Pedro dos desenhos de Michael, a quem foi revelado que "tudo o que atares na terra será atado nos céus, e tudo o que desatares na terra será desatado nos céus", ela ataria seus futuros a seus passados.

Trinta e seis

HAARLEM, 1662

O burgomestre vê os longos olhares entre eles. Ele nota as ausências e os devaneios de sua única filha, sua preciosa propriedade. Ainda assim, ele não consegue acreditar que ela fosse capaz de traição.

Ele não quer receber o indesejado visitante, mas sabe que precisa. Seu dever para com a alma de sua filha exige isso; ele deve ter certeza da inocência dela, e se não puder, deve protegê-la de pecar ainda mais. Ele sinaliza para que seus criados recebam o visitante.

— Trouxe as provas? — Ele não se engaja em quaisquer conversas protocolares. Não há necessidade.

— Sim. Nós chegamos a um acordo?

— Sim, chegamos.

O homem lhe entrega um envelope lacrado.

O burgomestre usa o estilete cravejado de sua escrivaninha para rasgar o lacre de cera. Dois documentos de beiradas recortadas caem ao chão. O burgomestre se agacha para agarrar as páginas rasgadas. Ele as examina: um registro de batismo e votos de matrimônio. O burgomestre ergue os olhos para seu visitante.

— E quanto àquela pintura herética, com minha filha retratada como a Virgem Maria?

— O senhor não o arruinará? Promete proteger o estúdio? E não contará a ele sobre nosso acordo?

O burgomestre não se importa o mínimo com Johannes; sua ascensão e sua queda são indiferentes para ele. Segundo pensa, ele trabalha pela salvação de sua filha. Portanto, ela será dada ao mais alto pretendente calvinista, um abastado proprietário de terras que vive a quatro dias de viagem ininterrupta.

— Esse é o nosso trato, Pieter Steenwyck. E eu sou um homem de palavra. Portanto, conte-me sobre *A Crisálida*.

Johannes corre pela estrada enlameada, mas mesmo assim, chega tarde para seu encontro. A chuva o atrasara. Seus braços transbordam de iguarias para seu piquenique; ele sorri ao pensar no presumível júbilo de Amalia com as guloseimas do cesto. Eles desfrutarão de um banquete a dois a portas fechadas neste dia especial, o dia de seu casamento.

O celeiro está vazio. Ele espera, acreditando que a chuva também a atrasara. Com o tempo, ele corre de volta ao estúdio; eles têm apenas alguns minutos antes que os votos de matrimônio sejam lidos e o padre os espere no altar. Ele tem esperanças de que ela o espere lá, a salvo do dilúvio.

Pieter está sentado no pórtico. Ele se ergue para impedir que Johannes entre. Johannes o empurra para o chão molhado e o ultrapassa correndo, atravessando a cozinha com as cerâmicas quebradas, chegando às tintas derramadas e telas rasgadas.

— Pieter Steenwyck, o que fez?! — urra ele. O instinto lhe diz quem é o culpado.

Ele corre para o estúdio, procurando por Amalia. Sua touca jaz pisoteada no chão, seu véu de noiva se embebe numa escura poça de água de chuva, mas ela se foi. Assim como o retrato do burgomestre Brecht, que Johannes separara como um presente de casamento para sua nova família. Assim como a pintura para os jesuítas, *A Crisálida*.

NOTA DA AUTORA

Durante os primeiros dias de meu trabalho numa gigantesca firma de advocacia de Nova York, a semente para *A Crisálida* foi plantada. Após uma semana de trabalho particularmente exaustiva, minha grande amiga (e, na época, colega associada) Illana fez uma pergunta, uma pergunta apresentada a ela num seminário da faculdade de direito. Eu me recusaria a defender um cliente por questões morais, mesmo que o cliente tivesse uma base legal sólida para a posição que quisesse pleitear?

Ao longo das semanas que se seguiram, a pergunta permaneceu comigo. Enquanto eu revisava caixa após caixa de documentos de publicação documental, eu me perguntava se um cliente assim realmente existia para mim. Afinal, como a maioria dos advogados, eu ocasionalmente tinha clientes com uma posição sustentada por fortes princípios legais, embora sua alegação pudesse ter os contornos tingidos com ambigüidade moral.

Logo, capturou minha atenção um artigo descrevendo o surgimento de alguns casos nos quais famílias vítimas do Holocausto tentavam recuperar obras de arte roubadas pelos nazistas durante a Segunda Guerra. Comecei a fazer algumas leituras e pesquisas em meu não tão longo tempo livre. A compaixão pelos reclamantes aparentemente vitimizados não se traduzia em direitos legais maiores; a lei não parecia favorecer familiares sobreviventes de vítimas do Holocausto. Na verdade, o oposto era mais provável de ocorrer. Encontrei minha resposta para a pergunta de Illana: se me fosse pedido para representar um cliente em seus esforços para impedir que obras de arte fossem devolvidas aos herdeiros de uma vítima do Holocausto, eu esperava ser capaz de recusar, mesmo que precedentes apoiassem os argumentos do cliente.

Esse processo gerou o pano de fundo para *A Crisálida*, mesmo que a protagonista, Mara Coyne, não se recuse a representar a Beazley's. O cenário legal descrito no livro é amplamente preciso. Sobreviventes do Holocausto e suas famílias que abrem processos civis como reclamantes particulares devem lidar com muitas das questões enfrentadas por Hilda Baum. Eu modelei os problemas, criei um precedente legal fictício e aumentei a diferença entre leis americanas e européias relevantes, tanto em nome da tensão dramática como para tornar o pântano sombrio de arcaicos procedimentos jurídicos mais interessante e acessível.

Desde que comecei a escrever *A Crisálida*, o tópico de quem tem direito de posse sobre obras de arte saqueadas em tempo de guerra virou manchete de jornais. Alguns tribunais e assembléias fizeram esforços para retificar as iniqüidades da lei, injustiças que não previam o horror do Holocausto. Conferências foram realizadas; princípios de base estabelecidos; comissões para bens roubados formadas; legislação avaliada e, em algumas situações, adotada. Reclamantes abriram mais e mais processos e certos tribunais passaram a adotar outras leis para se referir aos casos. Contudo, dado que reclamantes particulares buscando restituição de obras roubadas pelo nazismo devem ainda saltar muitos obstáculos semelhantes aos de Hilda Baum, deixei algumas possibilidades sem menção e inexploradas. Elas farão uma breve aparição em meu próximo livro.

A idéia de introduzir um artista e uma pintura fictícios, da Holanda do século XVII, nesse cenário legal realista veio principalmente de minha reverência pela produção artística daquele período: a qualidade da luz, a quase fotográfica atenção aos detalhes e, acima de tudo, o multifacetado simbolismo que atua como um prisma, modificando a percepção inicial do observador. A razão completa é mais complicada. Uma vez que as questões legais envolvendo *A Crisálida* concentram-se em quem é o dono da obra ao longo do tempo, pensei que seria intrigante tornar o destino da custódia da pintura ditado por sua iconografia. Fui cativada pela idéia de que o simbolismo religioso da pintura determinaria seu destino final — isto é, ser adquirida por Erich Baum por sua devoção pessoal, ser descartada pelos nazistas devido a sua mensagem católica, ser recebida pelos jesuítas como um tesouro reencontrado e, por fim, ser buscada por Hilda Baum como lembrança de seu falecido pai. As pinturas holandesas do século XVII — com suas histórias secretas que jazem sob suas cenas enganosamente simples — pareceram perfeitas. Mas nenhuma pintura existente contava cada uma das histórias que eu desejava narrar. Portanto, criei Johanes Miereveld. E *A Crisálida*.

Conheça mais sobre nossos livros e autores no site
www.objetiva.com.br
Disque-Objetiva: (21) 2233-1388

markgraph

Rua Aguiar Moreira, 386 - Bonsucesso
Tel.: (21) 3868-5802   Fax: (21) 2270-9656
e-mail: markgraph@domain.com.br
Rio de Janeiro - RJ